도둑맞은 책

도둑맞은 책

1판 1쇄 발행   2018년 1월 21일

지은이 유선동

발행인 박광운
편집인 박재은

발행처 손안의책
출판등록 2002년 10월 7일 (제307-2015-69호)
주소 서울 성북구 화랑로 214, 102동 601호
전화 02-325-2375   팩스 02-6499-2375
카페 http://cafe.naver.com/bookinhand
이메일 bookinhand@hanmail.net

ISBN 979-11-86572-23-8 03810

* 이 도서의 국립중앙도서관 출판예정도서목록(CIP)은 서지정보유통지원시스템 홈페이지
(http://seoji.nl.go.kr)와 국가자료공동목록시스템(http://www.nl.go.kr/kolisnet)에서 이용하실 수
있습니다.(CIP제어번호: CIP2017035889)

THE PURLOINED BOOK

도둑맞은 책

유선동 지음

손안의책

이 소설에 등장하는 인물과 사건 일체는 모두 허구이다.
우연찮게 실제와 유사한 부분이 있더라도
그것은 결코 의도한 바가 아니며,
말 그대로 우연일 뿐이다.

물론 이런 말 또한 창작자의 가식이자 위선이겠지만, 어쨌든.

prologue

미켈란젤로는 6미터 높이의 거대한 대리석 덩어리를 삼 개월 동안 하염없이 바라보았다. 마침내 그 안에 숨어있던 다비드가 보였고, 그 뒤로 그가 한 일이라고는 불필요한 부분을 망치와 정으로 떼어내는 것뿐이었다.

절대적 아름다움이란 원래부터 그 상태, 그 자체만으로도 완벽하게 존재하는 법이다.

어두침침한 방 안.

너무 어두침침한 관계로 방인지 창고인지조차 가늠이 잘 되지 않는 곳에서 직사각의 노트북 화면만이 하얗게 발광하고 있다. 그리고 그 앞에 양반 다리를 한 채 일절의 미동 없이 바위처럼 앉아 있는 한 남자. 모니터 화면의 불빛을 받은 그의 얼굴이 거칠고

창백하다. 한참을 방치한 듯 제멋대로 솟구쳐 오른 수염과 말라붙고 갈라진 입술, 그리고 노숙자처럼 엉겨 붙은 머리. 노트북 자판 위에 놓인 그의 손가락 손톱에는 검은 초승달 마냥 때가 잔뜩 끼어 있다. 차마 눈 뜨고 보기에 구역질이 날 정도인데, 아마도 끔벅거리는 그의 두 눈만 아니었다면 시체로 착각했을지도 모른다.

도대체 이 상태, 이 자세로 얼마의 시간이 흘렀던 것일까. 일주일, 이주일, 한 달, 아니면 미켈란젤로가 그러했던 것처럼 삼 개월?

그렇다.

그는 지금 미켈란젤로가 대리석 덩어리를 향해 그러했던 것처럼 노트북 화면만을 뚫어지게 보고 있는 것이다.

단 한 글자도 쓰여 있지 않은 빈 문서창. 그리고 깜박이는 커서.

작가에게는 가장 큰 공포다.

하지만 두려울수록 뚫어지게 봐야 한다.

그러면 어느 순간 두려움이 사라지며 과거가 떠오를 것이고, 현재가 보이고, 또 미래가 들릴 것이다.

이제 망치와 정으로 불필요한 것들을 덜어낼 차례.

마치 실제 그 상태, 그 자체로 존재했던 이야기처럼.

마침내 자판 위에 놓여 있던 그의 손가락이 천천히 움직이기 시작한다. 마치 삐거덕대는 쇳소리와 함께 한참 만에 가동되는 녹슨 기계처럼.

도
둑
맞
은
책

다섯 글자가 쓰였다.
아마도 제목일 것이다.
이 책은 그가 쓴 책 중에서 최고의 책이 되어야만 한다.

반드시.

THE
PURLOINED
BOOK

1부

고백

딱!

퍼터로 때린 골프공이 인조 잔디로 된 트랙 위를 굴러가 홀 컵으로 쏙 들어간다.

"그렇지!"

최 대표는 기어코 열 개의 공을 다 성공시키고 나서야 실내 퍼팅 연습기 위에서 내려왔다. '굿 샷'이라고 한 마디 거들까 고민하는 사이에 그만 말할 타이밍을 놓쳐 버렸다.

"연습 때는 이렇게 잘 들어가는데 말이야. 이래서 골프나 영화나 난 놈들이 하는 거야, 타이거 우즈처럼. 노력은 다 하거든. 근데 노력만으로는 되는 게 아니란 말이지."

---

* **고백**(告白_2010). 나카시마 테츠야 각본, 감독. 마츠 다카코, 오카다 마사키 주연의 일본 영화. 일본 추리소설 작가 미나토 가나에의 동명 소설을 원작으로 했다.

최 대표가 소파에 앉으며 말했다. 최 대표의 뒤쪽 책상 위에는 그가 경기도 인근 골프장에서 받은 싱글 기념패가 놓여 있다. 최 대표가 골프를 시작한 지는 5년 정도 되었는데, 언젠가부터 항상 영화를 골프에 비유하는 안 좋은 습관이 생겼다. 아니, 영화뿐만이 아니다. 주식, 인간관계, 여자 문제까지 그의 '골프 수사학'이 닿지 않는 곳은 없었다.

그는 영화사 '고려 필름'의 대표인 최우식이고 여기는 그의 사무실. 새로 고친 시나리오 〈그 남자의 이상형〉 9고를 보낸 지 '무려' 한 달 만에 다시 만나는 자리였다.

"책*은 어떻게… 읽으셨나요?"

조심스럽게 물었다. 최 대표는 담배를 꺼내 물며 말을 이었다.

"서 작가, 책 잘 읽었어. 콤팩트해지고 많이 좋아졌더라고."

"그렇죠? 저도 이번 버전은 확실히 잘 읽히는 거 같아요."

최 대표는 내 대꾸에 한쪽 눈살을 찌푸리며 듬성듬성 나 있는 흰 턱수염을 쓰다듬었다. 이것은 뭔가 난처하고 불편할 때 그가 취하는 특유의 행동이다.

"좋아는 졌는데…. 뭐랄까…, 결정적인 한 방이 아쉬워. 카운터 펀치 같은 거. 무슨 말인지 알지? 우리나라 관객들은 유치하다고 하면서도 극장 나가기 전에는 강력한 거 하나 두들겨 맞길 원한다고. 국민성 자체가 어디 잔치를 가도 배 터지게 먹어야 그거 좀 먹을 거 있네, 하는 나라란 말이야. 영화도 그렇잖아. 억지 눈물,

---

* '시나리오'를 대신해서 쓰는 영화계의 표현.

억지 코미디, 신파니 과잉이니 해도 결국 되는 영화가 그런 말을 듣는다니까."

시나리오 씹히는 게 한두 번 있는 일도 아니고 늘 포커페이스를 유지해야지, 하면서도 그게 말처럼 쉽지가 않다. 나도 모르게 언성이 높아졌다.

"처음에 시작할 때는 세련되게 가자고 하셨잖아요? 절제의 미학이 뭐 어쩌고저쩌고하셨잖아요? 이거는 유럽 삘로 가야 된다! 영화제에서 좋아할 거다! 이런 말 하실 때는 언제고요!"

KFC 할아버지처럼 사람 좋은 인상의 최 대표는 이런 순간일수록 더 냉정하고 단호해진다. 그게 바로 '화무십일홍'이라는 엔터테인먼트 업계에서 30년을 버틸 수 있었던 이유일 것이다.

"어이, 서 작가. 세상에 영화제만 바라보고 영화 만드는 제작자가 어딨나? 영화제도 '갔으면' 좋겠다, 이 말이지. 나도 참 고생해서 글 써온 사람한테 이런 말 하기가 쉽지 않아요. 나랑 서 작가 관계가 일이 년 본 사이도 아니고, 스트레이트한 게 서로한테도 좋잖아. 일단 〈그 남자의 이상형〉은 감독 정해질 때까지는 홀드하자고. 어차피 감독 정해지면 또 제 꼴리는 대로 고치려고 들 거아냐. 그때 다시 만지자고. 내가 조만간 술 한번 살게. 고생 많이 했는데."

경험상 이 정도 시점에서 감독을 기다리자는 말은 더 이상 진행할 필요가 없다는 뜻이나 다름없다. 1년 넘게 지지고 볶으며 작업해온 〈그 남자의 이상형〉. 그동안의 노력이 수포로 돌아가려는 절박한 순간에 이르자 나도 모르게 본능적인 리액션이 튀어나왔다.

"형, 그럼 뭐 어디를 어떻게 세게 가자고? 알잖아, 내가 싫어서 그런 거지 하면 또 잘 하는 거."

최 대표는 멀뚱멀뚱 나를 보다가 또다시 한쪽 눈살을 찌푸리며 숱도 얼마 없는 턱수염을 연신 쓰다듬었다. 마치 수업 끝내자고 책을 덮으려는 찰나 학생으로부터 어려운 수학 문제를 질문 받은 선생처럼, 난감한 표정을 한 채로.

*

오늘의 강의 주제는 '제작자와 대화하는 법'이다. 영화사를 갔다 온 뒤, 내 마음대로 강의 주제를 바꿨다. 칠판에는 '1. 20자로 요약해서 설명하라. 2. 기존 영화를 예로 들어 구체적으로 설명하라. 3. 관심을 보일 때는 다른 영화사하고도 구두로 진행 중이라고 말하라. 4. 시큰둥할 때는 재빨리 또 다른 아이템이 있다고 말하라' 등이 적혀 있다.

그 어느 때보다도 집중해서 강의를 듣고 있는 학생들을 보다가 나도 모르게 웃음이 피식 터져 나왔다. 이런 바보 같은 강의를 하고 있는 나도 웃기지만, 저렇게 진지한 얼굴로 수업을 듣고 있는 모습들이라니 참.

요즘 내 주업은 작가가 아니라 선생이다. 시나리오과 겸임 교수. 한국 사회에서 한번 작가는 영원한 작가다. 발표한 작품이 몇 년간 없더라도 말이다. 마치 김 박사가 연구 활동을 하건 말건 죽을 때까지 김 박사인 것처럼, 김 사장이 사업을 하건 말아먹건 죽을 때까지 김 사장인 것처럼.

영화제 각본상이라도 하나 타고 변변한 학위까지 있었다면 그나마 괜찮은 대학의 정교수 자리 하나는 꿰찼을지도 모른다. 하지만 수준이 좀 떨어지는 학교라 해도 요즘 같은 불황기에는 이런 자리라도 차지하고 있는 것을 감사히 여겨야 한다. 처음 시작할 때는 부업 정도로 생각했었는데, 매달 들어오는 고정 수입에 시나브로 중독되어갔다. 큰 액수는 아니지만 '안정적' 수입이 가져다주는 '안정감'은 의외로 컸다. 또, 몇 년간 작품 발표를 하지 못한 작가의 자격지심인지 교수라도 하고 있다는 것이 마냥 시간만 죽이고 있었던 건 아니라는 자위를 하는 데 도움이 되었다. 주변 동료 작가들 중 몇몇이 혹시 내가 바빠져서 대타가 필요하거든 연락 달라고 넌지시 말하고는 했지만, 무슨 소리! 절대 내놓을 생각 없다.

"김 배우가 술에 취해서 박 감독한테 재떨이를 던진 거야. 감히 내, 내, 내가 던진 재떨일 피해! 그 특유의 말투 알지?"

깔깔깔깔.

"정 감독하고 최 모 배우가 회식 자리에서 같이 사라져버린 거야. 근데 다음 날 촬영장에서 최 모 배우가 감독 무릎에 앉아 모니터를 보고 있는 거지. 오빠, 오케이야? 다시 안 찍어도 되지? 이러면서."

어머, 어머. 그래서요?

수업은 삼천포로 빠져 충무로 판 야사 얘기로 접어들었다. 나는 김 배우, 최 모 배우의 성대모사까지 해가며 신나서 떠들어댔고, 학생들은 배꼽을 잡으며 좋아했다. 수강생들의 재미있어하는 표정에 우쭐한 희열감이 느껴지는 것을 보면 스토리텔러로서의 근성은 어쩔 수가 없나 보다. 그래, 너희들은 기승전결이 어쩌고저쩌고 하는 것보다 이런 얘기가 재밌을 거다, 라고 속으로 생각하는 바로 그때였다.

뒤쪽 구석 자리에 앉은 수강생 하나가 머리를 책상에 박은 채 졸고 있는 모습이 눈에 들어왔다. 따분한 수업 중에 그러는 건 내가 뭐라 하지 않는다. 하지만 지금은 내가 마음먹고 웃기는 얘기를 하고 있는 중이란 말이다! 다들 웃고 있는 거 안 보여? 그런데 내 얘기를 왜 안 듣고 있는 거야? 이게 재미없어? 졸릴 정도로 재미가 없다는 말이냐고?

누군가를 나에게 집중시키지 못했을 때의 이 석연찮은 느낌. 찜찜함. 불쾌감. 이것 또한 스토리텔러로서의 같잖은 근성이리라. 나는 말을 멈추고 굳은 표정으로 그 수강생만 뚫어지게 쳐다보았다. 수업 공백이 길어지자 열심히 듣고 있던 수강생들까지 '뭐지?' 하는 표정으로 내 시선 방향으로 쫓아가더니, 결국은 뒤쪽 구석의 그놈에게로 모두 집중하는 상황이 되었다. 앞자리에 앉은 학생이 자고 있던 그를 흔들어 깨우자 그제서야 그 문제의 수강생이 고개를 들었다. 부스스한 눈으로 두리번거리다가 나와 눈이 맞았다.

20대 중반의 남자 놈이었다. 하얀 피부에 기생오라비처럼 앙상한 얼굴. 심지어 귀에는 이어폰까지 꽂고 있었다. 하지만 그 녀석은 일말의 죄책감도 느끼지 않는 눈빛이었다. 아니 죄책감은커녕 이런 조잡스러운 수다 좀 안 듣는 게 뭐 그리 대수냐고 따지는 듯했다.

"그래서 어떻게 됐는데요?"

맨 앞자리에 앉은 학생은 스캔들 얘기가 끊긴 게 영 답답했던 모양이다. 하지만 나는 맨 뒷자리의 기생오라비로 인해 얘기할 맛이 뚝 떨어졌다.

"나머진 다음 시간에 계속."

*

한때는 무수히 들어오던 집필 제의를 거절하느라 바빴던 적도 있었다. 동시에 진행하는 시나리오가 두세 편씩 되었기 때문이다. 하지만 그것도 잠시. 3년 동안 작업했던 다섯 편의 시나리오가 번번이 엎어지면서 슬슬 주류에서 밀려났다. 그리고 어느새 중견으로 분류되는 나이. 트렌드에 민감한 이쪽 업계에서 중견이라는 말은 곧 감각이 떨어진다는 말과 같은 뜻이다. 특히 '자리 잡지 못한 중견'일 경우에는 더욱더 치명적이다. 그래서 내 나름의 자구책으로 젊은 피를 수혈해보기는 했는데….

"캐릭터가 밋밋하다, 동기가 미약하다…. 어떤 버전을 보더라도 항상 나오는 얘기잖아요. 이렇게 계속 고치기만 하다가는 오히려 초고가 가지고 있던 장점까지 희석되는 거 같거든요. 더 이상 영화사 요구대로 고치는 건 저는 좀 아닌 거 같아요."

그녀의 목소리가 오늘따라 좀 하이 톤이다. 그럴 만도 하다. 이번 고(稿)는 그녀가 주도해서 써나갔기 때문이다.

최지양. 27살. 3년 전에 내 수업을 들었던 학생. 첫 수업 때 왕가위*의 영화를 좋아하며 〈델마와 루이스〉** 같은 시나리오를 쓰고 싶다고 했다. 필력은 떨어지지만, 자료 조사를 꼼꼼히 잘하는 친구다. 이름만 대면 알만한 대기업에서 비서로 일하다가 더 늦기 전에 '어릴 적 소중한 꿈'을 오늘에 되살리고자 과감히 사표를 냈다고 했다. 그녀가 수업에 늦거나 빠지는 일은 단 한 번도 없었다. 초급 강좌를 듣던 한 학기 동안은 말없이 조용했으나, 고급 강좌를 들을 때는 좀 편해졌는지 종종 나에게 질문을 던지곤 했다. 마지막 수업 후 뒤풀이 자리에서 같이 글 한번 써보지 않겠냐고 제안했고, 그녀는 단발머리를 귀 뒤로 넘기며 수줍게 고개를 끄덕였다. 화려하지는 않지만 정갈하고 해사한 이목구비, 그리고 수줍은 듯 사람을 끌어들이는 묘한 매력이 그녀를 팀에 끌어들인 이유 중 하나였다는 것을 굳이 부인하지는 않겠다.

투정처럼 이어지는 지양의 말을 대충 흘려들으며, 지양 건너편

---

* 홍콩의 영화감독. 대표작 〈동사서독〉, 〈화양연화〉, 〈중경삼림〉 등. 고독한 도시 남녀의 모습을 멜랑콜리하고 감각적인 영상 화법으로 연출하여, 2000년 전후 한국을 비롯한 전 세계 영화팬들을 열광시켰다.
** Thelma & Louise(1991). 리들리 스콧 감독. 캘리 쿠리 각본. 수잔 서랜든, 지나 데이비스 주연. 페미니즘 로드무비의 대명사로 일컬어지는 영화.

에 앉아 있는 영락의 표정을 살폈다. 그는 시선을 떨어뜨린 채 묵묵히 듣고 있다.

조영락. 32살. 역시 3년 전 지양과 함께 내 수업을 들었다. 무려 '한의대'를 본과 4학년까지 다니다 중퇴하고 시나리오과로 옮긴, 제대로 정신 나간 녀석. 〈세븐〉* 같은 스릴러를 쓰고 싶다는데 캐릭터로 봤을 땐 〈포레스트 검프〉**가 더 어울리는 놈이다. 머리 모양도 〈포레스트 검프〉와 유사하다. 언제 머리를 잘랐는지 알 수 없을 정도로 언제나 늘 똑같은 기장과 헤어스타일을 유지하는 게 신기할 따름이다. 그의 인상을 좌우하는 결정적 아이템은 바로 안경. 도대체 나이도 어린놈이 왜 저런 '조영남' 뽈테 안경을 쓰고 다니느냐 말이다. 대화할 때 눈도 제대로 못 쳐다보는 내성적인 성격에, 묵묵히 남의 얘기를 잘 들어주는 스타일. 말 없는 사람의 경우 도통 속을 알 수 없기 때문에 답답할 수가 있는데, 영락의 경우는 희한하게도 '속을 알고 싶은' 마음이 전혀 생기지 않아 좋았 다. 장점은 요리와 청소를 잘한다는 것, 단점은 대사를 못 쓴다는 것. 영락은 시키지 않아도 작업실에 오면 늘 청소를 했고, 요리를 했고, 설거지를 했다. 귀가할 때는 마땅히 제 할 일인 것처럼 음식 물 쓰레기를 들고 나갔다. 굳이 그럴 필요 없다고 몇 번 얘기하기도 했지만 이내 그 편한 생활에 익숙해졌고, 점점 더 내 개인적이고도

---

* Se7en(1995). 데이비드 핀처 감독. 앤드류 케빈 워커 각본. 브래드 피트, 모건 프리먼 주연. 사이코 연쇄살인마와 그를 쫓는 형사의 이야기.
** Forrest Gump(1994). 로버트 저메키스 감독. 에릭 로스 각본. 윈스톤 그룸 원작. 톰 행크스 주연. 남들보다 조금 떨어지는 지능을 가진 외톨이 소년의 시선으로 바라본 미국 의 현대사를 풀어낸 감동의 휴먼 드라마.

자질구레한 일들(담배 심부름이나, 세탁소에 갈 일, 아주 가끔은 대리운전)까지 영락에게 시키게 되었다. 영락은 단 한 번도 마다하지 않았다. 그래서 영락이 대사를 못 쓰는 거 정도는 충분히 양해가 되었다.

영락의 의견 역시 건성건성 들으며 만년필을 돌리다가 그만 회의 테이블 아래로 떨어뜨렸다. 만년필을 줍기 위해 몸을 아래로 숙이는데, 테이블 밑으로 치마를 입은 지양의 미끈한 다리가 보였다. 다리를 감싼 커피색 스타킹의 장미 패턴이 좀 촌스러웠다. 만년필을 집은 다음 몸을 일으키며 말했다.

"이를테면 90점 이상 되는 시나리오가 투자되는 거라고 생각해 봐. 간단히 말하면 커트라인이 90점인 거야. 그럼 89점짜리 시나리오랑 50점짜리 시나리오랑은 무슨 차이가 있니?"

지양이 피곤한 한숨을 내쉬며 말했다.

"아무 차이 없죠."

"혹시…, 이거 내가 전에 얘기한 적 있니?"

"예. 세 번인가 하셨어요."

뭐 좀 김이 새긴 하지만, 이왕 말 꺼낸 거.

"그래. 89점이나 50점이나 아무 차이가 없어요. 투자가 안 되면 그냥 둘 다 0점짜리 시나리오인 거라고! 그냥 무(無)가 되는 거야, 무! 도로 아미타불! 지금 고지가 눈앞이야. 1년 넘게 작업했는데 여기서 접긴 아깝잖아. 진짜 마지막이야. 최 대표랑 그렇게 쇼부 봤어. 마지막으로 딱 한 번만, 한 번만 더 고쳐보자. 뭘 어떻게 고쳐야 되는지는 다시 말 안 해도 알겠지, 영락아?"

영락을 쳐다보자, 영락은 지양의 눈치를 슬쩍 살피고는 예의 자신감 없는 태도로 쭈뼛쭈뼛 고개를 끄덕였다. 지양은 답답한지 또다시 한숨을 푹 내쉬었다.

교통비와 식대 정도의 월급만 주며 둘을 데리고 있었던 게 벌써 2년. 책이 팔리면 계약금에다 공동작가 타이틀까지 주기로 했건만, 책이 팔리지 않으니 나도 어쩔 도리가 없다.

회의가 끝나고 영락과 함께 작업실을 떠났던 지양이 30분 후에 다시 돌아왔다. 작업실이 일산이다 보니 회의를 하는 날이면 지양은 영락의 차를 얻어 타고 서울까지 왔다 갔다 했다. 단, 오늘처럼 회의가 끝난 뒤 함께 있기로 한 경우는 영락의 차가 일산행 '편도'로만 이용된다. 물론 그 과정이 살짝 번거롭기는 하지만.

"친구 만난다니까 어떤 친구냐고 계속 묻고, 약속 장소까지 기필코 데려다주겠다고 그러는 거예요. 됐다고 하는데도, 영락 오빠 스타일 아시잖아요. 똑같은 말만 계속하는 거. 짜증나서 그냥 차문 열고 내렸다니까요. 작가님, 언제까지 이렇게 만나야 하는 거예요? 매번 이유 대는 것도 피곤하고. 애도 아니고 대충 다 눈치채고 있을 텐데."

지양이 짜증을 내며 말했다.

"이번 책만 끝나면 오픈하자."

"치, 맨날 똑같은 얘기."

말이 끝나기도 전에 입술을 포개며 투정 부리는 그녀의 입을
막아 버렸다.

　지양과 이런 관계가 된 건 그녀가 작가 팀에 합류하고서 두 달
뒤인가 그즈음이었다. 하루는 영락이 집안 경조사로 인해 회의
참석을 못 한 적이 있었는데, 그날 저녁 회의가 끝나고 작업실에서
같이 와인을 마시다가 자연스럽게 초야(初夜)를 치르게 된 것이다.
지양은 내 손길을 거부하지 않았다. 어쩌면 기다리고 있었는지도
모른다. 사실 학교에서 강의를 들을 때부터 그녀가 나에게 호감이
있다는 것을 어느 정도는 눈치채고 있었다.
　내 성기가 그녀의 몸 안을 휘젓는 동안 지양은 눈을 질끈 감은
채 입을 앙다물었다. 섹스를 할 때면 늘 변함없는(마치 쾌락을 느
끼는 게 큰 죄라도 되는 것 마냥 무언가를 애써 참아내는 듯한)
저 표정. 편하게 솔직하게 반응해도 된다고, 그게 나를 더 흥분시
킨다고 말해준 적이 있건만, 그녀는 조금도 달라지지 않았다.
　"작가님…. 작가님이 마지막으로 책 손보시면 안 돼요?"
　앙다물었던 입이 벌어지며 그녀가 말했다. 순간 빳빳했던 성기
에서 혈액이 빠져나가는 느낌이 들었다. 도대체 절정으로 향하는
이 시점에 저 말을 하는 이유는 뭘까? 다급한 순간에 부탁을 하면
들어줄 확률이 높다고 생각한 것일까?
　"그래…. 내가 마무리할게."
　발기가 아예 풀릴까 싶어 허리를 더 다급하게 흔들었다. 그러자,

지양은 다시 눈을 질끈 감고 입을 앙다물며 나를 꽉 끌어안았다.
그리고 귓가에 조그맣게 속삭였다.
"사랑해요."

잠든 지양을 뒤로하고, 노트북 앞에 앉았다. 한글 워드프로세서
프로그램을 열었다. 세 개비의 담배를 연달아 피우며 점멸하는
워드프로세서의 커서만 멀뚱멀뚱 쳐다보다가 다시 노트북을 닫았
다.
내가 마무리하겠다고 말은 했지만, 유감스럽게도 나는 더 이상
글이 써지지 않는다.
글쟁이는 결핍이 있어야 한다. 결핍해야 치열할 수 있다. 충분한
통장 잔고, 그런대로 만족스러운 섹스, 부동산 시세 따라 값이 잘
올라가는 40평형 주상복합 오피스텔 작업실, 4년 된 3000cc 렉서
스 세단, 서해안의 골프 회원권, 52인치 UHDTV, 4K 프로젝터와
뱅 앤 올룹슨 조합의 홈시어터. 딱히 부족한 것도, 딱히 가지고
싶은 것도 없다. 고로 치열할 이유도 없다.
나는 자극이 필요하다.

*

두 사내가 스코틀랜드행 기차를 타고 가던 중이었다. 한 남자가 다른
한 남자에게 물었다.

"선반 위에 있는 저 짐꾸러미는 뭡니까?"
"아, 저건 맥거핀이라고 합니다."
"맥거핀…? 그게 뭐죠?"
의아한 표정으로 재차 묻자 사내가 답했다
"맥거핀은 스코틀랜드 고지대에서 사자를 잡을 때 쓰는 장치를 말합니다."
"스코틀랜드 고지대에는 사자가 살지 않는데요?"
"아, 그래요? 그렇다면 맥거핀은 결국 아무것도 아니군요."

허무 개그와도 같은 이 이야기는 명감독 알프레도 히치콕이 역시 명감독이자 히치콕의 광팬이기도 했던 프랑수아 트뤼포의 저서 〈히치콕과의 대화〉에서 말했던 맥거핀에 대한 설명이다. 짧게 말하면 '서스펜스를 창출하기 위해 만들어진 어떤 사건이나 인물, 또는 사물. 하지만, 영화가 진행됨에 따라 별다른 의미 없이 사라져버리는 것'. 그게 바로 맥거핀이다. 맥거핀의 예를 들자면 〈사이코〉의 돈 가방, 〈펄프 픽션〉의 도난당한 서류 가방, 〈디파티드〉의 마이크로프로세서, 〈미션 임파서블3〉의 토끼발 같은 것들이다. 위 영화들을 보았지만 돈 가방, 서류 가방, 마이크로프로세서, 토끼발이 정확히 어떤 것이었는지 기억이 가물가물하다거나 아예 그런 것이 등장했었나 싶다면, 그게 바로 '맥거핀'이 제대로 먹혔다는 뜻이다.

왜 갑자기 맥거핀에 대해 장황하게 떠들고 있냐고? 장황하게 들렸다면 유감이다. 시나리오 작가에게 '장황하다'는 건 치명적인 말이기 때문이다. 조금만 참아주길 바란다. 이제부터 본격적으로 얘기가 시작될 테니.

그저 이 말을 하고 싶었을 따름이다. 글을 쓴다는 것, 그것이 바로 내 인생의 맥거핀이었다고. 서스펜스를 부여하며 사십 중반까지 끌고 왔지만, 결국 지금에 와서는 그 어떤 의미도 찾을 수 없는 게 되어 버린.

내 삶에서 '스코틀랜드 사자를 잡는 장치'가 사라지고 난 뒤 일상이 참으로 푸석푸석해졌다. 어디로 가는지 목적지도 모른 채 하릴없이 왔다 갔다 할 뿐이다. 그렇다면 새로운 맥거핀이 필요한 시점인가, 바로 지금이?

질투는 나의 힘

"구조. 영어로는 Structure. 이를테면 집을 지을 때 뼈대와 같은 개념입니다. 시나리오를 처음 쓰는 분들을 보면 초중반까지 잘 풀어 가다가 막판 3분의 1에서 무너지는 경우가 많아요. 이게 다 구조, 스트럭처가 탄탄치 못해서 벌어지는 일입니다. 캐릭터가 좀 약하더라도, 대삿빨이 좀 떨어져도, 잘 짜인 구조는 관객의 시선을 붙잡는 힘이 있습니다. 오죽했으면, 걸작 누아르 〈차이나타운〉을 쓴 작가 로버트 타운이 시나리오에서 제일 중요한 세 가지가 구조, 구조, 구조라고 했겠습니까."

웅변가처럼 다이내믹한 어조로 '구조'라는 단어에 방점을 찍으며 힘 있게 세 번 강조했다. 수강생들이 일제히 고개를 끄덕인다.

---

* **질투는 나의 힘**(2003). 박찬옥 각본, 감독. 배종옥, 박해일, 문성근 주연. 기형도 시인이 1991년 발표한 시집 〈입속의 검은 잎〉에 같은 제목의 시가 수록되어 있다.

맨 앞줄에 앉은 여학생이 노트에 '구조, 구조, 구조'라고 받아 적는
걸 보면서는 대단한 비밀을 공개한 듯한 우쭐한 기분마저 들었다.
그러나 그 기분은 오래 가지 않았다.

"윌리엄 골드먼입니다."

누군가가 말했고, 나는 소리가 들린 교실 한쪽 구석을 살피며
물었다.

"뭐라고 했죠?"

"로버트 타운이 아니라 윌리엄 골드먼입니다."

이번에는 소리의 근원지를 쉽게 찾을 수 있었다. 바로 지난번
수업 시간에 이어폰을 꽂은 채 자고 있던 기생오라비, 바로 그놈이
었다. 겨드랑이 밑으로 살짝 땀이 배어 나왔다.

"아, 윌리엄 골드먼이었나요? 둘 다 워낙에 위대한 작가이다
보니 잠깐 착각했네요. 윌리엄 골드먼은 〈마라톤 맨〉이나 〈내일을
향해 쏴라〉 등으로 유명하지요. 애니웨이, 요점은 구조, 구조, 구
조. 잊지 마십시오."

마커 펜을 들고 칠판 쪽으로 돌아서며 속으로 생각했다.

'어쭈, 작법서 좀 봤다 이거지? 그래, 네 나이 땐 이런 거 티를
내고 싶을 때지.'

칠판에 마커 펜이 닿으려는 순간이었다.

"질문 있습니다."

뒤돌아보지 않고도 알 수 있었다. 또 그 녀석이다.

"뭐죠?"

태연한 표정으로 되물었지만, 속에서는 점점 짜증이 치밀어 오르고 있었다. 시나리오뿐만 아니라 수업에도 '기승전결'이라는 것이 있는데, 지금 저놈이 오늘 수업의 '클라이맥스' 부분에 느닷없이 끼어들어 고조되는 분위기에 초를 치고 있기 때문이다.

"수업을 들으면서 든 생각인데요, 작가님의 강의 내용이 30년 전 사이드 필드가 발표했던 시나리오 작법 이론과 많이 유사한 거 같습니다. 30년이라는 시간 동안 영화 형식 자체도 많이 바뀌었고, 그렇다면 작법 또한 그에 걸맞게 변화해야 하는 거 아닌가 하는 생각이 듭니다. 일례로 찰리 카우프만*의 영화들은 이미 2000년대 초반부터 대중 영화의 바운더리 안에서 내러티브를 해체하는 실험을 하고 있고, 게임, 웹드라마, 유튜브 등에 익숙한 관객들은 긴 호흡의 내러티브를 더 이상 못 견디고 개별 신(Scene) 안에서의 즉각적인 재미나 시트콤에서처럼 캐릭터의 일거수일투족을 쫓는데 더 몰두하고 있습니다. 실제로 많은 사람들이 본방을 보기보다는 인터넷에 떠도는 엑기스 영상, 즉 편집된 하이라이트 클립만 보면서 스토리를 따라가고 있지 않습니까. 이런 경향을 보면 앞으로 점차 플롯, 구조에 대한 의존도가 줄어드는 게 아닌가 싶은데요, 작가님께서는 혹시 지금 하시는 강의가 이러한 최근의 경향을 도외시하고 있다고 생각지는 않으신지요?"

미리 준비해놓은 원고를 읽듯이, 줄줄줄 쏟아져 나왔다. 말하는

---

* Charlie Kaufman. 영화감독 겸 작가. 작품으로는 〈존 말코비치 되기〉, 〈어댑테이션〉, 〈이터널 선샤인〉 등이 있다. TV 코미디, 시트콤 작가 출신.

녀석의 얼굴은 차분하고 담담했다. 하지만 그 눈빛에선 '골탕 한번 먹어봐라' 하는 장난기가 그득했다. 수강생들이 나와 녀석의 얼굴을 번갈아 살폈다. 다들 재미난 구경거리라도 찾은 듯했다. 교실 안에 묘한 긴장감이 감돌았다.

"이름이 어떻게 됩니까?"

"김영회입니다."

김영회, 김영회…. 너는 학기 중반이 지나도록 존재감이 없었던 네 이름 석 자를 내 머릿속에 박아 넣는 데 성공했다. 그것이 너의 의도였다면 이번 질문만큼은 A+, 아니 A++를 받기에 충분하다는 얘기지.

"김영회 씨, 나 대신 강의해도 되겠는데. 특강 한 번 할래요? 강의료는 얼마 안 되지만."

김영회를 제외한 수강생들이 피식피식 웃음을 터트렸다. 화술의 기술 하나. 진지함을 가볍게 대할 때, 그 진지함은 덩달아 가벼운 것이 되어 버린다.

시계를 슬쩍 보고는 말했다.

"얘기가 길어질 거 같으니 오늘 수업은 여기까지. 김영회 씨는 잠깐 남아서 영화의 현재와 미래에 대해 마저 얘기를 나눠보도록 하죠. 나머지 분들은 워크숍 시나리오 제출하고 가시면 됩니다."

강의실에서 담배를 피우는 건 강의를 시작한 이래로 처음이다. 니코틴을 깊게 빨아들이며 스스로를 진정시켰다. 김영회는 내가 담배 피우는 걸 묵묵히 지켜보고 있다. 담배 연기를 김영회의 면전에 내뿜으며 입을 뗐다.

"너 같은 애들이 일 년에 한두 명씩 꼭 있어. 기본도 없는 것들이 겉멋만 들어서 말이야. 소포클레스의 희랍비극, 시학, 셰익스피어는 읽어보기는 했냐? 몇 천 년째 극의 기본이 내러티브야! 해체? 찰리 카우프만까지 갈 필요도 없어! 그거 고다르*가 이미 60년대에 다 한 거야! 근데 그게 주류가 돼? 절대 안 돼. 그건 그냥 아트거든! 아트 할 거면 내 강의 들을 필요 없어. 아트는 혼자 하면 되는 거니까! 담에 또 그딴 소리 할 거면, 수강료 돌려줄 테니까 다시는 오지 마. 알겠어?"

너만 준비된 원고가 있는 게 아니다, 이 자식아.

교탁 위 제출된 시나리오들 중 맨 위에 김영회의 것이 놓여 있었다.

"김영회. 네 건 내가 특히 유심히 읽도록 하지. 아트 할 자격이 있는지 없는지 말이야. 가봐."

김영회는 입꼬리 한쪽을 올린 채 피식 웃으며 목례를 했다. 그딴 식의 목례는 받는 게 더 불쾌하다. 김영회는 강의실 문을 나서다가 멈춰 섰다. 그리고는 나를 돌아보면서 또박또박 말했다.

"저는요, 〈지옥별장〉 같은 시나리오를 쓰고 싶어서 여기 왔거든요. 상식과 문법에 얽매이지 않는 치기 어린 영화. 그걸 배우고

---

* 장 뤽 고다르(Jean-Luc Godard). 프랑스 누벨바그의 대표 감독. 데뷔작 〈네 멋대로 해라〉. 평생에 걸쳐 새롭고 파격적인 영화를 추구했던 '영화 혁명가'이자, 현대 영화 언어의 발전에 가장 크게 이바지한 감독으로 평가받는다.

싶어서요."

　김영회는 문을 닫고 나갔다. 나는 한참 동안 멍한 표정으로 문을 바라보며 서 있었다. 뒤통수가 얼얼했다.

＊

　〈지옥별장〉. 내가 스물아홉 살 때 처음 쓴 시나리오이다. 제목에서부터 풍기듯이 장르로 말하면 호러. 더 디테일하게는 슬래셔* 호러. 깊은 산 속에 별장을 가지고 있는 사이코 부부가 MT 온 문란한 대학생들을 모조리 죽이려 한다는 내용의, 말 그대로 B급 영화이다. 처참하게 흥행에 실패했다. 하지만, 흥행 실패보다 더 큰 상흔을 남긴 건 '무관심'이었다. 영화는 개봉 1주일 만에 극장에서 다 내려갔고, 그렇게 까대기 좋아하는 평론가들조차 〈지옥별장〉에 대해서는 아무런 언급도 없었다. 언급할 가치조차 못 느꼈던 것일까. 악평은커녕, 네티즌들의 악플조차 없었다. 그것들이라도 있었다면 작품을 했다는 또 하나의 방증은 됐을 것이다. 만들었다는 근거 자체가 희미해져 버린 유령 같은 영화, 〈지옥별장〉.

　〈지옥별장〉은 내가 코미디 장르로 파고들게 된 계기가 되었다. 2000년대 중반만 해도 코미디 전성시대였다. 특히 조폭 코미디, 섹스 코미디, 또는 코믹 액션 같은 것들이. 어떤 관객들은 이런 부류의 영화를 보고 극장을 나오면서 싸구려라고, 쓰레기라고 욕

---

* 사이코 킬러에 의한 잔인하고 혐오스러운 연쇄 살인 장면이 주가 되는 공포 영화.

을 해댔다. 영화를 보지 않은 사람들은 왜 싸구려인지, 왜 쓰레기인지를 직접 눈으로 확인하기 위해 극장을 찾았다. 부러웠다. 무관심보다는 싸구려가 나아 보였다. 무관심보다는 차라리 쓰레기가되고 싶었다. 작가적 자존심을 버리는 것은 그렇게 어려운 게 아니었다. 고작 한 편 써놓고서 자존심은 무슨 자존심. 자존심 지키는것도 누가 봐주는 사람이 있을 때 폼 나는 것이다.

한 달 만에 가족 코미디 시나리오를 하나 썼고, 금방 팔렸고,개봉을 했고, 영화는 본전을 했다. 다른 영화사에서 비슷한 걸 하나 더 써달라고 해서 썼고, 아류라는 비판을 들었지만, 영화는 전작보다 더 벌었다. 같은 영화사에서 속편을 써달라고 해서 또 썼고,역시 악평이 쏟아졌으나 1편보다 더 장사가 잘됐다. 신기하게도욕을 먹을수록 관객들은 더 많이 들어왔다.

하지만, 코미디 트렌드는 오래 가지 않았다. 대신 그 자리를 차지한 건 스릴러 장르였다. 그리고 나는 여전히 코미디 전문 작가로남아 있다.

그런데 개봉한 지 10년도 더 지난 지금 이 시점에 〈지옥별장〉이라는 제목을 김영회 저놈 입에서 듣게 될 줄이야. 누군가가 내데뷔작을 기억해주고 있다는 사실에 '아주 작은' 희열을 느낌과동시에, 한편으로는 대낮에 나 혼자 빨가벗고 강남역 사거리에서 있는 듯한 '어마어마한' 창피함을 느꼈던 건 왜일까.

*

그날 수업이 끝난 후, 영화계 동료들과의 술자리가 있었다.

공교롭게도 술자리의 호스트는 〈지옥별장〉을 공동 집필했던 정남훈이었다. 그는 〈지옥별장〉 이후 다섯 편의 시나리오를 함께 썼던 공동 작업 파트너였다. 지나고 보니, 정남훈과 함께 했던 5년간의 시간이 내 작가 인생의 최고 황금기였다. 데뷔작 〈지옥별장〉을 제외한 모든 작품이 BEP*를 넘겼고, 그중 두 편은 집필료의 두 배가 넘는 흥행 보너스까지 받았으니 말이다. 각자의 길을 가기로 한 후 나는 '자리 잡지 못한 중견 작가'로 점점 밀려났고, 정남훈 저놈은 세 작품 연속 큰 히트를 치면서 영화잡지 표지 모델까지 할 정도의 업계 거물이 되었다. 그리고 마침내 본인 이름을 딴 '정 픽처스'라는 제작사를 차리고, 70억 규모의 창립작 투자를 받기에 이르렀다. 바로 오늘 이 자리가 창립작 투자 결정을 자축하며 정남훈이 업계 지인들에게 한턱내는 자리인 것이다.

취기가 올라오니 룸 안의 담배 연기가 답답했고, 웃기지도 않는 얘기에 큰 소리로 낄낄대는 정남훈의 모습도 꼴사나웠다. 머리를 식힐 겸 밖으로 나가 담배를 피우려고 하는데 정남훈이 뒤따라 나오며 말을 걸었다.

"작업은 잘 되고 있어? 새 작품 시간 좀 걸리네."

---

* 손익분기점.

정남훈이 내 입에 물려있던 담배를 낚아채 자신의 담배에 불을 붙였다. 불을 붙이기 위해 급하게 뻐끔뻐끔 대는 모습도 꼴사납긴 마찬가지였다.

"한동안 연락 없다가 유세 떨려고 부른 거냐?"

"새끼, 까칠하기는. 오랜만에 어떻게 사나 궁금해서 부른 것도 잘못이냐?"

"대표 되더니 아주 신수 훤해지셨네. 얼굴에 개기름이 좔좔 흘러."

"새끼, 거참 어째 하는 말마다 쿡쿡 쑤시냐."

어색한 정적이 흐르고, 각자 자신의 담배를 피워대고는 허연 연기를 공중으로 날려 보냈다.

정남훈과의 공동 작업이 특별히 안 좋게 끝난 것은 아니었다. 하지만, 각자의 길을 가기로 한 이후의 달라진 묘한 관계를 어떻게 설명할 수 있을까. 나 역시 잘 나갔다면 관계가 좀 더 나았을까. 이런 생각이 드는 건 나만의 자격지심일까.

정남훈이 담배를 한 모금 더 빨아대며 말했다.

"성미는 잘 있다."

이 자식은 뜬금없이 이 얘기를 왜 꺼내는 거야?

"누가 물어봤냐?"

"그냥. 궁금해 할까 봐."

여기서 잠깐. 정남훈과 나와의 관계에 대한 부연 설명이 좀 더 필요하겠다. 서로 특별히 안 좋게 끝난 관계는 아니었으나, '끝난

이후'에 안 좋아진 관계인 것만큼은 분명하다. 정남훈이 말한 성미
란 바로 내 전처인 배성미를 말하는 것이다. 배성미와 내가 부부일
때, 당시 싱글이었던 정남훈을 자주 불러서 같이 어울리고는 했다.
이혼한 뒤로는 둘이서만 따로 만나는 것 같더니만 금방 눈이 맞아
버린 것이다. 이런 경우 없는 연놈들. 배성미는 나와 이혼한 지
1년 만에 정남훈과 재혼했다. 정남훈은 배성미에게 프러포즈하기
전에 나에게 먼저 물었다. 자신이 배성미와 결혼해도 되겠느냐고.
그래서 그랬다. 내가 장인어른이냐고, 왜 나한테 물어보는 거냐고.
정남훈은 왠지 그래야 할 거 같아서라고 했다. 결혼을 하건 동거를
하건 몇 번 더 자고 헤어지건 다 큰 성인들끼리 알아서 하라고
했다. 하지만 막상 결혼한 이후로 잘 풀리는 정남훈을 보며, 내가
복덩이를 걷어찬 건 아닌가 하는 부질없는 후회가 가끔씩 들기도
했다. 하지만 이제 와서 이런 후회를 한들 무슨 소용 있겠나. 솔직
히 인정하겠다. 정남훈 저놈에게 배알이 꼴릴 정도로 질투를 느끼
고 있다는 것을. 시간이 흐를수록 그 질투가 점점 더 안에서 곪을
대로 곪아가고 있다는 것을.
　"투자사에서 들었는데. 너, 같이 쓴 시나리오를 네가 거의 다
혼자서 쓴 거라고 떠들고 다닌다며."
　이건 절대 자격지심에서 나온 말이 아니라 실제로 직접 들은
팩트다. 붉어진 얼굴의 정남훈이 정색했다.
　"투자사 어디? CJ? 쇼박? 아니면 NEW?"
　"그건 네가 알 거 없고. 그런 얘기가 왜 내 귀에 들리냐고."

"야, 동윤아. 나 그 정도로 경우 없는 놈 아니다. 그럴 수는 있겠지. 따로 작업한 이후로 네가 시나리오 써서 메이드* 된 게 없잖냐. 남 얘기하는 거 좋아하는 애들한테 술안주로 씹히기에 딱 좋은 거겠지."

정남훈의 표정을 보면 거짓말 같지는 않았다. 물론 그의 말이 틀린 것도 아니다. 다만 인정하고 싶지가 않을 뿐. 정남훈은 내 어깨에 팔을 두르며 부담스럽게 얼굴을 들이밀었다.

"동윤아. 넌 어떻게 생각할지 모르겠지만, 난 고마워서 부른 거다. 너랑 같이했던 시간이 없었다면, 오늘 이런 자리도 없었을 거야. 그리고 난 누구보다 네가 잘 되길 바라는 사람이다. 괜찮은 아이템 있으면 언제든 회사로 갖고 와. 우리 잘 맞았잖아?"

술기운 탓인지 정남훈, 이놈은 손발이 오그라드는 대사를 아무렇지도 않게 쳤다. 그걸 들으니 난 괜히 미안한 마음이 들기도 하고, 한편으로는 고맙기도 했지만, 결론적으로는 그래서 더 짜증이 났다. 최 대표와 작업 중이던 〈그 남자의 이상형〉을 저놈한테 한번 보여줘 볼까 하는 생각이 잠깐 들었으나, 그건 자존심상 절대 못 하겠다.

젠장, 그놈의 자존심.

*

---

* made. 제작, 제작 완료, 투자 결정 등의 뜻으로 두루 쓰이는 영화계의 은어.

할증 택시를 타고 일산 작업실로 돌아왔다. 침대에 누웠으나 과음 때문인지 머리가 아파 잠을 잘 수가 없었다. 케이블티브이를 틀어 습관처럼 채널을 여기저기 돌리다가 이내 다시 껐다. 그렇게 소파에 늘어져 있는데 문득 스툴 위에 놓인 학교 워크숍 시나리오 더미가 눈에 들어왔다. 맨 위에는 김영회가 쓴 시나리오가 놓여 있었다.

"싸가지 없는 새끼."

김영회의 출력물을 들어 표지를 보았다. 제목은 〈안단테 칸타빌레〉.

"하이고, 이것 봐라. 제목도 병신같이 지었네."

코웃음 치며 첫 장을 넘겼다.

그리고 마지막 장을 넘길 때까지 나는 자리를 뜰 수 없었다.

창가에 서서 담배를 물었다. 어느새 새벽의 푸르스름한 기운이 방 안을 채우고 있었다. 유난히 속이 텁텁하고 매캐했다. 그 이유가 공복에 핀 담배 때문만은 아니었다.

김영회의 시나리오.

내 의사와 무관하게 그의 시나리오 〈안단테 칸타빌레〉가 마치 이미 본 영화처럼 머릿속에서 첫 신부터 리플레이 되고 있었다.

스릴러의 외피를 두른 심리 드라마, 진중하고 뚜렷한 주제 의식, 어디서도 본 적 없던 팔딱팔딱 살아 숨 쉬는 캐릭터, 그 캐릭터들이 뱉어내는 촌철살인의 대사, 긴장을 풀어주는 세련된 유머와 위트,

그리고 한 치도 눈을 뗄 수 없게 만드는 치밀한 플롯까지! 물론 초짜 특유의 투박함은 있다. 하지만 그 또한 기성이 흉내 낼 수 없는 원초적인 매력으로 다가왔다.

감히 이렇게 말해도 될까. 내가 항상 쓰고 싶어 했던, 하지만 절대 쓸 수 없었던 시나리오. 인정하고 싶지 않지만, 그게 바로 이 책, 〈안단테 칸타빌레〉였다.

시니컬한 눈빛으로 나를 쳐다보던 김영회가 떠올랐다. 구조의 해체를 논하던 녀석의 시나리오가 이토록 아름다운 구조를 가지고 있다니. 그래, 인정하마. 너는 그것을 논할 자격이 충분한 놈이구나. 그렇다면 도대체 나에게 그딴 식으로 시비를 걸었던 이유가 무엇이냐. 너 역시 구조를 신봉하고 있는 게 분명한데. 그저 나에게 수작을 걸고 싶었던 것이냐. 그런 농지거리로 골탕을 먹이고 싶을 정도로 내가 같잖게 보였단 말이냐.

갑자기 최 대표의 말이 떠올랐다. 영화나 골프나 난 놈들이 해야 한다는. 5년, 10년 해도 노력만으로 되는 게 아니라는.

나 자신이 한없이 초라하게 느껴졌다. 비참했다.

푸르스름하던 새벽하늘의 가장자리가 어느새 붉게 물들기 시작했다. 눈을 질끈 감으며 암막 커튼을 펼쳤다.

"어머, 작가님 밤새셨어요?"

오전 10시에 지양과 영락이 작업실로 왔다. 나는 밤을 꼬박 새우고 그들을 맞았다. 영락이 새로 손본 〈그 남자의 이상형〉 수정

원고로 회의를 하기로 한 날이다. 밤을 새운 탓인지, 아니면 커피를 여러 잔 마신 탓인지 나는 매우 예민한 상태였다. 이를 느낀 지양과 영락은 연신 내 눈치를 살폈다.

"접자."

긴말하고 싶지 않았다.

"예?"

지양과 영락은 놀란 얼굴로 동시에 되물었다.

"접자고."

지양과 영락은 서로 눈을 마주 보며 어찌할 바를 몰랐다. 무거운 정적이 지속됐다.

"미안하다, 고생들 했는데. 일단은 좀 쉬는 거로 하자."

지양이 어렵게 입을 열었다. 눈빛이 간절했다.

"작가님, 1년 넘게 작업한 거잖아요."

"그러니까 더 시간 낭비하지 말자고."

"작가님께서 마지막으로 한 번만 더 손보시면 어떨….'"

영락이 조심스럽게 말을 꺼냈으나, 내가 소리치며 말을 막았다.

"이건 더 손볼 필요도 없어! 무의미한 짓이라고! 그걸 꼭 말로 해야 알겠어! 소재부터 좆같고, 플롯도 좆같고, 대사도 좆같고, 캐릭터도 좆같아! 제대로 된 게 하나도 없다고! 보면 몰라? 쓸 줄 모르면 볼 줄이라도 알아야 할 거 아냐!"

말이 끝나자마자 자리를 박차고 회의실을 나갔다. 영락은 당혹스러운 얼굴로 지양을 보았고, 지양은 눈물이 흐르는 얼굴을 두 손으로 감쌌다.

사실, 〈그 남자의 이상형〉이 그 정도로 후진 시나리오는 아니었
다. 그러나 이 바닥 생리가 후지지 않다고 해서 면죄부가 주어지지
는 않는다. 세상에는 오로지 두 가지 시나리오만이 존재할 뿐이다.
영화화되는 시나리오와 그렇지 못한 시나리오. 어차피 메이드 되
는 게 아니라면 후지지 않은 거와 후진 거, 89점과 50점은 액면상
다를 게 없다는 얘기다.

회의실을 나오자마자 후회했다. 회의 때까지도 〈안단테 칸타빌
레〉의 쇼크에서 벗어나지 못하고 있었던 것이다. 거기다 밤을 새우
고, 끼니를 걸러 속까지 쓰렸다. 회의를 취소했어야 했다. 좀 더
맑은 정신에 만났어야 했다. 하지만 나중에 만났다고 해서 결과가
바뀌지는 않았을 것이다.

3년간 지속됐던 우리 팀의 마지막 회의는 그렇게 끝이 났다.

어둠 속의 남자

김영회는 2주 동안 수업에 나오지 않았다. 지난번 '구조'에 대한 설전을 벌인 이후로 더 이상 안 나오기로 한 것일까. 쓸데없는 소리를 지껄일 거면 더 이상 나오지 말라는 말을 곧이곧대로 들은 것일까, 아니면 더 이상 배울 게 없다고 생각한 것일까. 이번 학기 가 끝날 때까지는 단 두 번의 수업만이 남아 있다.

시나리오 품평회가 진행되는 수업 중간중간 무의적으로 김영회 가 앉아 있던 교실 뒤쪽 빈자리에 시선이 가고는 했다. 수업이 끝나고 수강생들에게 김영회가 왜 학교에 안 나오는지 아는 사람 없냐고 물었더니, 누구 하나 대답하는 사람이 없었다. 과대표 학생 이 나가면서 귀띔하기를 김영회는 기수 모임에 단 한 차례도 나온

---

* 맨 인 더 다크(Don't Breathe. 2016). 페데 알바레즈 감독. 페데 알바레즈, 로도 사야 구에즈 각본. 제인 레비, 딜런 미네트 주연.

적이 없으며, 동기들과 말 섞는 것 또한 본 적이 없다고 했다. 과대표의 표정과 어조로 보았을 때 김영회에 대한 그의 감정이 그다지 좋지 않음을 알 수 있었다.

"김영회라는 학생 연락처를 좀 알 수 있을까요?"

조교실에 가서 김영회의 연락처를 물었다. 왜 그러시냐고 이유를 물어보지는 않을까 했는데, 조교는 일고의 주저함 없이 신속, 친절하게 포스트잇에 김영회의 핸드폰 번호를 적어주었다.

당장 이 번호로 연락을 취해 무슨 말을 해야겠다는 생각을 갖고 있던 건 아니었다. 하지만 언젠가, 어쩌면 조만간 이 번호가 필요할 일이 생길지도 모른다는 막연한 예감이 있었다.

"아이고, 서 작가. 오랜만입니다. 안 그래도 전화 한 번 하려고 했는데."

조교실을 나가다가 박 교수와 마주쳤다. 그는 이 학교 시나리오과의 정교수이자 학과장이기도 하다. 그는 잠시 자신의 연구실에서 차나 한잔하자고 했다. 박 교수의 연구실은 연말연시나 명절에 선물 따위를 전하거나, 학기 시작할 때 인사드리는 일이 아니고서는 거의 들어갈 일이 없다. 평상시에 괜히 들러서 잡담을 주고받을 정도로 사근사근한 사이도 아니다. 고로 학기 중간에 나를 따로 보려 했다는 건 꽤 드문 일인 것이다. 그는 차를 마시며 요즘 무슨 영화를 재밌게 보았느냐, 그 영화평 좋던데, 그 드라마는 왜 인기 있는지를 모르겠어…, 등등의 최근 엔터테인먼트 동향에 대한 별

매가리 없는 화제를 한참이나 이어갔다. 사설이 길어질수록 뭔가 유쾌한 일은 아닐 거라는 확신이 점점 들었다. 박 교수가 잔 밑바닥에 남아 있던 커피 몇 방울을 마저 들이키고는 본론을 꺼냈다.

"서 작가, 오해 없이 들어요. 아시겠지만 근래 연영과가 많이 생겨서, 수강생이 점점 줄고 있어요. 이 학교라는 것도 사업체다 보니까 위에서 말들이 너무 많아. 매스컴에 좀 나오는 사람들이 교수로 와야 경쟁력이 생긴다나 어쩐다나. 나는 우리 서 작가가 학생들도 아주 좋아하고 잘 가르친다고 편을 드는데, 계속 그러니까 이게 모양새가 좀 이상해지더라고. 쓸데없는 오해나 사고 말이야. 참나…, 꼭 이런 힘든 얘기는 다 내 몫이라니까."

겸임교수를 바꿔야 할 거 같다, 이 한 문장이면 충분할 얘기를 왜 그렇게 장황하게 대사를 치시나. 시나리오과 정교수씩이나 되시는 분께서.

"무슨 말씀인지 알겠습니다. 그럴 수 있죠, 뭐. 다음에 올 작가는 정해졌나요?"

거듭 미안해하는 박 교수에게 물었다. 그는 은근슬쩍 내 눈치를 보며 답했다.

"서 작가를 잘 안다고 하던데요, 정남훈 작가라고."

＊

인간은 생존의 동물이다. 핵폭탄이 터져도 쥐, 바퀴벌레, 그리고 인간은 살아남는다. 고로 호모사피엔스의 일원인 나 역시 그 어떤 엿 같은 상황에서도 살아남을 것이다. 수단과 방법을 가리지 않고. 인육을 먹는 한이 있더라도.

옆자리에 앉은 아가씨의 허벅지를 주무르면서도 머릿속에서는 '생존'에 대한 별별 잡생각이 꼬리에 꼬리를 물었다. 몇 잔째인지 모를 발렌타인 21년산 스트레이트 잔을 또다시 입 안으로 털어 넣으며 나의 생존 본능을 자극한 모든 것들을 저주했다. 내 와이프, 내 직장, 내 명성, 내가 가졌던 것들을 야금야금 다 빼앗아가는 정남훈 새끼, 내 책을 거절했던 투자사 새끼들, 초딩 댓글 같은 20자 평으로 내 작품을 조롱하던 평론가 새끼들, 이 시나리오 쓴 새끼 나가 뒈지라고 했던 관객 새끼들, 그리고 허구한 날 한 번만 더 고쳐보자는 말만 늘어놓던, 지금 내 앞에 앉아 있는 저 최 대표 새끼까지.

"여기 이런 애들이 진짜 제대로 된 관객이야. 우리 같은 사람들은 이런 애들이 무슨 영화를 좋아하는지 알아야 된다 이거지. 괜히 비싼 술만 먹자고 이런 데 오는 게 아니야."

최 대표는 자신의 파트너 어깨에 손을 올린 채 여기 룸살롱이 '비싼 술집'임을 다시 한 번 강조했다. 〈그 남자의 이상형〉을 접기로 한 뒤 그가 나를 위해 위로, 격려 차 마련한 자리였다. 6,000원 넘는 밥값 영수증은 처리도 안 해주면서 이런 데서 생색내기는, 니미.

"야, 너 요즘에 무슨 영화 재밌게 봤어?"

최 대표가 자신의 파트너에게 물었다.

"우리나라 영화? 아니면 외국 영화?"

"이년아. 우리가 외국인이야?"

최 대표의 파트너는 이년, 저년이라는 호칭이 익숙한 듯했다.

"아! 한국 영화? 뭐가 재밌었더라…. 아, 아가씨! 대박 야해! 조진웅 너무 좋아! 완전 섹시해! 오빠도 조진웅이랑 같이해라."

"에라, 이 변태 같은 년. 네가 캐스팅해와, 이년아."

최 대표가 안주 접시의 오징어채를 한 움큼 집어 파트너에게 던지자, 파트너는 뭐가 그리 재미나는지 까르르 웃어댔다.

둘의 볼썽사나운 대화를 지켜보는데 갑자기 속에서 구역질이 치밀어 올라왔다. 급하게 마신 탓이다. 옆자리의 아가씨를 밀치고 화장실로 뛰어갔다. 남성용 소변기에 머리를 처박은 채 한참을 게워 냈다.

아깝다, 비싼 술을 토하다니…. 이런 멍청한 생각을 하는 찰나 갑자기 두개골에 드릴을 박는 듯한 극심한 두통이 찾아왔다. 이러다 두개골이 쩍하고 벌어질지도 모른다는 공포를 느꼈고, 난 본능적으로 양쪽 관자놀이 부위를 양손으로 세게 누르며 머리를 감쌌다. 그렇게 비틀대며 그 자세를 유지하려고 애썼다. 얼마의 시간이 흘렀던 것일까. 어느 순간 머리통 안이 진공 상태가 된 것처럼 멍해지면서 일시에 모든 소음이 사라졌다. 두통이 사라지자 세면대를 두 손으로 짚으며 간신히 중심을 잡고 서 있는데, 문득 섬뜩한 기운이 느껴졌다.

세면대 앞 거울 속의 내가 나를 지켜보고 있었던 것이다. 거울 속의 나는 비틀거리지도, 술에 취해 있지도 않았다. 그저 나를 안쓰럽게 바라볼 뿐이었다.

"왜?"

거울 속의 나는 표정 변화가 없다.

"씨발, 왜 그렇게 보고 있는 건데?"

〈택시 드라이버〉의 로버트 드니로처럼 거울 속의 나에게 말하기 시작했다.

"씨발, 나 서동윤이야…. 한국에서 계약금 한 장 처음 찍은 작가라고! 무시하는 새끼들 두고 봐…. 나 이렇게 그냥 안 가…."

거울 속의 나는 그제야 빙긋 웃는다.

"이봐."

나는 양손으로 세면대를 짚은 채 치켜뜬 눈으로 그를 쳐다보았다.

"내가 죽이는 이야기 하나 해줄까? 진짜, 끝내주게, 재밌는, 이야기."

이번에는 내가 피식 웃었다. 그런 거 없어. 이제 다 거기서 거기야. 다 어디에선가 본 듯한 얘기들뿐이라고.

"왜? 못 믿겠어? 일단 듣기 시작하면 궁금해서 견딜 수가 없을 텐데."

나는 어깨를 살짝 들었다 내렸다. 그렇게 자신 있으면 한 번 해보시던가.

마치 최면이라도 거는 사람처럼 나긋나긋한 목소리로 그의 이야기가 시작되었다.

"이야기는 폭설이 내리는 산에서 시작해. 눈이 부실 정도로 온통 흰 눈으로 뒤덮인 산속에서 두 개의 점처럼 멀리 보이는 두 남자가 있어. 가까이 다가가면 한 남자가 다른 한 남자에게 총을 겨누고 있는 거야. 둘 다 피투성이 얼굴을 한 채로. 하지만 총을 든 자는 거의 울고 있는 얼굴이고, 총이 겨눠진 자는 오히려 후련하게 웃고 있어. 도대체 이들에게는 무슨 일이 벌어졌던 걸까?"

음…. 뭐 나쁘지 않은 오프닝이야. 일단 호기심은 유발하니까. 어디까지나 '나쁘지는 않다'라는 뜻이라고. 그런데 그 얘기도 최근에 어디에선가 본 거 같은데…. 네가 그랬잖아, 좀 전에. 어차피 다 거기서 거기라고. 하긴 그렇지. 그래서 그다음에는 어떻게 되는 건데?

그의 이야기는 계속 이어졌고, 나는 현실과 극을 넘나들며 이야기에 빠져들었다. 어느 순간에는 극의 주인공이라도 된 양 흥분하기도 했고, 또 어느 순간에는 깔깔대며 자지러지기도 했다.

"어때? 재밌지? 재밌지 않아?"

"그래서 어떻게 되냐고? 빨리 좀 얘기해봐, 답답하게 거참."

정신을 차려 보니 어느 순간 이야기를 듣는 청자(聽者)가 최 대표로 바뀌어 있었다. 뭐야…? 어떻게 된 거야…? 왜 내가 이 이야기를 하고 있는 거지? 도대체 언제 화장실에서 소파로 돌아온 거야?

잠시 당황했지만 호기심 어린 최 대표의 눈을 보는 순간, 스토리텔러로서의 본능이 발동하며 '진짜 끝내주게 재밌는 이야기'를 계속 이어갔다.

정신이 혼미하다 보니 중간중간 기억나지 않는 부분이 많았다. 그런 부분은 즉흥적으로 개작이 되었는데 뒤로 갈수록 어느 부분이 오리지널이고, 어느 부분이 지어낸 이야기인지 헷갈리기도 했다. 이야기를 어떻게 마무리했는지도 전혀 기억이 나지 않는다. 얼핏 기억나는 건 이야기를 마무리한 뒤, 술을 더 마시다가 결국은 룸 테이블 위에다 한 번 더 오바이트하면서 자리가 끝났다는 것 정도이다.

하지만 그 와중에도 이것만큼은 분명히 기억한다. 그렇게 만취해 있는 얘기 없는 얘기를 다 떠들어 대면서도 '진짜 끝내주게 재밌는 이야기'의 오리지널이 김영회의 〈안단테 칸타빌레〉였음은, 절대 입 밖에 내지 않았다는 것 말이다.

재능 있는 리플리 씨

냉장고에서 반 정도 차 있던 물통을 꺼내 쏟아붓듯이 입 안에 털어 넣었다. 잔뜩 말라붙어있던 혀가 생기를 되찾기에는 반 통의 물로도 충분하지 않았다. 현기증이 느껴져서 냉장고 손잡이를 잡았다. 젠장, 얼마나 마신 거야. 작업실까지는 또 어떻게 온 거고.

어디에선가 핸드폰 문자메시지 수신음이 울렸다. 어제 입었던 옷 주머니에서 핸드폰을 꺼내보니 최 대표가 보낸 메시지였다.

[서 작가~ 아직 안 일어났나? 일어나는 대로 전화 줘~~ 어제 얘기한 시나리오 괜찮던데~ 다른 데랑 얘기하지 말고!!! 내가 서 작가 좋아하는 거 알지?^^ 일어나면 해장이나 같이하자고~~!]

이모티콘과 물결무늬 기호, 느낌표까지 모든 것이 부담스러웠

---

* 리플리(The Talented Mr. Ripley. 1999). 안소니 밍겔라 각본, 감독. 맷 데이먼, 귀네스 펠트로, 주드 로 주연. 패트리샤 하이스미스의 동명 소설이 원작. 르네 클레망 감독, 알랭 들롱 주연의 영화 〈태양은 가득히〉 역시 이를 원작으로 한 것이다.

다. 자고 있는 동안 최 대표로부터의 부재중 전화가 다섯 통이나
와 있었다. 연락이 안 되자 문자메시지를 보낸 것이리라.

직소 퍼즐처럼 어제의 기억이 조각조각 짜 맞춰진다. 도대체
어제 무슨 짓을 한 거냐. 갑자기 얼굴이 후끈거렸다. 이후의 일들
을 어떻게 수습해야 하나 생각하는데 다시금 머리가 어질어질했
다. 눈을 감았다. 일단 좀 더 자자. 내가 내 이성을 통제할 수 있을
때, 그때 생각하자. 새삼 가격은 좀 더 나가더라도 두꺼운 암막
커튼을 달길 잘했다는 생각이 들었다.

*

핸드폰에 저장되어 있던 김영회의 전화번호를 검색했다. 통화
버튼을 누르기 전 심호흡을 몇 번 했다. 그리고 통화 버튼을 눌렀
다.

"여보세요?"

여자 목소리다.

"김영회 씨 핸드폰 아닙니까?"

주변에 시끄러운 소리가 함께 들렸다.

"야! 조용히 해봐!"

손으로 핸드폰을 막고 소리친 듯싶으나 여실히 다 들렸다.

"맞는데 어디시죠?"

다시 들으니 중성적인 느낌을 주는 낮은 톤의 목소리다.

"김영희 씨와 통화할 수 있을까요?"

"지금은 좀 어려운데…, 어디라고 전해드릴까요?"

잠시 망설이다 말했다.

"김영희 씨 다니는 학교에서 시나리오 가르치는 사람입니다."

"아, 서 작가님."

나를 알고 있단 말이야? 그녀의 목소리가 조금 부드러워졌다. '서 작가'에 대한 감정이 나쁘지는 않았던 모양이다.

"무슨 일이신데요?"

"얘기 좀 나눌까 싶어서요. 요즘 수업도 잘 안 나오고 해서."

"말씀드려도 되나. 혼날지도 모르는데."

그녀는 잠시 뜸을 들이고는 말을 이었다.

"홍대에 '리플리'라는 클럽이 있어요. 9시 이후에 가시면 만날 수 있을 거예요. 우연히 들른 것처럼 해주세요. 잘 좀 말씀해주시고요."

전화가 끊기기 전 핸드폰 너머에서 시끄러운 소리가 다시 들리기 시작했다. 다시 들으니 소음이 아니라 록 그룹의 라이브 연주 소리 같았다.

메모를 했다. 홍대, 클럽, 리플리.

전화를 끊기 전 그녀가 했던 말이 귓전에 맴돌았다. 잘 좀 말씀해주시고요…. 그녀는 대체 뭘 '잘 좀 말해 달라'는 거였을까.

홍대에 도착했을 때는 밤 11시를 지나고 있었다. 늦은 시간임에도 개성 있는 머리와 옷으로 스타일을 낸 젊은이들이 거리를 가득 메우고 있었다. 산울림 소극장 건너편 언덕배기에 차를 주차한 뒤, 스마트폰 길 찾기 애플리케이션에서 '리플리'를 검색했다. 한 번 골목을 잘못 들어간 거 말고는 어렵지 않게 찾을 수 있었다.

계단에서부터 반복적인 비트의 일렉트로닉 음악이 크게 들려 왔다. 방음 처리된 입구 문을 여는 순간 고막이 따가울 정도로 큰 볼륨의 음악이 한꺼번에 쏟아져 나왔다. 스틸을 주재료로 한 모던한 인테리어의 클럽. 군데군데 박혀있는 형광색 포인트 조명 이 클럽 안 사람들까지 형광빛으로 물들이고 있었다.

비트에 맞춰 춤추는 사람들 사이로 김영회의 모습이 보였다. 그는 바 테이블 너머에서 칵테일 셰이커를 흔들고 있었는데, 그가 입은 하얀색 셔츠가 보랏빛 형광 조명을 흠뻑 받아 눈이 시릴 정도 로 빛났다. 음악에 맞춰 고개를 까닥거릴 때마다 그의 앞머리가 찰랑거렸고, 입술은 모나리자처럼 오묘한 미소를 띠고 있었다. 칵 테일을 만드는 그의 모습은 강의실에서 봤던 아웃사이더의 느낌과 는 사뭇 달랐다. 몽환적인 음악과 조명 속에서의 우아한 제스처와 여유 있는 표정, 그리고 완성된 칵테일을 손님에게 건네며 싱긋 웃는 그의 해사한 미소를 보는 순간 자동적으로 '아름답다'라는 형용사가 떠올랐다. 오해 없기를 바란다. 나는 확실한 이성애자니 까.

"섹스 온 더 비치 한 잔."

바 의자에 앉으며 김영회에게 말을 건넸다. 김영회는 그제야 나를 발견하고는 황당한 표정을 짓다가 피식 웃음을 터트렸다. 나는 그를 향해 다시 큰 소리로 말했다. 음악 소리가 너무 커서 소리를 지르다시피 해야 의사소통이 가능할 정도였다.

"내가 아는 칵테일이 그거밖에 없어서 말이야."

"지금 상황을 우연이라고 하기에는, 극적 개연성이 좀 떨어지는 거겠죠?"

김영회가 바 테이블 너머 내 앞으로 걸어오며 말했다.

"우연이 세 번까지는 괜찮아. 그 이상일 때 관객들이 짜증을 내는 거지."

김영회는 피식 웃었다. 교실에서 봤던 시니컬한 웃음은 아니었다.

"요즘 제가 꽂힌 칵테일이 하나 있는데, 그걸로 한번 드셔 보시죠. 솔티 도그(Salty dog)."

"솔티 도그?"

굳이 풀이하면 '소금 친 개', '짭짤한 개'라는 뜻인가. 특이한 이름의 칵테일이군. 김영회는 돌아서서 술들이 놓인 선반에서 스미노프 보드카를 들었다. 칵테일을 만들며 마치 잘 짜인 안무처럼 셰이커를 공중으로 휘리릭 던졌다가 등 뒤로 받는 등의 퍼포먼스가 펼쳐지자 바에 함께 앉아 있던 여성 손님이 환호성을 질렀다. 잠시 후, 내 앞에 소금 친 개가 놓였다. 잔을 들어 한 모금 마시고는 혀 전체에 퍼지는 맛을 음미했다.

"나쁘지 않죠?"

김영회는 내 얼굴을 찬찬히 살피며 물었다.

"흠…. 이름처럼 독특한 맛이네."

"솔티 도그는 원래 영국 갑판원을 말하는 거래요. 배를 타고 다니면 몸에 소금기가 잔뜩 묻기 때문이라나. 보드카 베이스에 자몽주스 약간. 오렌지 슬라이스로 장식. 글라스 테두리를 소금으로 마무리. 소금 뺀 거는 테일리스 도그(Tailless dog). 꼬리 없는 개란 뜻이죠. 지금 작가님이 드시는 게 바로 테일리스 도그예요."

별로 궁금하지도 않은 걸 디테일하게 설명한다. 우리가 언제부터 이런 시시콜콜한 얘기를 나누는 사이였던가. 하지만 말한 사람의 성의를 생각해 리액션을 해주었다.

"조예가 깊나 보네, 칵테일 쪽에."

"어렸을 때 〈칵테일〉이라는 영화를 보고 나서부터요."

"아, 톰 크루즈 나왔던."

"네. 멋있더라고요. 어린 맘에 뻑 가서 무작정 책을 사서 외웠어요. 재료도 없이. 그때가 재밌었죠. 지금은 생계 수단이 되다 보니 그 기분이 안 나요."

이곳의 분위기 때문이었을까. 김영회는 편한 친구와 수다를 떨듯이 말을 했다. 김영회가 세상과 담을 쌓고 냉소와 고독을 즐기는 놈일 거란 나의 생각은 완벽한 착각이었다. 새삼 다시 한 번 확인하게 되는 사실, 세상에 고독을 즐기는 사람은 없다. 고독하니까 즐겨보려고 애쓰는 것일 뿐.

"핸드폰으로 걸었더니 여자분이 받던데. 여자 친구?"

꼬리 없는 개를 흔들자 그 안의 얼음이 찰랑대며 짖었다.

"아하, 그렇게 오신 거구나."

"왜 네 핸드폰을 여자 친구가 갖고 있는 거지?"

"선물로 받은 건데 전화 오는 데도 없고, 전화도 안 오는데 가지고 다니자니 귀찮고 해서…. 대신 새것 쓰라고 돌려줬죠."

김영회는 잠시 나를 빤히 보더니 다시 입을 뗐다.

"근데, 전화까지 하셔서 여기까지 오신 이유가 뭐죠?"

"왜 강의 안 나오는 거냐?"

"나오지 말라고 하셨잖아요."

김영회는 내 반응을 살피다가 장난기 어린 미소를 띠며 말했다.

"다음 주에는 갈 거예요. 여기 주중에 일하는 애가 사정이 있어서 대신 봐주고 있어요. 원래는 주말에만 일하거든요."

말을 마친 김영회는 여전히 뭔가 의아하다는 눈빛으로 다시 물었다.

"그 얘기하시려고 여기까지 오신 거예요?"

물론 아니지. 하지만 지금은 본론으로 들어가기에는 좀 이른 거 같다. 여러모로.

"뭐 겸사겸사. 괜찮으면 자리 옮겨서 소주나 한잔할까?"

"혹시…."

김영회가 양미간을 찡그리며 말을 이었다.

"게이 아니죠?"

너 지금 뭐라는 거니.

"여기 있다 보면 간혹 게이들이 술 한잔하자는 경우가 있어서요. 잠시만 기다리세요."

김영회는 다른 동료 바텐더에게 걸어가 말을 주고받았는데, 먼저 가도 되겠느냐고 묻는 것 같았고 동료 바텐더는 흔쾌히 고개를 끄덕였다.

검은 비

고깃집 창밖으로 빗줄기가 떨어졌다.

"사장님, 여기 라이크 어 버진(Like a virgin)!"

김영회는 혀가 꼬인 발음으로 가게 주인에게 소리쳤다.

"라이크 어 버진, '처음처럼' 한 병 주세요!"

옆 테이블 사람들이 썰렁한 표정으로 김영회를 돌아보았다. 젊은 놈이 무슨 이런 구닥다리 농담이람. 내가 다 민망하다. 김영회는 뭐가 그리 재미있는지 혼자 키득거렸다. 지금 눈앞에 있는 이 녀석이 하드보일드한 작품 〈안단테 칸타빌레〉를 직접 쓴 작가가 맞나 싶었다.

두 시간도 안 돼서 여섯 병째다. 조금 과장하면 대화하는 시간보

---

* 블랙 레인(Black Rain. 1989). 리들리 스콧 감독. 크레그 볼로틴, 워렌 루이스 각본. 마이클 더글라스, 앤디 가르시아 주연.

다 술을 따르고 채우는 시간이 더 많았다고나 할까. 김영회는 배고 픈 사람이 밥을 먹는 것처럼 술을 먹었다. 잔을 꺾어 마시는 일이 없었고, 잔이 비어 있는 것을 못 견디는 것 같았다. 내가 술잔을 채워주지 않으면 바로 제 손으로 제 잔을 채웠다. 그런 김영회의 페이스를 쫓아가다 나 역시 진작에 내 주량을 넘어섰다.

연신 히죽거리는 김영회를 보며 생각했다. 이제 본론으로 들어 갈 시간이라고.

"네 책 잘 읽었다. 아주 강렬했어."

김영회의 히죽대던 얼굴이 진지해졌다.

"정말요?"

나는 고개를 끄덕였다.

"영광인데요. 작가님으로부터 칭찬을 듣다니."

"비꼬는 거냐?"

"작가님은 제가 뭘 말해도 다 비꼬는 거로 들리시나 보네. 다 제 탓이죠. 처음부터 캐릭터 구축을 잘못했어, 크크."

김영회는 다시 낄낄대며 웃었다.

"작가님! 제가 일백 프로 술 취해서 하는 얘긴데요, 저 작가님 팬이에요. 〈지옥별장〉 디브이디는 너무 좋아해서 백 번도 더 봤어 요. 진짜라니까요! 씬 순서를 다 외운다고요. 제가 항상 쓰고 싶어 했던 시나리오. 하지만 제가 쓸 수 없는 시나리오. 그게 〈지옥별 장〉이에요. 영광입니다. 작가님하고 이렇게 단둘이 술을 먹는다 니."

김영회는 진정 감격해하고 있었다. 얼떨떨했다. 내게 지독한 열등감을 느끼게 했던 대상 역시 나에게 비슷한 감정을 느끼고 있다니.

"너, 내 작가 팀으로 들어와라."

김영회가 낄낄대던 웃음을 멈췄다.

"팀…이요?"

"책 한 번 같이 써보자."

김영회는 얼굴을 찡그린 채 잠시 생각하다가 말했다.

"왜요? 왜… 같이 써야 하죠?"

"백지장도 맞들면 낫다고 같이 고민하면 더 좋은 아이디어가 빨리 나오는 법이야. 할리우드 영화나 미드는 이미 진작부터 그렇게 해왔고. 팀 들어오면 많지는 않지만 월급도 있어."

지양도, 영락도 3년 전에 이렇게 제안했다. 거의 토씨 하나 틀리지 않았다. 이 녀석 역시 딱히 거절할 이유가 없다고 봤는데,

"싫은데요."

뭐? 싫…어?

"아시잖아요. 제가 조직 생활에 안 맞는 놈이라는 거."

녀석의 예상치 못한 반응에 좀 당황스러웠다. 나도 모르게 목소리가 커졌다.

"야 인마! 작가가 글만 잘 쓴다고 작가 되는 거 아냐. 다 관계야, 관계! 감독하고, 피디하고, 제작사 대표하고 새꺄! 커뮤니케이션! 그런 것도 다 배워야 된다고!"

내 말에 설득력이 있었는지 김영희는 고민하는 표정으로 고개를 숙였다.

"너, 네가 되게 잘난 거 같지? 나도 네 나이 때는 그랬어. 너 이때 잘해야 되는 거야! 혼자 겉멋 들어서 걸작 쓴답시고 끄적이다가 이삼 년 그냥 후딱 가! 너 같은 캐릭터는 작살나게 욕먹고 깨져야 잘 쓴다니까. 내가 장담한다!"

소싯적 내가 선배들로부터 듣기 싫어했던 구절들이 나도 모르게 내 입에서 튀어나오고 있었다. 고개를 숙인 채로 계속 듣고 있던 김영희가 입을 열었다.

"죄송해요."

죄…송? 이 정도 얘기를 했음 알아들어야지. 이 새끼가 지금 나를 약 올리나.

"도대체 왜? 나한테 제대로 배우고 싶다며! 엉! 〈지옥별장〉 같은 시나리오 쓰고 싶다면서!"

내 목소리가 더 커졌다.

"그건 그런데…. 잘 모르겠어요. 모르겠는 건 아닌 거예요. 그리고 너무 취한 거 같아요, 지금. 일어나죠, 작가님."

아니. 이렇게는 못 일어나지, 절대! 좋아. 초장부터 패를 다 까고 싶지는 않았는데, '거절할 수 없는 제안'*을 하마. 〈대부〉의 비토 콜레오네처럼!

---

* "I'm going to make him an offer he can't refuse." 〈대부(1972)〉에서 비토 콜레오네가 한 대사.

"오케이! 그냥 처음부터 서동윤! 김영회! 공동 작가로 가자! 너 작가 크레디트 다는 게 얼마나 어려운 건지 알지? 단박에 작가 되는 거야. 내가 머리 올려준다고."

김영회는 술기운이 싹 가신 얼굴로 나를 보았다.

"무슨 시나리오를 같이 쓰는 건데요?"

옳지! 미끼를 물었다. 나는 더 몰아붙이듯 양손을 허공에 흔들어 대며 떠들었다.

"같이 찾는 거야! 아이템 회의도 하고! 좋은 거 많잖아! 〈안단테 칸타빌레〉도 있고…."

〈안단테 칸타빌레〉라는 말이 입 밖으로 튀어나온 직후, 정수리 에서부터 등골을 따라 손가락, 발가락 끝까지 싸늘한 기운이 쫙 퍼졌다. 정신이 번쩍 들었다. 아차, 이 얘기는 지금 하면 안 되는 얘긴데. 팀에 들어오면 천천히 할 얘기였는데. 젠장…. 술기운 때 문에 너무 흥분해버렸어.

김영회는 술이 완전히 깬 얼굴이었다. 지나칠 정도의 정중한 말투로 말했다.

"고기 잘 먹었습니다. 여기서 끝내시죠. 작가님도 많이 취하신 거 같은데."

김영회는 비틀거리며 일어났다. 출구 쪽으로 걸어가며 혼잣말을 했다.

"씨발, 막판에 입맛 버렸네."

허겁지겁 계산을 하고 나와 보니 김영회는 이미 보이지 않았다. 두리번거리며 김영회를 찾았다. 더욱 굵어진 빗줄기 사이로 저 멀리 골목을 걸어가고 있는 김영회의 뒷모습이 보였다.

"야! 김영회! 거기 서, 인마! 거기 서라고!"

그렇게 외치며 김영회에게 뛰어갔다. 첨벙첨벙 소리가 날 정도로 땅에는 빗물이 고여 있었다. 그다지 긴 거리도 아니었는데, 머리가 어지러울 정도로 숨이 찼다. 헐떡거리며 김영회의 어깨를 잡고 돌려세웠다.

"거기 서라니까, 새끼야! 내 말 안 들려?"

"얘기 다 끝났잖습니까."

김영회의 얼굴 위로 빗물이 흘러내렸다.

"말해봐. 뭐가 불만인데. 뭐가 그렇게 맘에 안 드는데?"

"쪽팔려요. 좆도 아닌데 세상에 내놓기 쪽팔리다고요."

"그러니까 같이 잘 만져보자는 거 아냐!"

김영회는 얼굴에 흘러내리는 빗물을 한 손으로 슥슥 닦아냈다. 입술을 삐죽거리며 특유의 시니컬한 미소를 지었다.

"나 참, 이해가 안 가네. 제자들한테 술 사주고 월급 주고 작가 시켜준다니까 다들 얼씨구나 하던가요? 좋은 아이템들 가지고 오던가요? 매번 이런 식이었어요?"

김영회의 목소리가 떨렸다. 그의 눈가가 젖어 있었는데 빗물 때문인지 아니면 눈물 때문인지 가늠하기 어려웠다. 떨리는 목소리가 점차 커지더니 절규하듯 부르짖었다.

"내가 말했잖아! 나 당신처럼 되고 싶어서 글쓰기 시작한 사람이라고! 근데, 왜! 환상 다 깨버리고, 지저분하게 이러는 건데! 도대체 왜! 글이 안 써지면 그냥 잠깐 쉬세요! 글이 뭔데, 당신한테! 대체, 글이 왜 쓰고 싶은 건데! 그렇게 써서 뭐할 건데!"

더 들을 수가 없었다. 나도 모르게 주먹이 올라갔다. 퍽! 주먹은 김영회의 왼쪽 광대뼈 근처에 꽂혔고, 그 충격으로 김영회는 흙탕물 위를 굴렀다.

"개새끼…. 네가 뭔데 날 가르치려 들어?"

김영회는 허우적대며 몸을 일으키다가 다시 한 번 중심을 잃고 나자빠졌다. 흙탕물을 온통 뒤집어쓴 채, 코와 입술에서는 피가 흘러내리고 있었다.

"크크큭."

김영회는 자조적으로 웃었다. 피투성이 얼굴을 한 채 웃는 모습이 기괴했다. 그 웃음은 점점 더 커졌다.

"크크큭. 난 너무 안타까웠어. 당신이 추락하는 모습을 지켜보는 게. 그건 진짜 당신이 아니잖아? 그렇잖아?"

김영회는 그 기괴한 얼굴을 내 코앞까지 들이밀며 나직하게 물었다.

"그래, 당신은… 당신 영혼을 팔아서… 도대체 뭘 얻은 거지? 원하던 걸 얻었나?"

순간 머릿속이 아득해지며 아무런 대꾸도 할 수 없었다. 김영회가 정곡을 찔렀기 때문이다. 끝없는 추락. 돈을 위해, 명성을 얻기 위해 영혼 없는 글을 쓰고 그 대가로 내가 얻은 것은 무엇인가? 비싼 값에 영혼을 팔았다 생각했는데 지금 내 손에 남은 건, 돈도 명예도 아닌 허무. 허무뿐이다. 지금 이 빗물을 온몸으로 맞으며 김영회를 붙들고 있는 이유도 어쩌면 그 허무로부터 벗어나고 싶은 절박함 때문인지도 모른다.

김영회는 멍하니 서 있는 나를 내버려 둔 채 뒤돌아 걷기 시작했다. 김영회가 시야에서 사라질 때까지 그의 허탈한 웃음소리가 계속 들려왔다.

차 앞 유리의 와이퍼가 빠르게 왔다 갔다 하며 빗물을 밀어냈다. 핸들을 잡고는 있지만, 차가 어디로 가는지 알 수 없었다. 사실 어디로 가는지는 중요하지 않았다. 그저 빨리 여기를 벗어나고 싶을 뿐이다.

차가 달리고 있는 좁은 도로변의 상가들은 모두 불이 꺼진 채 문이 닫혀있었고, 다니는 차가 한 대도 없어 초현실적인 느낌이 들 정도로 고요하고 적막했다.

입 앞으로 손바닥을 대고 입김을 후우 불었다. 술 냄새가 꽤 났다. 대리운전을 불렀어야 했지만, 누군가와 이 좁은 공간에 같이 있고 싶지 않았다. 무엇보다 수치심으로 가득 찬 지금의 내 얼굴을 그 누구에게도 보이고 싶지 않았다.

김영회가 던진 말들이 머릿속을 떠나지 않았다. 그의 비수 같은 말들은, 오래전에 변질되어버린 채 세월의 때와 함께 파묻혀 있던 나의 추악한 실체를 일깨웠다. 거름 더미를 뒤집을 때 그러하듯이 차 안에는 악취가 넘쳐났다. 창문을 열어 찬 공기를 맡았다. 김영회를 다시 강의실에서 볼 생각을 하니 끔찍했다. 난생처음으로 누군가가 이 세상에서 없어졌으면 좋겠다는 생각을 했다. 바로 그때였다.

"이봐, 그냥 가는 거야?"

뒷좌석 쪽에서 누군가의 목소리가 들렸다.

"누구야?"

화들짝 놀라 백미러를 보았다. 백미러 속에는 '그'가 있었다. 김영회의 〈안단테 칸타빌레〉를 최 대표에게 떠들던 날, 바로 화장실에서 만났던 거울 속의 또 다른 나. 그는 마치 운전기사를 대동하고 다니는 대기업 사장처럼 거만한 자세로 뒷좌석에 앉아 있었다. 다른 누군가가 아닌 거울 속 그놈이라는 사실에 안도감이 들면서도, 불청객처럼 불쑥불쑥 제 맘대로 튀어나오는 이놈이 썩 맘에 들지는 않았다. 〈안단테 칸타빌레〉를 떠들어 댔던 그 날은 도대체 어떻게 된 거였냐고, 오늘 밤의 이 사달이 난 것도 결국 네 놈이 떠들어 댄 그 빌어먹을 '진짜 끝내주게 재밌는 이야기' 때문이 아니냐고 역정을 내려 하는데.

"젊은 놈한테 훈계나 듣자고 온 거냐고? 너는 그게 늘 문제야. 매사에 너무 소극적인 거."

백미러 속으로 보이는 그 녀석은 몹시 실망한 표정으로 말했다.

"그럼 나보고 어떻게 하라고? 무릎 꿇고 사정이라도 할까? 나랑 같이 제발 글을 좀 써달라고?"

놈의 충고가 조롱처럼 들렸다. 듣기 싫었다. 지금과 같은 엿 같은 기분에서는 더더욱.

"네가 그런 말을 할 자격이 있다고 생각해? 지금 네놈 때문에, 네놈이 지껄여댄 그 망할 놈의 시나리오 때문에 이 굴욕을 당했다고!"

나는 씩씩댔고, 백미러 속 그놈은 그런 나를 잠자코 지켜보았다. 내 흥분이 어느 정도 가라앉자 그 녀석이 다시 입을 열었다.

"너는 이미 알고 있잖아. 그 책이 영원히 네 것이 될 수 있는 방법을."

뭐라고…? 그 책…? 〈안단테 칸타빌레〉가 내 것이 된다고? 영원히…?

"인적이 끊긴 새벽 4시. 때마침 폭우까지 내리고 있어. 그리고 기억날 거야. 아까 클럽으로 가던 골목길에서 본 몇 년째 방치된 공사 현장. 그래! 아까 김영회는 그쪽으로 걸어가던 중이었다고. 모든 게 완벽한 상황이야. 그놈을 죽이기에 더할 나위 없이!"

죽이라고? 김영회를…? 말도 안 돼.

"미친 새끼. 그래서 네가 스릴러에 약한 거야. 사람 하나 죽이는 게 복날 개 잡는 거랑 같은 줄 알아? 내가 그놈 만난 걸 아는 사람이 한둘이 아니야! 그놈 여자친구, 클럽에 있던 웨이터, 고깃집 주인! 이 사람들은 어떡할 건데?"

"네 말이 맞아. 너한테는 늘 그럴듯한 이유가 있었지. 지금처럼 말이야. 하지만 이건 알아 둬. 이대로 돌아가면 너는 그냥 예전의 너로 돌아가는 거야. 평생 질투하고 시기하고 비난이나 하면서 살아온 너로 말이야."

놈은 운전석 쪽으로 머리를 들이밀고는 내 귓가에 대고 나긋나긋한 음성으로 빈정거렸다. 더 이상 놈의 말을 들어줄 수가 없었다. 나도 모르게 가속 페달 위에 놓인 발에 힘이 잔뜩 들어갔다. 우우웅! 차가 속도를 높이며 빗속을 뚫고 질주했다.

"닥쳐! 쓸 수 있다고! 김영회, 그 새끼 없어도 상관없어! 그 새끼 없어도 잘 쓸 수 있단⋯."

백미러를 보며 소리를 질러대는데, 갑자기 차 앞으로 검은 형체의 무언가가 튀어나왔다. 폭우 때문에 가시거리가 짧았던 탓이다. 반사적으로 브레이크 페달을 밟으면서도 타이밍상 늦었다는 감이 왔다. 텅! 보닛 위를 굴러 앞창에 부딪힌 그것은 몇 미터를 날아간 뒤에야 바닥으로 떨어졌다. 핸들에 머리를 박고 있던 나는 천천히 고개를 들었다.

"씨발⋯."

차 문을 열고 앞쪽으로 걸어갔다. 헤드라이트 불빛이 길게 뻗어나가는 아스팔트 위로 짙은 검은색의 셰퍼드가 쓰러져 있었다. 네 발로 서면 허벅지 정도까지 올 정도로 큰 셰퍼드였다. 셰퍼드의 몸에서 흘러나온 피가 아스팔트를 물들이자마자 빗물에 씻겨 나갔다. 셰퍼드는 이미 의식이 없었고, 머리를 들어보니 아래로 축 늘어지는 게 충돌 순간 목뼈나 척추가 부러지면서 즉사한 게 분명해 보였다.

주변을 둘러보았다. 도로변의 상가는 모두 불이 꺼져 있었고 지나다니는 차, 행인 그 어떤 것도 보이지 않았다. 그 주변에서 움직이는 거라고는 오직 하늘에서 떨어지는 빗줄기뿐이었다.

안고 있던 셰퍼드를 다시 젖은 아스팔트 위에 내려놓았다. 차에 올라탄 뒤, 가속 페달 위에 발을 올렸다. 차가 셰퍼드를 지나친 뒤 미끄러지듯 멀어졌다.

죄책감이 들었지만, 뭘 어찌하든지 간에 죽은 셰퍼드가 다시 살아날 수는 없을 것이다. 이런 말을 하자니 좀 염치없지만, 너무도 힘든 하루였다. 집에 가고 싶었다. 세탁한 지 오래된 습기 눅눅한 이불 속이 그리웠다.

*

작업실 문을 쾅, 쾅 두들기는 소리에 눈을 떴다. 경험상 이렇게 시끄러운 소리로 잠에서 깨면 하루 종일 일진이 안 좋았다. 시계를 보니 10시. 다섯 시간이나 잤을까. 인상을 구기며 인터폰을 들었다.

"누구세요?"

"서에서 나왔습니다."

인터폰 화면 속에는 남자 두 명이 서 있었다. 30대 초반으로 보이는 남자가 형사 신분증을 렌즈 앞으로 들이밀었다.

젠장, 누가 신고를 한 모양이군. 아니면 CCTV를 확인했거나.

문을 열어주자 두 형사가 작업실로 들어왔다. 그들은 자신을 오 형사와 차 형사라고 소개했고, 내가 전화를 받지 않아 직접 왔다고 했다.

"시나리오 작가시죠? 저도 어렸을 땐 꿈이 배우였는데."

30대 초반의 오 형사가 말했다. 40대 중반의 차 형사는 쓸데없는 소리 한다는 눈빛으로 오 형사를 흘겨본 뒤 말을 이었다.

"어젯밤에 늦게 주무셨나 보네요."

나는 주방 쪽으로 걸어가며 대답했다.

"어제 술자리가 늦게 끝나서요. 커피 드시겠습니까? 저는 일어나자마자 커피를 안 마시면 머리가 안 돌아가서요."

"커피 좋죠."

차 형사가 말했다. 에스프레소 커피 머신에 캡슐을 넣고 추출 버튼을 눌렀다. 커피가 내려지는 동안 오 형사가 거실에 걸려 있는 영화 포스터들을 둘러보았다.

"와! 이 영화 시나리오도 쓰셨구나."

오 형사는 〈캠퍼스 베이비〉 속편 포스터 앞에 서 있었다. 4년 전에 개봉해서 중박 정도 했던 섹스 코미디물이다.

"차 형사님, 이 영화 안 보셨어요? 되게 웃기는데."

차 형사는 그만하라는 듯 눈살을 찌푸리며 오 형사를 쳐다봤지만, 오 형사는 아랑곳하지 않고 자신의 영화 감상평을 이어갔다.

"여기 나온 여배우 몸매가 와…, 진짜 끝내줬는데."

오 형사는 영화 속 장면을 떠올리기라도 하듯 기름진 미소를 지었다. 그리고 그 옆에 걸린 다른 포스터 쪽으로 한 걸음 옮겼다.

"그래, 이 영화도 괜찮았어."

민망했다. 걸려 있는 포스터마다 한 마디씩 늘어놓는 건 아니겠지.

"죽었습니까?"

화제를 돌렸다. 질문을 들은 두 형사는 의아한 표정으로 서로를 바라보며 시선을 교환했다.

"어떻게 아셨습니까?"

차 형사가 물었고, 나는 세 번째 캡슐 커피를 내리며 대답했다.

"즉사한 거 같더라고요. 그렇게 자리를 뜨면 안 되는 건데, 죄송하게 생각합니다. 그쪽이 만족할 만한 금액으로 합의 보겠습니다."

차 형사와 오 형사는 난감한 표정으로 서로를 다시 쳐다보았다. 무언가가 이상했다.

"설마 구속되거나 그런 건 아니겠죠?"

"그때그때 다르죠. 10년을 살 수도 있고, 무기일 수도 있고. 가끔씩 세게 때릴 때는 사형도 나오고요."

태연자약하게 말하는 오 형사의 태도가 불쾌했다.

"농담이 안 먹혔을 때는 농담이라고 밝히는 게 매너죠."

내 말에 오 형사가 표정 변화 없이 응수했다.

"살인을 해놓고서 합의를 본다는 것도 농담입니까?"

몸에 남아 있던 잠기운이 한순간에 달아났다.

"살인…, 이라니요?"

"어젯밤 서동윤 씨와 같이 술을 먹었던 김영희 씨가 귀가하던 중에 살해당했습니다."

차 형사가 덤덤한 말투로 대답했다.

체인질링

"새벽 5시 30분경, 지나가던 신문 배달부가 발견했습니다. 파이프 따위로 후두부와 안면을 사정없이 가격했고요. 거의 얼굴을 알아볼 수 없을 정도로. 이미 죽은 사람을 계속 두들겨 팼다는 얘기죠. 뭔 놈의 미친 새끼들이 이렇게 많은지."

결국 커피는 제대로 맛도 보지 못한 채 대충 옷만 걸쳐 입고서는 참고인 조사를 위해 이들을 따라나섰다. 이동하는 동안 오 형사가 운전을 하며 사건 정황을 얘기해주었다. 그는 얘기 도중 한 번씩 백미러로 내 표정을 체크하듯 힐끔거렸다.

김영회의 죽음 소식을 들은 이후부터 내 머릿속은 둔기로 얻어맞은 것처럼 내내 멍했다. 도대체 어떻게 된 일일까. 나와 헤어진

---

* 체인질링(Changeling. 2008). 클린트 이스트우드 감독. J.마이클 스트랙진스키 각본. 안젤리나 졸리 주연. 'changeling'의 사전적 의미는 이렇다. 1.동화에서 요정이 아이를 납치해가면서 대신 두고 가는 아이. 2.원래 모습에서 상당히 변한.

이후에 이런 참변을 당했다는 말인가. 눈앞에 선연했다. 추적추적 비 내리던 골목길, 피투성이가 된 채 나를 조소하던 얼굴, 터벅터벅 멀어지던 뒷모습.

"근처 다 온 거 같은데, 정확한 위치를 말씀해주세요."

오 형사는 백미러로 나와 눈을 맞추며 말했다. 경찰서로 가기 전에 오늘 새벽 셰퍼드를 쳤던 사고 장소를 들렀다 가자고 했다. 내 알리바이를 입증하는 데 도움이 될 것 같았기 때문이다. 사고 장소는 경찰서로 가는 동선에서 크게 벗어나지 않았다. 고깃집에서부터 어젯밤 운전해 갔던 길을 그대로 되짚어갔다. 그리고 사고 지점에 차를 세우고 주변을 둘러보았다. 이곳이 분명 맞는 것 같은데, 셰퍼드는커녕 피 한 방울 자국도 찾을 수 없었다. 하긴 어제처럼 퍼붓는 비에 핏자국이 남아있을 리 없었다.

"그러니까 여기 도로에서 검은 셰퍼드와 사고가 났다 이 말씀이시죠?"

차 형사는 덤덤한 표정으로 말했지만, 안경 렌즈 너머로 보이는 그의 눈빛은 의심이 시작되었음을 알리고 있었다. 오 형사는 주변 상가 상인들에게 넉살 좋게 다가가 혹시 오늘 아침 요 앞 도로에 죽어 있던 개 한 마리 보지 못 했느냐고 묻고 다녔는데, 봤다는 상인은 단 한 명도 없었다. 오 형사가 상인들을 만나는 동안 차 형사는 여기저기 전화를 하며 어제, 오늘 양일간 접수된 셰퍼드 분실견이 있는지, 그리고 개 뺑소니 사건으로 신고 들어온 게 있는지 확인했다. 잠시 후 콜백을 통해 마치 입이라도 맞춘 듯 유사한

분실견이나 뺑소니 사건은 단 한 건도 없음이 확인되었다. 사고
난 지점이 분명히 여긴데… 여기가 맞는데…. 일광에 달궈진 아스
팔트 열기가 올라오며 머리가 지끈거리기 시작했다.

 차 형사는 서에 도착하면서부터 보다 권위적이고 딱딱한 말투를
사용하기 시작했다. 마치 그게 홈어드밴티지라도 되는 것처럼. 차
형사가 조서 작성을 위해 노트북을 두들기며 물었다.
 "김영회 씨의 와이프 장보윤 씨하고 어제 통화를 하셨다고요?"
 와이프? 여자 친구가 아니라 와이프란 말이야? 그 나이에?
 "김영회를 어디서 만날 수 있는지 물어봤습니다."
 "그리고 아르바이트하는 홍대 클럽으로 찾아갔던 거고, 맞죠?"
 "네."
 오 형사가 가져다준 자판기 커피를 손에 들고 있었지만, 입을
대지는 않았다. 오 형사는 차 형사 옆에 삐딱하게 서서 커피를
홀짝이며 조사받는 나를 지켜보고 있었다.
 "왜 김영회 씨를 만나려고 한 겁니까?"
 "김영회 학생이 강의에 계속 빠졌습니다. 그래서."
 차 형사와 오 형사는 '그래서' 다음에 무슨 말이 더 나올 줄 알았
던 모양인지 나를 물끄러미 쳐다보았다. 정적이 잠시 흐르다가
차 형사가 다시 입을 열었다.
 "강의에 나오라는 얘길 하려고 가셨다, 이 말입니까?"
 "네."

"결석하는 학생을 원래 그렇게 직접 찾아다니고 그럽니까?"

"애정이 가는 학생일 경우 그렇습니다. 그리고 김영회는 핸드폰이 없었거든요."

"김영회 씨가 핸드폰이 없었기 때문에 직접 가셨다…."

차 형사는 노트북에 문장을 하나 입력한 뒤 다시 질문을 이었다.

"고깃집 주인 말로는 새벽 4시쯤 서동윤 씨가 언성을 높이자 김영회 씨가 짐을 챙겨서 먼저 나갔다고 하던데요, 몹시 기분이 나쁜 얼굴로요. 무슨 말씀을 나누신 거죠?"

'작가'라는 호칭에 익숙해져서인지 '서동윤 씨'라는 호칭이 유난히 귀에 거슬렸다.

"영회는 술이 많이 취했습니다. 저도 많이 먹었고요. 술 취한 사람들끼리 얘기하다 보면 별거 아닌 거에도 목소리 커지고 그런 거 아닙니까. 영화 한 편 갖고도 어쩌고저쩌고 티격태격하는 게 영화인들입니다. 옆에서 보면 그걸 말다툼으로 오해할 수도 있겠지요."

김영회에게 공동 작업을 제안했다가 거절당한 얘기는 꺼내지 않았다. 이런 것도 생존 본능의 일부라고 해야 할까. 왠지 그래야만 한다는 직감이 들었다. 고깃집 밖에서 녀석에게 주먹을 날렸던 사실은 더더욱 그러했고.

말없이 듣고만 있던 오 형사가 말을 받았다.

"말씀대로라면 술을 엄청 드시고서 음주운전을 하다가 쌔빠뜨를 치셨다, 그리고 뺑소니를 치셨다, 근데 죽어 있는 쌔빠뜨를 봤다는 사람은 아무도 없고, 쌔빠뜨를 친 장소는 고깃집에서 3분 거리. 그렇다면 서동윤 씨도 김영회 씨가 쇠빠이쁘를 맞고 있을 때 그 근방에 있었다는 얘기네요. 그렇죠?"

내 대답을 기다리는 오 형사와 차 형사, 두 사람의 눈빛이 예리했다. 내 얼굴 가죽을 꿰뚫고 그 안의 진짜 얼굴을 들여다보려는 듯 잔뜩 날이 서 있었다.

"지금 나를 의심하는 겁니까?"

나 역시 지지 않고 그 둘을 노려보았다.

"기분 나쁘게 생각하지 마시고요."

차 형사는 표정을 풀며 나긋나긋하게 말했다.

"일단은 모든 가능성을 다 열어 놓고 보는 겁니다. 작가시니까 잘 아실 거 아닙니까."

그의 나긋나긋한 표정이 불쾌감을 더욱 증폭시켰다. 상대방을 조였다 풀었다 하는 능수능란함에 일방적으로 유린당하는 기분이었다. 그는 아마도 '지금 나를 의심하는 겁니까' 따위의 상투적인 리액션은 이미 수십, 아니 수백 번은 접해봤으리라.

"저를 용의자로 간주하고 질문하는 거라면 더 이상 답하지 않겠습니다. 변호사랑 이야기하셔야죠."

"오늘은 여기까지 하시죠. 너무 예민하게 반응하실 필요 없습니다. 살인 사건에서 제일 중요한 건 동기인데 서동윤 씨는 동기가 없잖습니까. 안 그래요?"

동기라. 솔직히 말하면 김영회를 죽이고 싶은 동기만큼은 확실하게 있었지. 다만 그러지 못했을 뿐이고.

"아, 오셨군요. 이쪽으로 오시죠."

오 형사가 내 뒤쪽의 누군가를 향해 손을 흔들며 맞이했다. 반사적으로 뒤를 돌아보았다. 선글라스를 쓴 이십 대 중반의 여성이 걸어오고 있었다. 두상에 착 가라앉은 커트 머리의 그녀는 검은색 티셔츠와 블랙진 바지를 몸매가 드러날 정도로 타이트하게 입고 있었다. 몸매가 드러났다고 표현했지만, 소위 말하는 여성의 섹슈얼과는 거리가 먼 보이쉬한 느낌의 가냘픈 몸매였다. 이색적이었던 건 그 가냘픔이 연약하게 느껴지기보다는 오히려 왠지 모를 당당함과 카리스마까지 뿜어내고 있었다는 것이다.

"앉으시죠, 장보윤 씨. 아, 이쪽은 서동윤 씨입니다. 두 분께서 통화는 한 번 하셨다고 하셨죠?"

장보윤은 선글라스를 벗으며 나를 보았다. 그녀의 눈빛이 짧은 순간 미세하게 흔들렸다. 그녀는 내가 범인을 제외하고는 김영회를 가장 마지막으로 만난 사람이라는 것을 알고 있다. 어쩌면 나를 유력한 용의자로 생각하고 있을지도.

그녀는 살짝 고개를 숙이며 나에게 목례를 했고, 나 역시 고개를 숙이며 답례했다. 그녀는 남편을 잃은 사람의 얼굴치고는 담담해 보였다. 하지만 빨갛게 충혈된 눈에서 그녀가 얼마나 혹독한 하루를 보냈는지 짐작할 수 있었다.

며칠 뒤 그녀를 다시 만날 수 있었다. 김영회의 납골당에서.

죽음과 소녀

목사의 추모 기도가 납골당 안에 나지막이 울렸다. 영정 사진 속 김영희는 자신에게 벌어진 비극과는 전혀 어울리지 않는 천진난만한 미소를 짓고 있어서 보는 가족들의 마음을 더욱 아리게 했다. 악상(惡喪) 중의 악상인지라 장례식의 분위기는 그야말로 참담하고 싸늘했다. 삼십여 명 남짓의 참석자 대다수가 손수건으로 눈가를 훔치거나, 아니면 큰소리로 꺽꺽대며 울음을 삼켰다.

하지만, 맨 앞에 서 있는 장보윤만큼은 경찰서에서 봤을 때처럼 담담한 얼굴을 하고 있었다. 너무나 담담해서 오히려 가족들이 괜한 오해를 하지는 않을까 쓸데없는 생각이 들 정도였다.

목사의 기도가 이어지는 동안 실눈을 뜨고 장보윤을 훔쳐보았

---

* 시고니 위버의 진실(Death And The Maiden. 1994). 로만 폴란스키 감독. 라파엘 이 글레시아스, 아리엘 도프맨 각본. 아리엘 도프맨 원작. 시고니 위버, 벤 킹슬리 주연.

다. 그녀의 얼굴은 핏기 없이 창백했다. 그녀는 영정 사진 속 김영회를 뚫어지게 바라보며 자신만의 의식으로 김영회를 떠나보내는 것 같았다. 다른 사람은 몰라도 나는 분명히 느낄 수 있었다. 그녀가 김영회를 진심으로 사랑했다는 것을. 부러웠다. 내가 죽었을 때 나를 저런 시선으로 바라봐주는 사람이 있을까. 그러면 안 된다는 것을 알면서도 그녀에게 계속 시선이 갔다. 그녀가 미인이라서? 물론 그런 이유도 있음을 부정하지는 않겠다. 하지만 그녀에게는 단지 외모로만 얘기할 수 없는 그 이상의 묘한 아우라가 있었다. 사랑하는 사람을 잃은 비련, 그 비련을 이겨내고 말겠다는 집념, 그리고 살아남은 자로서의 생에 대한 의지 등이 한데 뒤섞여 그녀만의 기이한 무드가 만들어지고 있었다.

시선이 아래로 향했다. 그녀의 옆얼굴에서부터 머리칼 아래로 보이는 하얀 목, 검은색 원피스, 검은 스타킹의 종아리를 거쳐 검은색 하이힐까지. 원피스는 타이트하게 그녀의 마른 몸을 감싸고 있었고, 치마 끝은 무릎 언저리에 놓여 있다. 치맛단 아래로 뻗은 그녀의 다리는 일반인들의 그것보다 기형적으로 길게 느껴졌다. 말랐기 때문에 더 그랬을 것이다. 그 때문인지 단아한 디자인의 원피스임에도 그녀의 치마 길이가 장례식장에 어울리지 않게 좀 짧다는 생각을 하고 있는데….

누군가가 나를 훔쳐보고 있는 듯한 기분 나쁜 시선이 느껴졌다. 바로 오 형사였다. 내가 장보윤에게 그랬던 것처럼 그 역시 나를 훔쳐보고 있었던 것이다. 입가에는 특유의 기름진 미소를 띤 채로.

속내를 들킨 것 같아 얼굴이 뜨거워졌다. 눈을 감으며 뒤늦게 기도에 동참했다.

"이런 말을 하긴 좀 그렇지만 혼자 살기에는 참 아까운 여자 아닙니까? 나이도 어리고. 그죠?"

추도 예배가 끝난 뒤, 등나무 아래에서 담배를 피우고 있던 내 쪽으로 오 형사가 걸어오며 말을 붙였다. 장소에 맞지 않는 경박한 대사. 그에게서 벗어나고 싶었으나 괜히 피한다는 인상을 주고 싶지는 않았다. 둘러보니 그곳에서 유일하게 아는 사람도 오 형사 그 말고는 딱히 없었다.

장보윤은 몇 미터 떨어진 곳에서 요란한 차림을 한 조문객들로부터 위로를 받고 있었다. 장발을 한 놈, 붉게 머리를 염색한 놈, 코에 피어싱을 한 놈들이 바로 그들인데 연령대로 보아서는 장보윤의 친구 또래로 보였다. 셋 다 옷은 검은색으로 맞춰 입었으나 정장은 아니었다. 머리가 긴 녀석의 검정 가죽 바지는 금방 왁스 칠을 한 것처럼 광이 번뜩였고, 피어싱을 한 녀석의 가죽점퍼는 움직일 때마다 쇠 장식이 흔들거리며 귀에 거슬리는 소리를 냈다. 이를 지켜보던 나이 지긋한 조문객들 몇몇은 혀를 찼다. 아마도 김영회의 친가 쪽 식구인 듯 보였다. 친가 쪽 식구들의 옷차림새는 장보윤 쪽 식구들과는 확연히 다르게 있는 집 티가 풀풀 났다. 하긴 그렇지 않고서야 어떻게 무명의 작가 지망생이 결혼해서 살 수나 있었겠나.

장보윤에게 시선을 고정한 채 오 형사가 말했다.

"미망인이 뮤지션이라고 하대요. 홍대 쪽에서는 좀 유명한 밴드라고 하던데. 이름을 듣고도 까먹었네. 우리 같은 사람들이야 뭐음악이라고 해봤자 소녀시대 이런 애들이나 알지, 뭐."

저 장례식장의 패션 테러리스트들에 대한 궁금증이 풀렸다. 뮤지션. 밴드. 그 순간 그녀와의 첫 통화 때 주변 소음으로 들렸던 시끄러운 록 사운드가 떠올랐다.

"수사는 어떻게 되고 있습니까?"

내가 물었다.

"다행히 목격자가 나타났어요. 진술에 따르면 반 곱슬머리에 키가 175에서 80 사이···. 엇? 그러고 보니, 서 작가님하고 비슷한 용모네요."

기가 찼다. 오 형사 이놈이 나한테 이런 말을 하는 이유가 뭘까.

"그리고 조만간 서로 한 번 더 모셔야 할 것 같으니까 어디 멀리 가지 마시고요."

그것도 실실거리는 저 기분 나쁜 얼굴로.

대꾸하지 않은 채, 오 형사를 노려보는데 어느새 장보윤이 곁으로 왔다.

"와 주셔서 감사합니다."

"기운 내십쇼. 범인은 어떻게 해서든 꼭 잡겠습니다."

오 형사가 장보윤에게 힘주어 말했다.

"네. 꼭 그래 주세요."

장보윤의 목소리는 차분하면서도 단호했다. 그녀가 오 형사에게서 내게로 시선을 옮겼다. 나는 순간적으로 눈을 어디에 두어야 할지 망설였다. 무슨 말을 건네야 할지도. 미망인과 죽은 남편을 가르치던 선생? 유력한 용의자와 피해자의 아내? 그 어떤 관계로 규정해도 뭔가 어색할 수밖에 없는 관계였다. 고맙게도 그녀가 먼저 말을 걸었다.

"와 주셔서 감사합니다."

"고인의 명복을 빕니다."

더 이상의 표현이 생각나지 않았다.

*

모든 장례 절차가 끝나고 서울로 돌아가자 이미 출퇴근 러시아워도 지나 올림픽대로가 한가했다. 즉흥적으로 목적지를 바꿨다. 무작정 지양의 원룸을 찾아가 벨을 눌렀다. 잠시 후, 문 안쪽에서 인기척이 들렸다.

"누구세요?"

"나다."

문이 열렸다.

"작가님, 갑자기 웬일이세요?"

대답 대신 끌어안으며 지양의 입술 사이로 혀를 집어넣었다. 지양은 당황하였으나 이내 눈을 감으며 순순히 나의 혀를 받아주었다. 혀 두 개가 서로 휘감기는 사이 나의 손은 분주하게 움직이며 지양의 옷을 벗겨 냈다. 헐렁한 티셔츠와 반바지 차림이었기에 그다지 어려울 게 없었다. 침대에 쓰러질 때 즈음 지양은 이미 나체가 되어 있었다.

"작가님, 잠시만요…."

지양은 부끄러운지 한 손으로 자신의 사타구니를 가렸으나, 내 완력에 3초도 버티지 못했다. 윤기가 도는 음모를 보자 하체가 무거워지기 시작했다. 나는 바지만 허벅지까지 내린 어설픈 자세로 발기된 성기를 밀어 넣었다. 지양의 입술 사이로 신음이 새어 나왔다. 애액이 미처 마중 나오질 않아, 완전히 삽입하는 데는 약간의 고통이 따랐다. 지양의 일그러진 얼굴 역시 흥분에서 비롯된 것이 아니라 아파서 그런 것이리라. 하지만 아랑곳하지 않고 발정기의 동물처럼 기계적으로 허리를 흔들었다. 오늘따라 발기도 크게 되었는지 끝까지 삽입했을 때 귀두가 자궁 속까지 파고드는 느낌이 들었다. 순식간에 애액은 흘러넘쳤고, 지양은 내 셔츠 안으로 손을 집어넣어 생채기가 날 정도로 등을 꽉 움켜잡았다. 정액이 차오르는 느낌이 들었고, 그 느낌이 나를 더 흥분시켰다. 눈을 감고 쾌감에 집중했다. 흉기를 휘두르듯이 나의 성기로 그녀의 하반신을 헤집었다. 평상시 같았으면 이미 사정하고 무너졌을 타이밍이지만 오늘은 달랐다.

지양의 신음 소리가 더욱 커졌다. 거의 울부짖는 수준이었다. 손으로 입을 막으려고 보니, 놀랍게도 지양의 얼굴이 장보윤의 얼굴로 바뀌어 있는 것이 아닌가! 그 순간 발기된 성기가 질 안에서 터질 듯 팽창했다. 나는 입을 막는 대신 엄지손가락을 장보윤의 입속으로 집어넣었다. 타액이 끈적하고 뜨거웠다. 손가락 끝으로 미끄러지듯 그녀의 혓바닥 위를 문질렀다. 장보윤은 엄지를 세차게 빨아대다가 절정의 순간에 엄지를 세게 깨물었다. 동시에 나는 허리를 뒤로 꺾으면서 그간 축적되었던 정자들을 남김없이 쏟아냈다. 양이 많았는지 서너 번에 걸쳐 몸을 꿈틀거렸다. 등골이 저릿했다.

아…. 그래, 이 느낌. 정말이지 몇 년 만에 느껴보는 사정의 후련함이자 짜릿함인가!

지양은 내 팔베개를 한 채 잠들었다. 노곤해 떨어질 만한 격한 섹스였다. 하지만 왠지 나는 여전히 근육의 긴장이 풀리지 않았고, 성감대 또한 그 예민함을 유지하고 있었다. 약간의 터치에도 금방 다시 발기해버릴 것 같은 느낌이랄까.

몸뿐만이 아니었다. 오래간만에 내 머릿속 또한 박하 향이 날 정도로 청쾌한 기분이 들었다. 그리고 내 의도와 상관없이 뇌의 여기저기에서 연쇄 반응이 일어나 수십 가지의 질문과 대답이 동시다발적으로 이뤄지면서, 서랍 속의 잘 개어진 와이셔츠들처럼 차곡차곡 쌓여가고 있었다.

지양의 머리를 내 팔에서 조심스럽게 내려놓았다. 서둘러 옷을 입었다. 이 감(感)을 유지해야 한다. 잡생각을 하면 안 된다. 감이 담배 연기처럼 흩어지기 전에 끈질기게 붙잡고 매달려야 한다.

빨리 작업실로 가고 싶었다. 두근거리고 있었다. 나도 모르게 웃고 있었다. 이런 유쾌한 설렘을 느껴본 지가 그 언제였던가.

"가시게요?"

잠이 깬 지양이 눈을 비비며 물었다.

"일어났구나. 먼저 좀 갈게."

"벌써 세 시네요. 늦었는데 그냥 주무시고 가세요."

"가서 작업 좀 하게."

"이 시간에요?"

"자. 일어나지 말고."

"작가님, 오늘 좀 이상하신 거 같아요."

피식 웃으며 지양의 이마에 입을 맞추고는 일어섰다.

White Nights

작업실에 도착하자마자 마일스 데이비스의 '비치스 브루(Bitches Brew)' 시디를 플레이어에 넣었다. 들은 지가 꽤 되어서 찾는데 시간이 좀 걸렸다. 케이스에도 넣어두지 않아서 시디 표면에 쌓인 먼지도 닦아내야 했다. 먼지가 쌓였다는 것은 그만큼 내가 태만했다는 뜻이다. 왜냐하면 이 음반은 시나리오를 쓸 때 가장 자주 듣던 음악이기 때문이다. 일단 육성이 없어서 집중에 도움이 될 뿐만 아니라 반복 재생을 해도 전혀 물리지가 않는다. 무엇보다도 앨범 전체에 흐르는 그 묘한 주술적인 분위기에 도움을 받아 내 안에서 어떤 영적 반응이 일어나지는 않을까, 그래서 그것이 나의 손가락과 자판을 거쳐 글 속으로 옮겨 가지 않을까 하는 미신 같은

---

* **백야**(White Noghts. 1985). 테일러 핵포드 감독. 제임스 골드먼, 에릭 휴즈 각본. 미하일 바리시니코프, 그레고리 하인즈, 이사벨라 로셀리니 주연.

기대를 품게 한다.

오늘 밤, 아니 이제 새벽이라고 해야겠다. 오랜만에 마일스 데이비스의 주술에 몸을 맡겨 볼까 한다. 러닝 타임 20분에 달하는 첫 트랙 'Pharaoh's Dance'가 나지막한 드럼 비트와 함께 시작되었다. 몽환적인 키보드와 존 맥러플린의 전자 기타가 차례로 비트를 올라탄다. 난해하고 복잡한 코드들이 반복되면서 불협화음처럼 들리던 연주는 어느 순간 이교도들이 다 함께 읊조리는 기도처럼 들리기 시작할 것이다. 예식이 고조되어 제사장 마일스 데이비스의 트럼펫이 간절하게 신을 부르는 순간 나 역시 절로 머리를 조아리며 방언을 토해내게 될 것이다.

*

심호흡을 하며 〈안단테 칸타빌레〉를 마주한다.

첫 장 표지. 크고 굵은 글씨로 인쇄된 제목에 두 줄을 긋는다. 〈안단테 칸타빌레〉라는 제목을 스릴러 영화에 붙이기에는 참으로 애매하다. 음악 영화나 로맨틱 코미디라면 모를까. 제목은 얼굴이다. 첫인상부터 또렷해야 한다. 내가 안 바꾸더라도 제작사나 투자사에서 필히 바꾸자고 할 것이다···. 발단 부분. 묘사가 다소 장황하다. 인물과 배경 설명을 위해 빠질 수 없는 부분이지만 최대한 간결하게. 그리고 읽는 이에게 여백을 줄 것. 시나리오는 관람자를 바로 만나지 않는다. 어디까지나 감독, 배우, 제작사, 투자사 사람들을 대상으로 한다는 것을 잊어서는 안 된다…. 등장인물이 많다. 보는 재미가 있기는 하나 아깝더라도 읍참마속의 묘를 발휘할 필요가 있다. 그 역할들을 주요 인물들에게 몰아주도록 하자. 그것이 캐스팅하기에도 쉽다…. 16신. 전 신과 통합한다. 흐름만 끊길 뿐 굳이 신을 나누는 의미가 없다…. 36신. 대사가 설명적이다. 대사를 통해 메시지를 흘릴 필요는 없다. 문어체적인 대사는 입에 잘 붙는 생활어(生活語)로…. 54신. 내레이션 삭제. 불필요한 내레이션만큼 지루한 건 없다…. 72신. 별다른 사건도 없이 지나치게 상징적이다. 윌리엄 골드먼이었던가, 로버트 타운이었던가. 여하튼 어떤 유명한 시나리오 작가가 인터뷰에서 이런 말을 했다. 삭제하고 읽었을 때 진행에 아무런 문제가 없다면 그건 삭제해도 되는 것이라고. 또 이런 말도 있다. 유독 작가만이 꼭 들어가야 한다고 고집부리는 신, 고집부리는 대사를 빼는 순간 비로소 시나리오가 완성되는 것이라고…. 72신 없어도 무방…. 97신과 98신. 교차 진행이 오히려 몰입을 해친다. 그런 건 감독들이 알아서 편집할 것이다. 어차피 감독이라는 인간들은 아무런 죄책감 없이 제 맘대로 다 바꿀 수 있다고 생각하는 족속들이기 때문이다…. 109신 이후 클라이맥스와 엔딩. 권선징악. 친절하나 여운이 없다. 이 영화는 모호한 게 어울린다. 이 영화는 그래도 되는 영화다….

*

마일스 데이비스의 격정적인 임프로비제이션이 나를 깨웠다. 노트북이 놓인 책상에 머리를 박은 채 잠이 들었던 것이다. 시계를 보니 이틀이 지난 새벽이었다. 암막 커튼 때문인지 시간이 어떻게 가는지도 모르게 작업을 했다. 먹지도 않고, 자지도 않고, 화장실만 몇 번 왔다 갔다 했다. 그러다 책 마지막 장에 '끝'이라는 글자를 적고 난 뒤 곧바로 정신을 잃었다.

목, 어깨, 허리, 전신이 다 내 것이 아닌 것처럼 감각이 없다. 기지개를 켜는데 예전에 고장 났던 4, 5번 디스크가 찌릿하게 반응했다. 시큰한 통증이 왔지만, 기분은 좋았다.

담뱃갑을 보니 비어 있다. 할 수 없이 재떨이에서 가장 긴 꽁초를 골라 잿가루를 털어 내고는 입에 물었다. 가장 긴 꽁초라고 해봤자 한 모금이면 필터에 닿을 길이였지만.

내뿜은 담배 연기 속에서 김영회의 잔영이 그려졌다. 김영회, 네가 이 버전을 봤다면 뭐라고 했을까. 허락 없이 손을 댔다고 화를 냈을까. 아니면 더 좋아진 글에 대해 흡족해 했을까.

변명처럼 들리겠지만, 창작자에게는 의무가 있다고 생각한다. 자신이 다할 수 있는 절대적 완성도를 추구해야 할 의무. 〈안단테 칸타빌레〉를 이대로 두는 건, 그 존재를 아는 이상 용납할 수 없는 일이다. 스탠리 큐브릭의 미완 프로젝트 〈A.I.〉가 스티븐 스필버그에 의해 완성되고, 구로사와 아키라의 유작 시나리오 〈비 그친 후〉가 아키라의 조감독이었던 고이즈마 다카시에 의해 마무리되었던 것처럼.

너무 거창한 사례를 들었나. 너에게서 시작해서 나에게로 마무리되는 이 〈백야〉 역시 충분히 그럴 만한 작품이 될 수 있다고 나는 믿는다. 아, 제목을 〈백야〉로 바꾸었다. 김영회, 네 마음에 들었으면 좋겠구나. 너는 어떻게 생각할지 모르지만 나는 우리의 파트너십이 처음치고는 훌륭했다고 본다. 하지만, 너에게서 그 어떠한 대답도 들을 수 없기에 나는 너를 대신할 누군가에게 대답을 들어야겠다.

다름 아닌 너의 부인 장보윤. 이 책이 세상에 공개되기 전에 최종 감수를 해야 할 사람이다. 그녀의 승인 없이 이 책은 나올 수 없다. 내가 이렇게 미친 듯이 작업을 했던 이유도 그녀 때문이다. 빨리 보여주고 싶다. 그녀가 이 책을 좋아해 준다면 나는 그것 하나로 족하다. 내가 〈백야〉의 작가가 될 수 없다 하더라도.

인쇄 아이콘을 클릭했다. 〈백야〉라는 제목이 적힌 첫 페이지가 출력되기 시작했다.

플레이어

"안녕하세요. 플레이타임입니다!"

장보윤의 짧은 인사가 끝나자 납골당에서 한 번 본 적 있는 붉은 머리가 드럼 스틱을 휘둘렀다. 관객들은 흥분하기 시작했다.

장보윤은 기도하듯 마이크를 두 손으로 감싼 채 눈을 감았다. 눈 주변의 진한 스모키 화장, 하늘거리는 히피 스타일의 원피스, 구멍이 여기저기 뚫린 그물 망사 스타킹, 그리고 갈색 가죽 부츠. 안 어울리는 듯하면서도 기이하게 조화를 이루는 코디네이션이었다. 리드 기타를 치는 '코 피어싱'과 나란히 서서 전주를 흘려보낸 장보윤이 마이크 쪽으로 입을 가져갔다. 눈을 감은 채 노래가 시작되었다.

---

* 플레이어(The Player. 1992). 로버트 알트만 감독. 마이클 톨킨 원작, 각본. 팀 로빈스, 그레타 스카치 주연.

난 오늘 너무 심심했어
어제도 내일도
죽지 못해 산다는 건 변명일 거야
그저 죽는 게 두려운 거겠지

그래서 개를 물었어
시선을 끌고 싶었지
내 입술은 피로 물들고
사람들은 못 본 척 제 갈 길만 갔어

난 네가 너무 지루해
어제도 내일도
어젯밤은 나쁘지 않았어
난 그저 살 비빌 누군가가 필요했을 뿐

그래서 너를 물었어
상처를 주고 싶었지
내 입술은 피로 물들고
너는 내 머리채를 잡으며 내일 또 보자고 했어

노래 제목은 '개를 물다'. 열혈 팬들은 줄여서 '개물'이라고 부른
다. 네 글자를 굳이 두 글자로 줄이는 이유까지는 잘 모르겠으나
아마도 '괴물'과 흡사하게 들리는 어감 때문인 것 같았다.

여하튼 간에 인디밴드다운 제목인 것만큼은 분명하다. 장보윤의 밴드 '플레이타임'의 대표곡으로 검색된 이 곡의 제목을 처음 접했을 때는 코웃음이 나왔지만, 곡을 듣고 난 뒤에는 나름 근사한 느낌이 들었다. '라디오헤드'의 곡을 '소닉 유스'의 킴 고든이 부르는 느낌이라고나 할까. 그래서인지 '라디오헤드'의 음울함과 '소닉 유스'의 예민함이 동시에 느껴지는 곡이었다. 그렇다고 해서 두 밴드의 곡처럼 놀라운 수준이었다는 얘기는 결코 아니다. 연주와 가사 모두 다소 치기 어린 느낌이 없지 않아 있었다. 하지만, 장보윤의 허무하고 퇴폐적인 비주얼이 합쳐지면서 다른 부족한 요소들을 상쇄하고도 남는 강렬한 에너지가 뿜어져 나왔고, 관객들은 장보윤의 표정과 동작 하나하나에 열광적으로 반응했다.

'개물' 밴드 '플레이타임'은 다섯 곡을 더 연주했고, 그들의 공연을 끝으로 클럽 데이의 모든 콘서트가 끝이 났다.

관객들이 거의 다 빠져나갔을 즈음, 장보윤과 '플레이타임' 멤버들이 악기 정리를 하고 있는 무대 뒤쪽으로 걸어갔다.

"짱, 오늘 목소리 죽였어."

피어싱이 기타를 챙기며 장보윤에게 말했다. '짱'이 장보윤의 애칭인 모양이다.

"맞아. 뭔지 모르겠지만, 오늘은 좀 달랐어. 찡하더라고. 나 울 뻔했다니까."

베이스를 치는 장발 머리도 한 마디 거든다.

"내가 원래 노래는 좀 하잖아."

장보윤이 피식 웃으며 답하자,

"야, 띄워 주지 마. 우리만 바보 돼."

드러머 빨간 머리가 킥킥거리며 말했다. 멤버들이 다 같이 키득거리다가 몇 미터 떨어져 서 있던 나를 뒤늦게 발견했다. 피어싱, 장발, 빨간 머리 모두 웃음을 멈추며 경계하듯 나를 보았다. 등지고 서 있던 장보윤은 멤버들의 표정을 살핀 뒤에야 돌아서서 나를 보았다.

"공연 잘 봤습니다."

내 인사에도 멤버들의 굳은 표정은 달라지지 않았다. 장보윤이 의아한 표정으로 대꾸했다.

"감사합니다. 근데, 여긴 무슨 일로⋯."

"장보윤 씨에게 드릴 게 있어서요."

다른 멤버들은 자기 악기를 챙기면서도 나와 장보윤의 얘기에 귀를 쫑긋 세우고 있었다.

"뭔데요, 주실 게?"

"괜찮으시다면 잠깐 얘기 좀 나눌 수 있을까요?"

장보윤은 그제서야 내가 다른 멤버들을 의식하고 있다는 것을 눈치챘다. 멤버들을 슬쩍 둘러보고는 말했다.

"그럼 밖에서 잠깐 기다리세요."

라이브클럽 출구로 악기 가방을 든 '플레이타임' 멤버들이 걸어 나왔다. 그러자, 기다리고 있던 십여 명의 팬들이 '플레이타임'을 둘러쌌다. 멤버들은 몇몇 팬과는 개인적인 친분이 있는지 이런저런 사담을 주고받으며 사인을 해주고 사진도 함께 찍었다. 장보윤의 팬이 압도적으로 많았고, 그중 대다수가 여자였다. 숫자가 많지 않아서인지 소기의 목적을 달성한 팬들이 다 사라지는 데까지는 그리 오래 걸리지 않았다.

멤버들끼리 작별 인사를 나누는데, 피어싱이 몇 미터 떨어져 서 있던 나를 슬쩍 곁눈질하고는 장보윤에게 말했다. 마치 나도 들으라는 듯이 큰 목소리로.

"뭔 일 있으면 바로 전화해."

남자 멤버 셋이 일제히 나를 향해 '우린 널 좋아하지 않아'라는 명확한 뜻의 눈빛을 날리고는 걸음을 옮겼다. 장보윤이 내 쪽으로 걸어왔다.

"오래 기다리셨죠?"

"괜찮습니다. 어디로 갈까요?"

"아, 근데…."

장보윤이 잠시 나를 빤히 보면서 혼잣말하듯 물었다.

"작가님도 용의자 중의 한 명이라고 들었는데, 이렇게 따로 만나도 되는 건가?"

"무서우면 그냥 가고요."

장보윤은 잠시 생각하더니, 먼저 발걸음을 떼며 말했다.

"가까운 데로 가죠."

"영화는 제가 먼저 사귀자고 했어요. 제가 노래 부르는 클럽에서 바텐더를 했거든요. 만난 지 두 달 정도 지날 때까지도 서로 인사를 하는 둥 마는 둥 했었죠. 근데 이상하게 영화의 그런 수줍고 내성적인 모습이 맘에 들었어요. 외향적이고 사교적인 사람들, 모두하고 두루두루 금방 친해지는 스타일은 왠지 불편해요, 같이 있는 게. 어색해도 웃고, 기분 나빠도 웃고. 항상 웃는 얼굴이잖아요. 그럼 왠지 나도 억지로 같이 웃어야 될 것만 같고."

그녀는 인디카 병맥주를 한 모금 마신 뒤 말을 이었다.

"영화하고 저는 그렇게 살가운 관계는 아니었어요. 연애할 때도 연인이라고 밝히기 전에는 주변에서 아무도 눈치채지 못했죠. 대화를 많이 하는 편도 아니었고요. 하지만 영화하고 저는 서로에 대해 너무 잘 알았어요. 너무 비슷한 캐릭터랄까, 짜증이 날 정도로. 생각해보세요. 나 같은 인간이 내 옆에 하나 더 있다고."

장보윤에게 냅킨을 건넸다. 그녀는 설핏 미소를 지으며 촉촉한 눈가를 냅킨으로 훔쳐냈다.

"그런 건 좋았어요. 내 나약함을 바닥까지 드러내도 다 이해하고 받아주었으니까. 내가 괴로워할 때면 영화는 나보다 더 괴로워서 미쳐 버리는 그런 애였어요. 우린 그런 사이였죠. 서로를 갉아먹고 황폐하게 만들다가, 또 언제 그랬냐는 듯 뜨겁게 사랑하고 서로에게 위안을 얻고. 아마 그런 사랑, 다시 할 수 없을 거예요. 다시 하고 싶지도 않고요."

장보윤은 얼마 남지 않은 인디카를 다 비웠다.

"한 병 더?"

내 물음에 장보윤은 가볍게 고개를 끄덕였다. 빈 병을 들어 카운터의 바 주인에게 흔들어 보였다.

"너무 내 얘기만 한 거 같네요. 질문 던지고서 듣기만 하는 게 작가들의 직업병인가요? 선생님도 자기 얘기 좀 해 보세요. 아무 얘기라도."

"선생님이라고 하니까 좀 어색하네. 보윤 씨가 나한테 배운 학생도 아니고."

말하다 보니 높임말도 아닌 그렇다고 반말도 아닌 애매한 어미로 말을 끝내고 있었다. 장보윤이 딱히 불편하게 생각지는 않는 것 같았다.

"그럼 작가님이라고 부를까요?"

"음…, 그냥 아저씨라고 하면 좀 이상하려나."

"오빠보단 낫네요."

바 주인이 테이블로 와 차가운 인디카 한 병을 내려놓고는 대신 빈 병을 챙겨 갔다.

"결혼은 했어요?"

장보윤이 병뚜껑을 따면서 물었다.

"잠깐 하고 왔어요."

"이혼했어요? 왜요?"

장보윤은 말이 끝나자마자 아차, 하는 표정을 지었다. 그리고는 다시 물었다.

"물어봐도 되나요?"

나는 어깨를 으쓱하며 대수롭지 않게 말했다.

"아내가 바람피웠어요."

"이런. 상처가 크셨겠네요."

"나보다 와이프 상처가 더 컸을 거예요. 왜냐면 내가 먼저 바람을 피웠으니까. 그것도 여러 번. 와이프가 그걸 알고서는 맞바람을 핀 거예요, 복수심에. 수컷들이라는 게 단순해요. 자기가 바람피울 때는 모르는데, 당하고 나면 그게 엄청 괴로워서 견디질 못하거든. 내가 먼저 이혼하자고 했다가 삼 개월 정도 지나고 나서 다시 합치자고 했더니 글쎄 나랑 제일 친했던 친구놈하고 연애를 한다지 뭐야."

다들 아시는 대로 정남훈과 내 전 와이프 배성미의 스토리다.

"〈사랑과 전쟁〉에나 나올 법한 뻔한 얘기죠."

"슬픈 얘기네요."

장보윤이 병을 들어 건배를 청했다. 챙―. 두 개의 병이 청명한 소리를 내며 공중에서 부딪혔다. 맥주를 한 모금 마시며 문득 이런 생각이 들었다. 장보윤은 왜 자신의 사적인 얘기를 스스럼없이 나에게 하는 것일까. 또 나는 왜 가까운 사람에게도 잘 얘기하지 않는 나의 흑역사를 그녀에게 주저 없이 말했던 것일까. 어떤 이유인지는 잘 모르겠으나 이것만큼은 분명히 느꼈다. 분위기가 무르익었다는 것. 본론으로 넘어가기 위한.

"읽어 봤나요, 영회가 쓴 글?"

"시나리오 말인가요?"

장보윤이 피식 웃었다.

"전혀요. 단 한 번도. 영화는 절대 보여주지 않았어요. 다 완성하면 보여주겠다고 해놓고선 막상 다 쓰고 나면 또 쪽팔린다면서 보여주질 않았죠. 결벽증이 있어서 문서마다 암호를 걸어두기까지 했어요. 이해는 가요. 저도 곡을 쓰고 가사를 써도 영회한테만큼은 절대 미리 들려주지 않았으니까. 그런 거 있잖아요. 가장 가까이 있는 사람에게 더 조심스럽게 되고, 더 근사하게 보이고 싶은 그런 거. 그래서 영회는 언제나 콘서트장에서 우리 밴드의 신곡을 처음 들었죠."

김영회, 너란 놈도 참! 생각했던 것보다 훨씬 더 꽉 막히고 답답한 놈이었구나. 지금 상황에서는 그래서 고마울 따름이지만.

가방에서 서류 봉투를 꺼내 장보윤에게 건넸다.

"이거예요. 주려고 한 게."

장보윤은 봉투를 열어 프린트된 A4 출력물을 꺼내 보았다. 표지 왼쪽 상단에는 작은 글씨로 '시나리오'라는 네 글자가, 그리고 중앙에는 〈백야〉라는 두 글자가 상단 글씨보다 더 크게 적혀있었다. 장보윤은 고개를 갸웃했다.

"이걸 저한테 왜 주시는 거죠?"

"이 책을 쓰면서 영회와 많은 이야기를 나누었어요. 영회에게 많은 영향을 받은 셈이죠. 책을 다 쓰고 나면 영회에게 제일 먼저 보여주고 싶었는데 그럴 수가 없으니까 대신 보윤 씨에게 보여줘야겠다는 생각이 들었어요. 죽은 영회에 대한 제 추모와 감사의 뜻으로 이 책을 받아주시면 좋겠어요."

장보윤은 내 눈을 그윽하게 바라보다가 말했다.

"고마워요. 잘 읽을게요."

장보윤의 눈가가 다시 촉촉해졌다. 손을 뻗어 눈물을 닦아주고 싶은 충동이 일었으나 참았다.

자리가 끝나고 작업실로 돌아가자마자 컴퓨터 전원 버튼을 눌렀다. 내 문서 폴더의 〈백야〉 파일을 열어 첫 장 제목 아래에 '각본 서동윤'이라는 다섯 글자를 추가했다.

*

핸드폰이 울렸다. 자다 깨 시계를 봤다. 새벽 4시. 5년 전 어머니가 돌아가셨을 때 이후로 이 시각에 전화가 온 건 처음이다. 핸드폰 화면에 적힌 발신자는 '장보윤'이었다. 헤어진 지 다섯 시간 만에 전화를 한 것이다. 나는 잠긴 목소리를 가다듬고는 통화 버튼을 눌렀다.

"네. 서동윤입니다."

건너편에서는 아무런 말이 없었다. 다시 불러 보았다.

"여보세요…. 여보세요…."

여전히 아무 말도 없었다. 귀를 기울이자 나지막한 숨소리가 들리는 듯했다.

"보윤 씨?"

내가 이름을 부르고 나서야, 장보윤의 떨리는 목소리를 들을
수 있었다.

"다 읽었어요. 시나리오."

"아…, 빨리 읽었네요."

그리고 나서 또 한참 동안 말이 없었다.

"무슨 일 있나요?"

내가 물었다.

"왜 찾아온 거야?"

장보윤이 메마른 목소리로 되물었다.

"네?"

내가 머뭇대자 장보윤은 곧바로 카랑카랑한 쇳소리를 질렀다.

"왜 날 찾아왔냐고! 시나리오는 왜 보여준 거고!"

섬뜩했다. 그녀의 말이 끝나고도 머릿속에서 그 울림이 계속되
는 듯했다. 숨을 고르고는 말했다.

"보윤 씨, 진정해요."

"당신이 도대체 왜 우리 얘길 알고 있는 건데! 말해봐, 당장!"

"지금 어디예요?"

"이제 겨우 견딜 수 있을 거 같은데 왜 갑자기 찾아와서 나를
헤집어 놓는 거냐고!"

"만나서 얘기해요. 지금 어디예요?"

장보윤은 내 말은 듣지도 않고 계속 소리를 질러댔다. 그녀는 잔뜩 술에 취해 있었다. 아마도 집에 가서 시나리오를 읽으며, 또는 읽고 난 뒤에 술을 더 먹은 것이리라. 그녀는 했던 말을 하고, 또 했다. 심지어 입에 담기 힘든 욕설까지 나에게 퍼부었다. 다시 잠자리에 드는 건 불가능했다. 무엇보다 이 상태로 그녀를 혼자 두었다가는 정말 뭔 일이 일어날 것만 같았다. 그녀가 있는 곳을 알아내기 위해서는 똑같은 질문을 여러 번 반복해야 했다. 마침내 얻어낸 그녀의 집 주소는 연남동 쪽이었다.

자유로의 새벽 공기에는 아직 한밤의 피곤함이 남아 있었다.

*

그녀가 사는 곳은 연남동 뒤편의 개인 주택지였다. 연남동에서 술은 자주 먹었지만, 늘 다니던 먹자골목 뒤로 이런 8, 90년대식 오밀조밀한 주택가가 있다는 건 처음 알았다.

집 앞에 도착하니 녹슨 양철 대문이 열려 있었다. 마당이라 부르기에는 민망할 정도의 작은 건물 앞 공간을 지나갈 때, 열린 창문 틈 사이로 백열등 불빛이 새어 나왔다.

"보윤 씨."

대답이 없었다. 현관문 손잡이를 돌리자 문이 열렸다. 문틈으로 보이는 내부는 캄캄했다.

"보윤 씨."

다시 한 번 불러보았지만, 역시 대답이 없었다. 집 안에는 숨쉬기 곤란할 정도로 담배 연기가 꽉 차 있었다. 백열등 불빛이 새어 나오는 방으로 걸어가 방문을 열었다.

장보윤은 방 한쪽에 놓인 침대에 등을 기대고 앉아 있었다. 머리는 헝클어져 있었고, 얼굴은 핏기 없이 새하얬다. 들고 있던 담배는 필터까지 다 타들어 간 상태여서 손가락에 화상을 입히기 바로 직전이었다. 방바닥에는 구겨진 맥주 캔이 여기저기 나뒹굴고 있었다.

"미안해요. 내가 원래 가끔 이래요."

방 창문을 모두 열고는 장보윤 옆으로 다가가 앉았다. 그녀의 담배를 빼앗아 재떨이에 비벼 껐다. 그녀는 마약중독자처럼 떨리는 손으로 새 담배를 꺼내 입에 물었다. 라이터로 담배에 불을 붙이려는 그녀의 손목을 붙잡았다. 장보윤은 황망한 눈빛으로 나를 응시하다가 입을 열었다.

"시나리오, 좋았어요. 아마 영회가 시나리오를 썼다면 이런 시나리오를 쓰지 않았을까, 그냥 그런 생각이 들었어요. 샘나기도 하고, 안타깝기도 하고. 옛날에 나눴던 말들이 글로 쓰여 있으니까, 나도 모르게⋯."

장보윤이 어깨를 들썩였다. 그간 참아왔던 감정의 둑이 책 때문에 무너져 내린 것이다. 팔을 뻗어 장보윤의 어깨를 감쌌다. 그녀는 나의 손길을 거부하지 않았다.

"영회가 아니었다면, 이 시나리오는 완성할 수 없었을 거예요.

힘들게 해서 미안해요. 하지만, 보윤 씨에게 보여주지 않을 수 없었어요."

장보윤이 고개를 들어 나를 보았다. 그녀의 화장 안 한 민얼굴을 가까이서 보니 보호 본능이 일 정도로 가녀린 느낌이 들었다. 나는 한 마디, 한 마디 힘을 주어 물었다.

"보윤 씨와 영회가 나눴던 얘기들을…, 영화로 만들어도 괜찮겠어요? 당신이 괴롭다면 안 해도 상관없어요."

장보윤의 눈에 눈물이 고였다.

"영회가…, 좋아할까요?"

그때 내가 무슨 표정을 지었던가. 어떤 표정을 지어야 하나 망설였던 것 같은데, 아마도 장보윤의 그 망설이는 표정을 '긍정'으로 해석했던 모양이다. 장보윤은 내 품으로 더 깊숙이 안겼고 상황에 걸맞지 않게 나의 그곳은 발기가 시작되었다. 심장이 빠르게 뛰기 시작했고, 몸이 더워졌다. 품속의 그녀도 내 심장 뛰는 소리를 듣고 있겠지? 나는 머리를 숙여 천천히 장보윤의 얼굴 가까이 다가갔다. 그녀는 눈을 감고 있었다. 그새 잠든 것일까. 그녀의 입술에서는 달짝지근한 술 냄새가 났다. 내 입술이 그녀의 입술에 닿으려는 순간, 그녀가 눈을 떴다. 한 뼘도 안 되는 거리에서 그녀의 눈을 보았지만, 그 눈빛의 의미를 도무지 알 수 없었다.

"돌아가시는 게 좋겠네요."

장보윤이 품에서 떨어져 나오며 말했다.

어색한 시간이 잠시 흘렀고, 나는 현관으로 걸어 나와 신발을 신었다. 문을 열고 나가다가 그녀에게 말했다.

"또 만날 수 있는 거지?"

장보윤은 문이 닫히는 순간까지 여전히 알 듯 모를 듯한 표정을
짓고 있었다.

As Good As It Gets

일사천리라는 말은 이럴 때 쓰는 것이다.

최 대표에게 〈백야〉 시나리오를 보낸 지 세 시간 만에 바로 계약을 하자는 전화가 왔다. 그는 아이처럼 좋아하며 내가 한동안 연락이 안 돼서 물 건너간 줄 알고 크게 낙담하던 차였다고 했다. 그는 내 마음이 바뀌지나 않을까 걱정됐는지 당장 계약하러 건너오라고 했다. 하지만 오란다고 바로 건너가고 그러는 게 좀 가볍게 보일 것 같아서 계약 조건을 꼼꼼히 지적하고 수정하면서 2주일을 뜸 들였다. 그리고는 지금까지 했던 계약 중에서 가장 높은 금액이 적혀있는 계약서를 받았다. 금액도 금액이거니와 손익분기점 이후 수익에 대한 러닝개런티 옵션도 걸었다. 역시 최고 수준으로.

---

* 이보다 더 좋을 순 없다(As Good As It Gets. 1997). 제임스 L. 브룩스 감독. 마크 앤드러스, 제임스 L. 브룩스 각본. 잭 니콜슨, 헬렌 헌트 주연.

최 대표는 이 옵션 조항에 대해서 잠시 고민했으나, 〈백야〉는 분명 대박 날 거라 장담하며 흔쾌히 도장을 찍었다. 이건 곧 영화가 얼추 400만만 넘으면 각본료보다 더 큰 액수의 추가 수익이 생긴다는 것을 의미한다. 배보다 더 큰 배꼽처럼 말이다.

스타 감독 정승호는 시나리오를 받은 바로 다음 날 연출할 의사가 있음을 밝혀 왔다. 그는 위기라고 하는 요즘의 한국 영화계에서도 자신의 이름만으로 투자를 유치할 수 있는 몇 안 되는 감독이다. 그가 발표했던 작품들은 언제나 흥행성과 작품성을 동시에 인정받으며 '한국 영화 산업의 나아갈 바를 보여주었다'라는 극찬을 받고는 했다. 그런 그가 그의 손길을 애타게 기다리는 수많은 시나리오 중에서 〈백야〉를 선택한 것이다. 들리는 후문으로는 〈백야〉를 연출하기 위해 미리 얘기되던 작품의 스케줄을 미뤘다는 얘기까지 들렸다.

정승호 감독이 맡기로 한 걸 어떻게들 알았는지 고려 필름에는 배우 매니지먼트 회사의 실장이라는 사람들로부터 전화가 빗발치기 시작했다. 마음 급한 매니지먼트 대표들은 실장을 거치지 않고 바로 최 대표에게 전화를 걸어 귀찮게 했다. 술 한 번 사겠다, 아니면 골프 한번 칩시다, 아니면 우리 임중석이 요즘 드라마에서 떠서 분위기 좋은데 혹시 좋은 시나리오 없습니까…. 하지만, 이들이 전화를 끊을 때 하는 마지막 멘트는 모두 똑같았다. 정승호 감독이 메가폰을 잡는 영화라면 그 시나리오가 전화번호부 책이더라도 출연하고 싶다는 것. 이번에 우리 윤일신을 주연으로 써주면 다음 제작하는 하이틴 영화에 아이돌 출신 톱 탤런트 이희경을 내주겠다고 노골적으로 제안하는 사람도 있었다. 하지만 그런 제안은 어디까지나 이류 영화사, 이류 감독에게나 솔깃한 것이다. 아니, 여기 최 대표는 솔깃했을지 모른다. 하지만 고결한 예술혼의 소유자 정승호 감독에게 캐스팅 관련해서 슬쩍 의향을 타진해보는 것까지는 가능하겠으나, 그가 싫다고 하면 더 이상 어쩔 수 없는 것이다.

5년 전 내가 쓴 작품에 출연하면서 좀 친해졌던 배우 박교준 같은 경우는 무려 '4년' 만에 나에게 직접 전화하여 정 감독, 최 대표와 같이 식사 한번 할 수 없겠냐는 부탁을 하기도 했다. 임중석, 윤일신, 박교준 같은 친구들의 이름이 쉽게 언급되니까 그냥 적당히 인기 있는 배우들 아닌가 착각하실지 모르겠는데, 천만의 말씀. 이들은 개런티가 최소 5억+α에서 시작하는 배우들이다. 그 외에 신범, 구자열 등 7억+α에서 시작하는 배우들 역시 물망에 오르고 있었다. 이들은 이미 정승호 감독의 이전 작품에서 손발을 맞춰 본 베테랑 배우들이라서 매니저를 거치지 않고 본인들이 직접 정승호 감독에게 전화를 걸어 분위기를 떠봤을 것이다.

3주 후, 정승호 감독이 고민 끝에 결정한 〈백야〉의 주인공은 놀랍게도 위에 언급한 배우들 중에 없었다. 한풀 꺾인 '한류' 열풍을 그나마 이어가고 있는 몇 안 되는 스타 중 하나인 탤런트 겸 가수 조광조가 낙점이 된 것이다.

이 캐스팅에 대해 고려 필름의 직원 삼 분의 일이 고개를 갸우뚱

해 했고, 다른 삼 분의 이는 불안해했다. 최 대표는 정 감독 방에 들어가 '5억, 6억짜리 애들도 다 하겠다고 하는데 도대체 무슨 생각인 거냐, 조광조만큼은 절대 안 된다'며 강하게 어필했으나, 어필은 어필에 그쳤을 뿐 정 감독의 뜻은 확고했다. 울상이 돼서 나온 최 대표는 급기야 나에게 전화를 걸어 대신 좀 설득해달라고 했다. 나의 대답은 '그럴 필요 없다, 걱정하지 말라'였다. 나는 조광조 캐스팅을 듣고 브라보를 외쳤다. 조광조가 영화 쪽에서는 아직 강력한 훅이 없는 건 사실이지만, 작가 입장에서 조광조보다 더 〈백야〉에 잘 어울리는 배우는 없다. 새 술은 새 부대에 담듯, 새로운 스타일의 영화에는 새로운 얼굴이 어울리는 것이다. 게다가, 배우 조련사로 유명한 정승호 감독 아닌가. 조광조는 일생일대의 배역을 만난 건지도 모른다. 조광조 캐스팅의 또 다른 메리트는 아시아권에 선판매하여 손익분기점의 30프로 가량을 채우고 시작한다는 점이다. 그것은 곧 흥행에 대한 부담을 덜고 작품의 완성도에 더 집중할 수 있다는 뜻이기도 하다. 다시 한 번 감독 정승호의 명민함에 탄복했다.

여담 한 가지. 내가 책을 썼다가 엎어진 다섯 편의 영화들은 신범, 구자열, 임중석, 윤일신, 박교준에게서 도합 10번도 넘게 퇴짜를 맞았었다. 이것 또한 내가 조광조 캐스팅에 짜릿해 했던 작은 이유 중의 하나였다.

최고 감독과 스타 배우가 만난 영화이니만큼 스태프 구성도 신속했고, 그 면면 또한 화려했다. 주요 스태프들은 모두 정승호 감독의 전작 한두 편 이상을 같이 했던 사람들이고, 같이 했던 작품으로 영화제에서 수상하거나 노미네이트되었던 이력을 가지고 있었다. 정승호 감독의 차기작을 6개월 이상 기다려 온 오랜 파트너 서형곤 촬영 감독은 좀이 쑤셨는지 바로 책을 달라 하여 촬영부원들과 신 브레이크* 작업에 들어갔고, 정승호의 콜을 받은 이옥자 미술 감독은 현재 촬영 중인 영화 현장에서 슬슬 발을 빼며 〈백야〉 쪽으로 무게 중심을 옮겨 갔다. 정희연 의상 실장은 '이렇게 갑자기 연락주시면 어떡하냐'며 정승호 감독에게 투정 아닌 투정을 부리고는 다음 달 촬영에 들어갈 영화의 의상 준비를 밑의 팀장에게 전담시켰다. 경험 많은 연출부와 제작부가 꾸려지자, 고려 필름의 사무실은 오래간만에 북적대기 시작했다. 조감독에 의해 프리프러덕션** 일정표가 나왔고, 크랭크 인 날짜가 잡혔다. 아마도 캐스팅에서 촬영 개시까지 가장 빠르게 진행된 영화로 기록되지 않을까 싶다. 물론, 6일 만에 영화 한 편을 찍는다는 남기남 감독 작품을 제외한다면 말이다.

영화 촬영이 시작되면 사실 작가는 할 일이 다 끝난 셈이다. 어떤 작가들은 감독의 꿈을 갖고 학습 차원에서 현장을 자주 나가기도 한다는데 나는 전혀 그럴 생각이 없다. 또 어떤 감독은 촬영 현장에까지 작가를 불러내 대사를 고치기도 한다마는, 정승호 감

---

* scene break. 시나리오를 신 별로 분석하여 촬영 전 준비할 것들을 정리하는 작업.
** pre-production. 촬영 시작 전에 제작을 준비하는 단계. 시나리오, 콘티, 캐스팅, 장소 선택, 스태프 구성 등.

독은 본인 스스로가 워낙 뛰어난 작가인 데다 오리지널 각본에 자유롭게 자기 색깔을 덧칠하는 유형의 감독인지라 내가 촬영 현장에 없는 걸 더 편하게 생각할 것이다.

게다가 나는 요즘 새로운 시나리오 구상에 한창 꽂혀있는 관계로 〈백야〉는 이제 내게서 떨쳐내야 할 작품이다. 다음 영화는 아마도 여성 록커가 주인공으로 나오는 작품이 되지 않을까 싶다. 여성 록커의 사랑 이야기라고나 할까. 하하하, 농담이다. 솔직히 말하면 그것을 핑계로 요즘 장보윤을 자주 만나며 자료 조사를 하는 중이다. 말이 자료 조사지 술 마시고 데이트하는 게 전부지만.

어색해하던 그녀도 이제 나를 편하게 받아들인다. 장보윤은 나로 하여금 내가 '감정을 지닌 존재'였다는 것을 새삼 다시 느끼게 해준다. 이 나이에 이런 말 하기가 참으로 민망하지만, 그녀를 통해 기쁘고 아름답고 평온한 게 어떤 감정인지, 또 외롭고 그립고 허전한 마음이 어떤 것인지를 어린아이처럼 하나하나 다시 알아가고 있는 중이다. 형용사의 사전적 의미가 아닌 체감적 의미로서 말이다. 전에는 그토록 안 써지던 로코도 이제는 쓸 수 있을 것 같다. 손발이 오그라들 정도로 달달하게!

그녀와의 해피엔딩을 상상해 본다. 너무 상투적이어서 관객들의 원성을 사는, 그리고 평론가들의 질타를 받는 그런 엔딩 말이다. 너무 이른가. 어쩔 수 없다. 나이를 먹을수록 인내심은 부족해지고, 조바심만 늘어난다. 나이는 취향도 변화시킨다. 내가 써놓고도 민망해서 못 보던 해피엔딩이 이제는 거북하지 않다. 비정하고 냉정한 이 세계를 있는 그대로 표현하고 묘사하는 건 염세적인 리얼리스트들에게 양보하고 싶은 마음이다. 굳이 나까지 왜.

유력한 용의자

　김영회 사건의 재판이 열렸고, 나는 방청석에서 이를 지켜보고 있다. 판사가 증인에게 물었다. 이 재판정 안에 범인이 있습니까? 네. 증인석에 앉아 있던 남자가 대답했다. 판사가 다시 물었다. 그럼 손가락으로 범인을 지목해주시겠습니까? 증인석의 남자는 천천히 손을 들어 어딘가를 가리켰다. 그가 가리킨 곳은 바로 방청석. 손가락 끝이 가리키는 것은 바로 방청석에 앉아 있던 나였다. 그리고 비로소 증인석 그 남자의 얼굴이 드러나는데…. 그는 다름 아닌 김영회! 김영회는 마치 사고 당일의 그 모습 그대로 얼굴은 온통 피로 물들어 있었고, 머리부터 발끝까지 물기에 잔뜩 젖어있었다. 나를 가리키는 손가락이 부들부들 떨렸고, 그의 눈빛에는

---

* 유주얼 서스펙트(The Usual Suspects. 1995). 브라이언 싱어 감독. 크리스토퍼 맥퀴리 각본. 스티븐 볼드윈, 가브리엘 번, 케빈 스페이시 주연.

분노와 살의가 그득했다.

아니, 아니야…. 내가 죽인 게 아니야…. 내가 아니라고!

악몽이었다. 제기랄.

불안은 영혼을 잠식한다, 라는 제목의 독일 영화가 있다. 보지는 못했지만, 그 제목을 듣는 순간 참 근사한 제목이라고, 제목부터 '예술'이라고 생각했다. 하지만 지금은 그저 내 처지를 가장 적확하게 설명하는 문장일 뿐이다.

〈백야〉가 일사천리로 진행되고 있고, 장보윤과의 관계는 빠르지도, 느리지도 않은 딱 적당한 속도로 전개되고 있다. 이보다 더 좋을 수는 없다. 하지만 마냥 즐거워할 수만도 없었다. 왜냐하면 죽은 김영회의 잔영이 내 머릿속 깊은 곳 어딘가에 똬리를 틀고 앉아, 자신의 존재감을 과시하듯 하루에도 몇 번씩 머릿속을 헤집고 다니며 나를 괴롭혔기 때문이다. 진절머리가 날 정도였다.

내가 김영회를 죽인 건 아니지만 사건의 중심에는 분명히 내가 있다. 사건 이후에 생긴 내 주변의 변화들은 나에게 짜릿한 쾌감과 동시에 극도의 불안감까지 안겨주고 있다. 불안감의 근원은 김영회였다. 김영회는 조금씩 나를 잠식해가고 있었다.

*

"진짜 네가 죽인 거야?"

"안 죽였어."

"나한테는 솔직히 말해도 돼."

"아니라니까, 인마."

고등학교 동창이고, 현재는 변호사를 하고 있는 친구 '박'을 만났다. 경찰서로 출두하라는 연락이 와서 그 전에 급하게 조언을 듣기 위해서다. 나름 업계에서 잘 나가는 녀석이라 시간 내기가 쉽진 않았다. '박'은 나중에 여배우 있는 술자리에 꼭 부르겠다는 확답을 듣고서야 겨우 점심시간을 내주었고, 그의 로펌 근처 수제 햄버거 레스토랑에서 만났다.

"죽였어도 상관없어. 연쇄 살인마도 정신병자로 빼내는 세상인데 뭐."

수제 버거를 게걸스럽게 씹어대며 '박'이 말했다.

"바쁘니까 본론만 얘기해."

"아, 새끼. 어렵게 시간 낸 게 누군데."

'박'은 콜라를 쭉 들이켜 입 안 이쪽저쪽을 가시곤 말을 이었다.

"일단 라인업*에 불참하겠다고 하는 건 용의자가 범행 사실을 인정하는 거나 다름없는 거야. 그러니까 너는 무조건 가야 해. 혹 목격자가 착각해서 너를 지목한다고 해도 걱정할 거 없어. 보석으로 나올 수 있으니까. 이제부터는 형사들이 뭘 물어보더라도 변호사 없이는 대답하지 않겠다고 해. 그때가 한밤중이었다면서? 게다가 비도 엄청 내렸고. 그것만으로도 목격자의 증언을 충분히 반박

_____

* lineup. 혐의자의 얼굴을 살피기 위한 정렬.

할 수 있는 근거가 돼. 근데 죽이지도 않았다면서 뭘 그렇게 걱정하는 거야?"

'박'의 얘기를 들으니 마음이 조금 놓인다.

레스토랑 앞에서 헤어지는데 녀석이 물었다. 여배우와는 언제 같이 술 먹는 거냐고. 나는 걸음을 떼며 말했다. 유일하게 연락하고 지내는 여배우인 김수미 선생과 조만간 식사 자리를 마련하겠다고. 등 뒤로 '아나, 저 새끼 저거'하는 '박'의 찰진 욕이 들려왔다.

"요즘 많이 바쁘신 거 같던데. 기사 봤어요. 영화도 들어가고, 연애도 좀 하시는 거 같고."

오 형사는 라인업이 벌어질 취조실로 나를 안내하며 빈정거리듯 말했다. 그의 입꼬리에는 기분 나쁜 미소가 걸려 있었다. 그는 비아냥대며 이렇게 묻는 것이리라. 김영희 살인 사건 이후 가장 이득을 취하고 있는 사람이 바로 당신 아니냐고. 돈도 벌고, 여자도 얻고. 님도 보고, 뽕도 따고. 당신이 보기에도 너무 타이밍이 잘 맞는 거 아니냐고.

"요즘 형사들은 남 뒷조사도 하고 다닙니까?"

"그게 아니라 일전에 미망인 장보윤 씨를 한 번 만나러 갔다가 깜짝 놀랐죠. 클럽에 어찌나 다정한 모습으로 같이 계시던지."

오 형사는 내 눈치를 살폈다. 마치 미끼를 던지고는 덥석 물기를 기다리는 사냥꾼처럼. 내가 별 반응을 보이지 않자, 다시 말을 이었다.

"남편을 죽였을지도 모르는 용의자와의 연애라. 그것도 채 시신이 식지도 않은 시점에 말입니다. 하! 하여간 예술 하는 사람들 도무지 이해를 못 하겠다니까."

혀끝까지 욕이 튀어나왔지만 참았다. 변호사 없이는 한 마디도 하지 않으리라.

"지금 서 있는 순서대로 들어가셔서 벽에 쓰여 있는 번호 앞에 서시면 됩니다."

오 형사의 인도를 받으며 나를 포함한 다섯 명의 사람들이 줄을 지어서 취조실로 들어갔다. 취조실 벽에는 1, 2, 3, 4, 5, 6 숫자가 큼지막하게 적힌 A4 용지 여섯 장이 30센티미터 정도의 간격을 두고 부착되어 있었다. 나는 라인업의 네 번째로 들어갔고, '4'라고 적힌 A4 용지 앞에 섰다. 번호가 적힌 벽의 반대편에는 거울로 된 큰 창이 있었다. 당연히 이쪽에서 보았을 때만 거울일 테고, 거울 너머 건너편 방에는 사건 당일 날의 목격자와 차 형사, 오 형사 등이 있을 것이다. 형사물에서나 보던 이런 상황을 내가 겪게 될 줄이야, 이런 것을 한국 경찰들도 하는구나, 하는 잡생각을 하고 있는데 스피커에서 여경의 목소리가 흘러나왔다.

"시작하겠습니다. 1번, 한 발자국 앞으로 나와 주세요."

샐러리맨 양복 차림의 1번 남자가 한 발자국 앞으로 나갔다.

좌우로 나란히 서 있는 사람들을 훑어보았다. 평범한 샐러리맨부터 껄렁해 보이는 양아치 외양의 사람까지 다양했다. 어디서 읽었는데, 외국 같은 경우는 급여를 받는 단역 배우들이 용의자들과 함께 라인업에 선다고 했다. 우리나라에서도 그렇게 하는지 모르겠지만 지금이 그런 상황이라면 내가 봤을 때 누가 배우고, 누가 용의자인지 판단이 전혀 안 선다. 훌륭한 캐스팅이다. 다른 사람들 눈에도 내가 그렇게 비칠까. 혹시 나를 제외한 1, 2, 3, 5, 6이 짜고 치는 고스톱 멤버처럼 오직 나를 솎아내기 위해 여기와 있는 것은 아닐까.

다시 스피커에서 여경의 목소리가 흘러나왔다.

"오른쪽으로 돌아서세요."

10초 정도 지난 후.

"다시 정면을 보시고, 한 걸음 뒤로 가 원위치에 서 주세요."

2번, 3번 역시 순서대로 1번이 했던 것처럼 똑같이 움직이고는 제자리로 들어와 섰다.

"4번, 한 발자국 앞으로 나와 주세요."

드디어 내 차례. 스피커의 음성이 시키는 대로 한 발자국 앞으로 나갔다. 무표정하게 건너편 거울을 응시했다. 취조실 안은 숨소리도 들리지 않을 정도로 고요했다. 나만의 느낌인 걸까. 다른 사람들보다 유독 더 시간을 길게 끄는 것 같다. 혹시 거울 너머에 있는 목격자가 나를 유력하게 보고는 더 꼼꼼히 살피고 있는 것은 아닐까. 손이 땀으로 흥건해짐을 느꼈을 때 즈음 여경의 목소리가 다시 흘러나왔다.

"오른쪽으로 돌아서세요."

시키는 대로 움직였다.

"다시 정면을 보시고, 한 걸음 뒤로 가 원위치에 서 주세요."

원위치로 돌아오면서 나의 연기가 끝났다. 몇 걸음 움직인 게 고작이었지만 급격한 피로가 느껴졌다. 내 순서가 끝났음에도 긴장이 풀리지 않았다. 숨소리를 죽인 채 다음 사람의 움직임을 지켜보았다.

일관된 템포로 진행되던 이 쫄깃한 퍼포먼스가 템포를 놓친 건 바로 5번 연기가 끝난 시점이었다. 한참 시간이 흘러도 다음 순서인 6번 나오라고 하는 육성이 흘러나오지 않았던 것이다. 6번은 뭔가 이상하다는 듯 거울 너머를 보았다. 자신이 나설 차례인데 왜 안 부르냐는 듯이. 6번은 섭외된 배우군. 어색한 연기, NG.

"3번, 다시 앞으로 한 발자국 나와 주세요."

3번이 귀찮다는 표정으로 굼뜨게 움직인다. 이번에는 10초가 아니라 1분이 넘게 왼쪽 얼굴과 오른쪽 얼굴을 모두 살펴보았다.

아하! 무슨 상황인지 알겠어. 거울 너머의 상황이 대충 그려진다고. 목격자가 6번은 볼 필요도 없다고 했을 것이고, 3번을 사건 당일 봤던 용의자와 가장 비슷한 사람으로 꼽은 게 틀림없어.

크큭. 나도 모르게 웃음이 삐죽 튀어나왔다. 거울에 내 미소가 비쳤고, 아마 거울 속 누군가도 그 미소를 봤을 것이다.

*

6주 후, 나의 누명은 완전히 벗겨졌다.

범인은 김영회를 처음 발견한 신문 배달부였다. 그가 범인으로 밝혀지는 과정이 꽤나 드라마틱하다. 내용은 이러하다. 신문 배달부는 고등학교 중퇴생이었다. 그는 아현동의 2층 월세방에 살았는데, 그 방은 갈 곳 없던 그의 고등학교 동창생들의 아지트이기도 했다. 그들은 그 방에 모여 술을 먹거나 도박을 했고, 가끔씩은 홍대 클럽에서 눈 맞은 여자들을 데리고 와 술을 잔뜩 먹인 뒤 동시에 성교를 하기도 했다. 동창 중 하나가 여자 친구의 낙태 수술비용을 마련하기 위해, 신문 배달부가 없는 틈을 타 방 안의 값나가는 물건(이라고 해봤자 노트북, 아이패드 같은 것)들을 훔쳐 달아났다. 그 후에 그 동창생은 또 다른 곳을 털다가 경찰에 잡혔고 압수 수색을 당했는데, 그의 소지품에서 김영회의 지갑이 나왔다. 경찰이 '네가 죽인 거냐'며 윽박지르자 그는 울먹거리며 신문 배달을 하는 친구 집에서 훔친 것이라고 실토했다. 신문 배달부는 집이 털렸음에도 불구하고 신고조차 하지 않고 있었다. 신문 배달부는 체포된 뒤에 자신은 그저 시체에서 지갑만 꺼내 갔을 뿐이라고, 역시 울먹거리며 항변했지만 그의 말을 믿어주는 사람은 없었다.

그는 라인업 당시 3번, 내 옆에 서 있었다.

관계의 종말

장보윤은 어떻게 영화를 찍는지 궁금하다며 촬영장에 가보고 싶다고 했다. 바로 최 대표에게 전화를 걸어 촬영 스케줄을 체크했더니 공교롭게도 작업실에서 가까운 파주 세트장에서 촬영 중이었다. 장보윤과 나는 오후 서너 시쯤 헤이리에 도착해 한 바퀴 산책을 한 뒤 이른 저녁을 먹고 〈백야〉가 촬영 중인 제1세트장을 찾았다.

정승호 감독은 역시 베테랑 연출자다운 여유로운 모습으로 현장을 이끌고 있었다. 크랭크인이 얼마 지나지 않았음에도 스태프들은 이미 정 감독의 전작을 몇 편씩 같이해서인지 손발이 잘 맞았다. 정승호 감독의 나직한 목소리에서는 신뢰감과 카리스마가 동시에 느껴졌고, 키 스태프**들은 재빠르게 그의 의도를 캐치하고는 다

---

* **관계의 종말**(Pat Garrett & Billy The Kid. 1973). 셈 페킨파 감독. 루디 워리처 각본. 제임스 코번, 크리스 크리스토퍼슨, 밥 딜런 출연.
** key staff. 핵심 스태프. 촬영, 조명 기사, 미술감독, 동시녹음 기사 등.

음 동작을 취했다. '이 작품에 목숨 걸었다'는 듯한 다부진 표정의 신인 배우 조광조를 보면서는 역시 선택이 옳았다는 생각이 들었다. 세트장에서 만난 최 대표는 '대운'의 촉이 느껴진다며 그 어느 현장에서보다 표정이 밝았다. 그 '촉'이라는 게 매 영화 때마다 찾아오고, 아주 빈번하게 틀린다는 게 살짝 불안할 따름이지만.

"숏 들어가겠습니다!"

새벽 2시가 지나자 조감독은 졸던 스태프들을 깨우기라도 하듯 스튜디오 안이 쩌렁쩌렁 울리게 소리쳤다. 모든 스태프가 스탠바이하며 정 감독을 바라보았다. 정 감독이 '레디, 액션'을 외쳤다. 알렉사 카메라가 천천히 트랙킹*으로 다가가자, 조광조는 눈물을 글썽이며 상대 여배우에게 대사를 읊었다.

"너랑 같이 있어도 죽을 거 같고, 떨어져 있으면 더 죽을 거 같아. 어차피 죽는 거, 같이 한번 살다 죽고 싶어. 단 하루라도⋯."

2분이 넘는 롱테이크 연기가 끝나자 정 감독이 '컷'을 외쳤다. 모든 스태프와 배우가 정 감독의 입을 주시했다.

"오케이."

18번의 NG 끝에 나온 오케이 사인. 모두들 박수를 치며 환호성을 질렀다. 오늘 촬영스케줄의 마지막 쇼트이기도 했다. 나 역시 박수를 치며 장보윤을 보았는데, 그녀는 어딘가 넋이 나간 표정으로 우두커니 서 있었다. 무슨 이유에서인지 그녀의 눈가가 촉촉하

---

* tracking. 카메라를 이동차에 올려놓고 찍는 방식.

게 젖어있었다.

차가 달리는 동안 말없이 창밖의 야경만 바라보고 있던 장보윤이 입을 열었다. 시선은 그대로 창밖을 향하고 있었다.

"아까 그 대사…, 영회가 쓴 거죠?"

그 말을 듣는 순간 심장이 멎는 줄 알았다. 머릿속이 새하얘질 정도로 당혹스러웠지만, 가까스로 정신을 다잡으며 표정 관리를 했다.

"영회가 청혼할 때 했던 말이에요. 아까 그 대사. 그리고 나중에 알았죠. 그게 U2의 '위드 오어 위다웃 유(With or without you)'라는 노래 가사에서 왔다는 걸. 그 노래 후렴에서 보노가 애절하게 외치거든요. I can't live with or without you. 같이 있어도, 떨어져 있어도 살 수가 없다고…. 이 노래를 영회가 정말 좋아했어요."

장보윤은 창밖 풍경으로부터 시선을 거두며 나를 보았다.

"생각해보니 그런 것도 같네. 영회가 아이디어를 줬던 거 같아. 그 씬, 그 대사는."

나는 핸들을 꽉 잡은 채 앞 차의 뒤꽁무니만 뚫어지게 응시했고, 장보윤은 그런 내 옆얼굴을 물끄러미 쳐다보았다. 그녀는 지금 속으로 무슨 생각을 하고 있는 걸까. 혹시….

"잘한 거 같아요."

그녀의 얼굴에 미소가 설핏 스쳤다.

"영화를 볼 때마다 영회 생각이 나겠죠?"

휴우…. 나야말로, 장보윤 씨.

*

작업실에 도착할 때 즈음에 비가 내리기 시작했다. 나는 먼저
차에서 내려 트렁크에 있던 우산을 꺼냈다. 그리고 조수석 문을
열어주며 우산으로 장보윤을 받쳐 줄 때였다.

"작가님."

어둠 속에서 목소리가 들렸다. 비음 섞인 특유의 앳된 음성. 지
양임을 보지 않고도 알 수 있었다. 생각해보니 내가 지랄을 떨었던
'그 날'의 마지막 회의 이후로 그녀를 처음 만나는 것이다. 그녀의
전화를 몇 번 씹었던 기억이 떠오르며 왠지 미안했다. 하지만 미안
한 감정보다 더 컸던 건 장보윤과 함께 대면하고 있는 이 상황을
빨리 모면하고 싶다는 생각이었다.

골목 한쪽의 어둠 속에서 지양이 걸어 나왔다. 비에 잔뜩 젖어
있었다. 얼굴은 창백했고, 몸 전체가 미세하게 떨리고 있었다. 아
마도 밖에서 한참을 기다렸던 모양이다.

"먼저 들어가 있어."

나는 장보윤에게 카드키를 내밀며 말했다. 지양은 장보윤을 보
며 이를 꽉 물어 턱이 실룩거렸다. 반면, 장보윤은 무표정하게,
그리고 약간은 안쓰럽게 지양을 보았다. 시선이 교차하는 두 여자
사이에서 난감해 하고 있는데 장보윤이 말했다.

"잘 해주세요."

그리고는 카드키를 받아들고 로비로 들어갔다. 한 명이 사라지
자, 난감한 정도도 반으로 줄어드는 느낌이었다. 지양은 여전히
비를 맞으며 바르르 떨고 있었다. 다가가 그녀의 머리 위로 우산을
씌웠다. 이미 흠뻑 젖어서 별 소용은 없어 보였지만.

"미안하다. 연락 못 해서."

"저 여자… 누구예요?"

"일 때문에 만나는 사람이야."

"근데, 작업실에 왜 같이 들어가요? 어떻게 아는 여잔데요? 언
제부터 만난 거죠? 그때부터 제 전화 안 받으신 거예요?"

질문을 해대는 지양은 나를 보는 게 아니라 내 얼굴 뒤의 어딘가
를 보는 것처럼 눈의 초점이 흐려 있었다.

"늦었다. 다음 회의 때 얘기하자."

"회의요? 석 달째 안 하고 있는 그 회의 말씀하시는 거예요?
회의 취소되는 것도 저는 영락이 통해서만 전달받았어요."

지양의 목소리가 점점 커지고 떨렸다.

"얘기 들었어요. 책 계약하셨다고. 벌써 촬영도 하고 있다면서
요. 바보 같이 전 그게 우리 책인 줄 알았어요. 새 책 언제 쓰신
거예요? 우리만 계속 고치게 하면서 혼자 쓰신 건가요? 선생님한
테 저랑 영락이는 도대체 뭐였던 거예요? 글이나 쓰게 하고, 생각
나면 한 번씩 안을 수 있는 그런 여자였던 건가요, 저는? 영락이는
요? 시키면 군소리 없이 다 하는 비서 같은 존재였냐고요! 어떻

게…, 어떻게 이러실 수가 있어요?"

최지양, 얘가 이렇게 흥분할 줄도 아는구나. 그 와중에도 지양이 쏟아내는 말들이 아침드라마처럼 상투적이라는 생각이 들었다. 하긴 지양이가 대사 작법 능력이 좀 떨어지기는 했지.

"가자. 택시 태워줄게."

지양의 팔을 잡고 끌었다. 하지만 지양은 돌덩이처럼 그 자리에서 조금도 움직이지 않았다.

"저, 임신했어요."

쏴아아아….

귓가에 빗소리가 유독 크게 들렸다. 한참 동안 지양과 나는 빗소리를 들으며 그렇게 서 있었다. 주머니에서 지갑을 꺼냈다.

"일단 이거 받아. 좋은 병원 알아봐 줄게. 돈은 내일 계좌로 더 보내줄 거고."

지양이 고개를 숙인 채 수표를 받았다. 어깨가 들썩거렸다. 얼굴이 보이지 않으니, 우는 것인지 웃는 것인지 알 수가 없었다. 동작이 점점 격해지더니, 수표를 가로세로로 찢어 조각을 내는 것이었다. 마침내 지양이 얼굴을 들었을 때도 우는 건지 웃는 건지 알 수 없을 정도로 얼굴이 일그러져 있었다. 조각난 수표를 내 얼굴에 던졌다.

"당신 같은 사람을… 잠시라도 존경하고 좋아했다니…. 그래, 없어져 줄게. 그게 당신이 원하는 거지? 당신…, 정말 더러운 쓰레기야."

지양은 경멸에 가득 찬 눈으로 나를 보다가 뒤돌아 걷기 시작했다. 온몸이 딱딱하게 굳었는지 걷는 뒷모습이 좀비처럼 비틀거렸다.

바닥에 조각조각 흩뿌려진 수표를 보며 이런 생각이 들었다. 세상이 쓰레기 같으면, 쓰레기 같은 작품도 나와야 되는 거고, 그렇다면 쓰레기 같은 작가도 필요한 법 아니겠냐고.

작업실 현관을 열고 들어가자, 장보윤은 소파에 앉아 케이블티브이에서 하는 재방송 코미디 프로를 보고 있었다.

"미안."

장보윤 옆에 앉으며 말했다.

"괜찮아요. 내가 관여할 문제가 아니잖아요."

그리고 혼잣말처럼 읊조렸다.

"감정이란 게…, 별 대단한 거 아닌데."

티브이에서 방청객 웃음소리가 흘러나왔다. 오늘따라 미리 녹음된 과장된 그 소리가 유난히 귀에 거슬렸다.

*

다음 날 오전 11시경 영락이 작업실로 찾아왔다. 그 역시 마지막 회의 이후 처음으로 보는 것이다. 거실에서 함께 커피를 마시며 '어떻게 지냈냐?', '잘 지내셨어요?' 등의 안부와 근황을 주고받았지만 딱히 궁금하거나 했던 건 아니었다. 사실 궁금한 건 따로 있었다.

"지양이는… 괜찮니?"

영락이 내 눈치를 살피고는 대답했다.

"네….

아마도 어제 일에 대해서 들었겠지. 어디서 어디까지 들었는지는 잘 모르겠지만.

"너희들 잘 챙겨주지 못해서 미안하다."

"저희가 잘하지 못해서 그런 건데요."

이래서 내가 영락이 이놈을 예뻐하는 것이다. 이래서 지양은 영락이 이놈을 짜증내는 것이고.

"저… 작가님."

"응?"

"지양이가요, 팀에서 나오겠다고…. 저보고 대신 작가님께 말씀 드려 달라고 해서요."

"그래?"

예상했던 일이지만, 영락의 앞에서는 왠지 좀 더 아쉬운 표정을 지어야 될 거 같았다.

"그리고 저보고 짐도 대신 찾아오라고 했거든요. 갖고 올 물건들 리스트를 불러주더라고요. 옷하고, 빌려 드렸던 책이랑 디브이디랑."

"지양이는 그렇고, 넌 어떻게 할래?"

영락이 우물쭈물하다가 말했다.

"저도… 같이 나가는 게… 나을 거 같아요."

"그래…."

지양을 좋아하던 놈이니까 같이 그만둘 거라고 생각은 했지만, 막상 들으니 좀 서운했다. 영락이 이놈 덕분에 편한 게 많았는데. 한번 붙잡아 볼까 생각을 했으나 막상 입에서는 다른 말이 튀어나왔다.

"아쉽지만 할 수 없지. 내가 도와줄 일 있으면 언제든 편하게 찾아와라."

"네…."

영락이 눈을 내리깔며 대답했다. 침실과 연결되어 있는 복층 계단 쪽에서 발소리가 들렸다. 나와 영락의 시선이 자연스럽게 계단 쪽으로 향했다. 막 잠에서 깬 장보윤이 가운을 걸친 모습으로 내려왔다.

"잘 잤어?"

장보윤은 대답 대신 같이 있던 영락을 발견한 뒤 민망한 표정으로 인사했다.

"미안해요. 초면에 이런 모습으로 인사드려서."

"아, 아닙니다."

영락은 엉거주춤 일어나 꾸벅 인사를 했다. 눈을 어디다 둬야 할지 난감해하는 기색이 역력했다.

"처음이지? 여긴 장보윤. 이쪽은 조영락. 나하고 같이 시나리오 작업… 했던 친구야."

현재형과 과거형 중에서 뭘 써야 되나 잠시 고민을 했다. 장보윤은 자신의 행색을 숨기고 싶었는지 내 등 뒤로 숨으며 내 허리에 팔을 둘렀다. 영락은 이 분위기가 몹시도 어색했던 모양이다.

"작가님, 저는 짐…, 챙길게요."

"그래. 옷은 내가 챙길게. 디브이디는 여기 수납장에서 찾으면 되고, 책은 서재에 있을 거야."

"네…."

영락은 서재 쪽으로 걸어갔다. 나는 등 뒤에 매달려 있던 장보윤을 앞으로 끌어당겨 굿모닝 키스를 나누었다. 영락이 우리를 훔쳐보다가 나와 눈이 맞자 황급히 서재로 사라졌다.

날 따라잡아 봐, 능력이 된다면

20세기 최고의 예술가 파블로 피카소. 그에게는 중요한 순간마다 뮤즈가 있었다. 청색 시대에서 장밋빛 시대로 넘어가던 시기의 첫 번째 연인 페르낭드 올리비에. 청순가련형 여인인 에바 구엘을 만나면서는 본격적인 입체파 시기로. 지적인 도라 마르와 함께할 때는 눈물을 흘리며 저항하는 인물을 그렸고, 독립적이고 당찬 프랑수아즈 질로의 모습은 석판화로 담아냈다. 79세에 자클린 로크를 만난 후에는 한 해에만 70점이 넘는 그녀의 초상화를 그리기도 했다.

갑자기 웬 피카소 장단에 미술 타령이냐고? 솔직히 고백하면 나 역시 장보윤과 새로운 연애를 시작하며 내심 새로운 창작에

---

* 캐치 미 이프 유 캔(Catch Me If You Can. 2002). 스티븐 스필버그 감독. 제프 나단슨 각본. 레오나르도 디카프리오, 톰 행크스 주연.

대한 기대, 소위 말하는 '인스피레이션'을 기대했던 게 사실이다. 실제로 장보윤과의 만남을 통해 20대로 돌아간 듯한 흥분과 설렘을 다시 느꼈고, 그게 곧 그 시절에나 가질 법한 집필에 대한 열의로 이어졌던 것도 사실이다. 하지만 유감스럽게도 '창작'이란 게 열의만으로는 되지 않는다는 것을 또다시 절감했다.

〈백야〉 이후 야심 차게 새 시나리오 작업을 시작했었다. 10페이지 분량의 트리트먼트를 포함해서 4개의 프로젝트를 동시에. 하지만 마무리 지은 건 하나도 없다. 매번 글을 쓰다 어느 순간 견딜 수 없는 허접스러움이 느껴졌고, 그리고 나서는 더 이상의 진행이 불가능했다. 〈지옥별장〉을 쓰던 때처럼 평판에 신경 쓰지 않고 닥치는 대로 휘갈기던 그 시절이 그리웠다. 그런 나에게 더욱 비극적인 건 나이를 먹으며 '쓰는' 실력은 늘지 않은 채 '보는' 실력만 늘어났다는 것이다.

정남훈의 그 전화를 받던 순간에도, 작업 중이던 트리트먼트를 정독하고 나서 '폐기 처분'할지 말지를 심각하게 고민하던 참이었다.

"정 대표, 오랜만이야."

"에이 씨! 우리끼리 대표는 무슨."

정남훈의 큰 목소리에 귀가 아파서 핸드폰 볼륨을 세 계단 내렸다.

"〈백야〉 올해 기대작으로 평판 좋던데. 언제 개봉이야?"

"후반 작업까지 반년은 더 걸릴 거 같은데. 네 영화는?"

"편집이 개판이라 뒤집어엎고 다시 좀 만지려고. 가만…, 이러다 개봉 같이하는 거 아냐?"

같이 개봉해서 정남훈의 영화를 한번 밟아주는 것도 썩 괜찮겠다는 생각을 하는데 녀석이 계속 떠들어댔다.

"덕분에 강의는 잘하고 있어. 근데 오해는 하지 마. 내가 네 자리 일부러 뺏으려거나 그런 건 아니니까. 난 진짜 모르고 한 거야. 여기 와서 알았다고."

까고 있네. 모르긴 뭘 몰라.

"원래 내가 하다가 물리면 이어받는 게 네 전문이잖아."

"새끼…, 대사 좋네. 기분은 좆 같은데 재밌어. 크크."

정남훈이 낄낄 웃다가 사레가 들렸는지 헛기침을 해댔다. 헛기침을 마치 '대화의 절취선'처럼 사용하고는 화제를 돌렸다.

"그건 그렇고 말이야. 혹시 네가 가르쳤던 학생 중에서 김영회라고 기억나?"

김영회? 이놈 입에서 갑자기 김영회의 이름이 왜 나오는 거야. 예상치 못했던 타이밍에 기습을 당한 느낌이다.

"알지. 왜?"

"내가 콘텐츠진흥원 스토리공모 심사를 했는데, 걔가 여기에 책을 냈더라고."

뭐어? 죽은 김영회가 공모전에 책을 내? 어떻게, 어떻게 그럴 수가 있어? 가만…, 만약 김영회가 죽기 직전에 책을 응모한 거라면…? 공모 기간과 심사 기간을 따져봤을 때 가능할 수도 있겠군.

김영회, 이 자식. 쪽 팔려서 세상 밖으로 나오기 싫다고 할 때는
언제고.

"프로필 보니까 학교 애였더라고. 너한테 배운 거 같던데. 원래
잘 쓰는 놈이야?"

"나쁘지 않았지."

"나쁘지 않은 정도가 아니야! 그냥 바로 찍어도 되겠어! 걔는
요즘 뭐해? 학교는 안 다니는 거 같던데. 어디랑 계약했나?"

"죽었어."

정확히 들은 게 분명한데도 정남훈이 다시 물었다.

"뭐…?"

"죽었다고. 몇 달 전에."

잠시 정적이 흘렀다. 마치 영상통화처럼 정남훈의 황당한 얼굴
이 눈앞에 그려졌다.

"나… 이거 참… 별일이군. 미인박명이라더니….."

"무슨 내용이야?"

"어?"

"그 책, 내용이 뭐냐고!"

나도 모르게 언성이 높아졌다.

혹시 〈안단테 칸타빌레〉를 공모전에 제출한 것이라면…?

이후에 벌어질 일들은 생각도 하기 싫다. 〈백야〉를 먼저 썼다고
우겨야 하나? 아니면 사후 표절을 인정하며 김영회를 '공동 작가'
로 넣어주고 금전적 보상을 해줘야 되나? 그리고 무엇보다 장보윤

에게는 이 사실을 어떻게 설명한단 말인가. 장보윤은 이 사실을 알고도 나와의 관계를 지속할까?

온갖 불안한 상상이 꼬리에 꼬리를 물었다. 하지만 이 쫄깃한 공포와 서스펜스는 그리 오래가지 않았다.

*

"만장일치야. 나도 심사 몇 번 해봤지만, 이렇게 심사위원들 의견이 일치된 것도 처음이라니까. 심사 들어왔던 제작사, 투자사 대표, 감독들이 서로 갖고 싶어서 침 바르고 난리도 아냐. 내 짬밥으로는 명함도 못 내미는 상황이야."

코엑스 컨벤션 홀. 스토리공모대전 시상식 겸 축하연이 잠시 후 이곳에서 열릴 예정이다. 이곳에서 미리 만난 정남훈은 김영회의 수상작 〈메조 포르테〉에 대한 얘기만 귀가 따갑도록 해댔다.

다행히 〈메조 포르테〉는 〈백야〉와는 다른 책이었다. 완전히 다른.

정남훈에게 김영회의 새 책 얘기를 들으며 얼마나 떨렸는지 상상도 못 할 것이다. 하지만 단 1분만 듣고도 이건 완전히 다른 책이라는 확신이 섰다. 십 년 묵은 체증이 싹 사라지는 후련함도 잠시. 새 책 얘기를 듣다가 나도 모르게 〈메조 포르테〉에 흠뻑 빠져들었다. 마치 〈안단테 칸타빌레〉를 처음 접했던 그 날처럼! 흠뻑 빠져들었다는 사실이 나를 또 극도로 짜증나게 만들었다.

그렇지만, 짜증이 났다 한들 그 얘기를 끝까지 듣지 않고서는 배길 수가 없었다.

〈안단테 칸타빌레〉가 장르적 규칙에 충실한 스릴러였다면, 〈메조 포르테〉는 스릴러라는 장르에 멜로 드라마적 요소를 접목시켜 장르 영화 팬은 물론 일반 관객까지 더 흡수할 수 있는 오락성을 지니고 있었다.

김영회의 작풍이 상상을 뛰어넘는구나. 도대체 이놈은 어떻게 죽어서까지도 나에게 이렇게 질투와 시기를 느끼게 하는 거지. 〈삼국지〉의 중달*, 〈아마데우스〉의 살리에리**라도 된 기분이다. 아차차…, 진심으로 사죄한다. 말이 헛나왔다. 감히 나 따위를 중달과 살리에리 같은 대가(大家)들에 비하다니. 두 사람은 제갈량과 모차르트 때문에 빛이 바래서 그렇지, 그 당시 둘째가라면 서러워할 자기 분야 최고의 인물들이었다. 그에 비하면 나는…. 말을 말자. 말이 길어질수록 더 비참해질 뿐이니까.

"어? 야, 저기 봐. 근사한데."

정남훈이 드디어 화제를 바꾸며 컨벤션 홀 입구 쪽을 가리켰다. 짧고 타이트한 블랙 미니 원피스를 입은 여성이 걸어 들어오고 있었다. 장보윤이었다. 그녀가 김영회의 장례식에서 저 원피스를 입었던 모습이 떠올랐다. 정남훈을 비롯한 홀 안의 모든 남자들이

---

* 본명은 사마의. 위나라의 정치가이자 군략가. '죽은 제갈량이 산 중달을 좇아내다'라는 고사에서의 그 중달.
** 안토니오 살리에리. 이탈리아의 작곡가. '살리에리 증후군'이라는 증상의 그 살리에리.

그녀를 흘끔거렸고, 나는 왠지 모를 우쭐한 기분이 들었다.

다가오는 장보윤에게 손을 흔들었다. 그렇다. 나는 대리 수상자인 장보윤을 축하해주는, 남자 친구의 자격으로 이 자리에 온 것이다. 장보윤이 나를 발견하고는 활짝 웃으며 역시 손을 흔들어 보인다. 평상시와 다를 바 없는 모습이었지만 그녀가 약간은 달떠 있음을 알 수 있었다. 그럴만하지 않은가. 죽은 남편이 쓴 시나리오로 대리 수상하는 기분을, 과연 세상에 몇 명이나 그 감정을 이해할 수 있을까.

"뭐야? 아는 사이야?"

장보윤과 아는 척하는 나를 보고는 정남훈의 눈이 똥그래졌다.

"여자 친구."

"어떻게 아는 사인데? 어디서 만났냐고? 혹시 이 새끼 이거…."

정남훈이 비릿한 눈빛으로 나를 쳐다봤다.

"좀 닥쳐 줄래?"

뭐 눈에는 뭐만 보인다고 끝까지 들을 가치도 없다. 놈의 천박한 추측 따위는.

장보윤이 내 옆으로 서며 물었다.

"언제 왔어요?"

"한 시간 전에. 먼저 와서 여기 정 작가하고 커피 한잔하고 있었어요."

"안녕하세요. 정남훈이라고 합니다."

정남훈이 히죽 웃으며 자기소개를 했다.

"아, 예전에 서 작가님과 같이 작업하셨다는….."

"아이고, 맞습니다."

"말씀 많이 들었어요. 저는 장보윤이라고 합니다."

"아, 네."

정확히 3초 후, 정남훈의 히죽거리던 얼굴이 그대로 굳어버렸다. 그리고는 컨벤션 홀 입구에서 가져온 식순을 살폈다. 그리고는,

"저…, 혹시 오늘… 대리 수상하시는…."

정남훈이 당황했는지 말을 더듬었다.

"네, 김영회 작가가 제 남편입니다."

장보윤의 대답에 정남훈은 어리둥절한 표정을 감추지 못하며, 나와 장보윤을 번갈아 쳐다보았다. 나는 웃음이 비집고 나오는 것을 참을 수 없었다.

"오늘의 마지막 수상작이죠. 대한민국 스토리공모대전 대상, 대상 수상작을 시상하도록 하겠습니다."

사회자의 멘트가 끝나자, 대상 시상자인 문화체육부 장관이 단상 위로 올라갔다. 컨벤션 홀을 가득 메운 수상자 가족들과 공모전 및 업계 관계자들의 박수가 이어졌다. 연예 문화부 기자들은 단상 아래서 플래시 터트릴 준비를 하고 있었다. 장관이 무대 위의 약속된 제 위치에 서자 사회자가 말했다.

"발표하겠습니다. 대상 수상작은 김영회 작가의 〈메조 포르테〉!

안타깝게도 김영회 작가께서 사고로 유명을 달리하신 관계로 부인 이신 장보윤 씨께서 대리 수상하시겠습니다."

맨 앞 테이블에 앉아 있던 장보윤이 플래시 세례를 받으며 단상으로 올라갔다. 한 계단 한 계단 조심스럽게 올라가 시상자로부터 상패를 받는 순간 장보윤은 눈물을 글썽였다. 시상자가 장보윤을 다독이며 포옹했다.

"동윤아. 암만 머릴 굴려 봐도 이해가 안 된다. 이게 무슨 시추에 이션인지."

뒤쪽 관계자 테이블에 같이 앉아 있던 정남훈이 물었다.

"보면 몰라? 상 받는 시추에이션 아냐."

"저분 미망인이라며. 네가 가르쳤던 학생의…. 근데, 사귄다고? 제자의 와이프랑?"

"왜? 문제 있냐?"

"인마, 그럼 정상이냐?"

"친한 친구 와이프랑 재혼하는 놈은 정상이고?"

"자식아, 그거하고 이건 다르지."

"조용히 하고 수상 소감 좀 듣자."

꽃다발과 상패를 든 장보윤이 마이크 앞에 섰다. 감정이 북받치는지 아무 말도 하지 못했다. 고개를 들고 눈물을 삭이고 나서야 입을 열었다.

"정말 감사합니다. 하늘에 있는 제 남편도 지금 보고 있으리라 생각합니다. 항상 자기가 쓴 글이 형편없다면서 자신의 능력 부족을 탓하곤 했던 제 남편이었는데요…. 이렇게 그의 작품이 빛을 보게 되어서 정말 기쁩니다. 아마 제 남편 김영회 작가는 이제 저 하늘 위에서 작가로서의 자부심을 가지고, 쓰고 싶던 글을 맘껏 쓸 수 있지 않을까 생각해봅니다."

장보윤은 소감 중간중간 눈물을 삼켰고, 청중들은 박수로 그녀를 다독였다.

"그리고 끝으로 제 남편을 지도해주시고 격려해주신 서동윤 작가님께 진심으로 감사드립니다."

장보윤은 나를 향해 미소를 지었다. 주변에서 쏟아지는 박수 소리가 왠지 머쓱했다. 정남훈은 여전히 이해를 못 하겠다는 듯 머리를 절레절레 흔들었다.

질끈 감은 눈

　시상식이 끝난 뒤 작업실로 자리를 옮겨 둘만의 자축 파티를 열었다. 오늘을 위해 특별히 30만 원이 넘는 투핸즈 쉬라즈 와인도 미리 준비해 두었다.

　김영회의 수상에 왜 이리 들떠서 호들갑이냐고? 너는 배알도 없냐고? 정확한 질문이다. 김영회가 상 받고 주목받는 게 내 입장에서 좋을 게 뭐가 있겠나. 그 녀석이 수면 위로 부상할수록 초조해서 돌아버릴 지경인데. 그녀가 눈물을 흘리며 김영회를 떠올리는 것을 지켜보는 내 기분은 어떨 거라고 생각해? 스스로 하찮은 존재임을 뼈저리게 느끼며 밑바닥으로 추락하는 그 기분을 당신이 어찌 알겠냐고!

---

* 아이즈 와이드 셧(Eyes Wide Shut, 1999), 스탠리 큐브릭 감독, 스탠리 큐브릭, 프레더릭 라파엘 각본, 아르투어 슈니츨러 원작, 톰 크루즈, 니콜 키드먼 주연.

그럼에도 불구하고 내가 이렇게 호들갑 떠는 이유? 단순하다.
나의 그녀가 이토록 기뻐하는 모습을 지금껏 단 한 번도 본 적이
없기 때문이다. 나의 배알? 까짓것 그녀의 미소에 비할 바 못 된다.
그 미소를 쭉 지켜보고 싶을 뿐이다. 영원히 내 곁에 두고서.

　그녀는 그토록 좋아하던 와인을 입에도 대지 않은 채, 손에 든
김영회의 상패만 물끄러미 바라보고 있다. 김영회를 추모, 축하하
는 자리이긴 하나, 이 정도에서 김영회는 그만 빠져주었으면 하는
게 나의 솔직한 심정이다.
　조용히 장보윤의 뒤로 다가가 살며시 껴안았다. 자연스러운 연
결 동작으로 그녀의 손에서 김영회의 이름이 박힌 상패를 빼내며
그녀의 목덜미에 키스했다. 그녀는 턱을 들어 올렸고, 낮은 숨소리
가 새어 나왔다. 원피스 지퍼를 아래로 끌어내리자, 그녀의 하얀
등이 모습을 드러냈다.
　"잠깐만요…, 그만…."
　장보윤은 쑥스러운 듯 저항했지만, 이런 질감의 저항은 오히려
더 불을 붙이는 법이다. 참을 수 없었다. 그녀와 섹스한 지도 보름
이 지났다. 원피스 안으로 손을 뻗어 그녀의 가슴을 두 손으로
감싸 쥐었다. 그녀 역시 나만큼 흥분했는지 가슴이 유난히 팽창해
있었다. 그런데 바로 그때.
　"그만하라고요!"
　장보윤이 소리를 지르며 나를 확 밀어냈다. 당황스러웠다.

"미안. 왜… 오늘… 컨디션이 별로야?"

"그게 아니라…."

장보윤은 다소 격한 반응을 보인 게 미안했는지 난처한 표정으로 말을 얼버무렸다.

"좀 있다 얘기하려고 했는데…. 놀라지 않겠다고 약속해요."

나는 고개를 끄덕였다.

"아이를 가졌어요."

아이…? 아이라니…! 도대체 언제…? 그녀와 함께했던 잠자리를 되짚어 보는데, 장보윤이 말했다.

"영회 아이예요. 영회가 죽기 전날 밤인 거 같아요."

뭐어…? '죽은' 김영회의 아이라고…? 자, 잠깐만…. 어, 어떻게 이런 일이…. 도대체 이게 가능한 얘긴가? 머릿속이 뒤죽박죽 혼미해지는 가운데 그녀의 설명이 이어졌다.

"생리가 원래 불규칙했어요. 두 달에 한 번 혹은 석 달에 한 번. 몸이 좀 이상한 거 같아서 지난주에 병원에 갔다가 알게 됐어요. 이렇게 될 줄은 정말 몰랐어요. 영회도 옆에 없는데 그냥 지울까도 고민 많이 했어요. 근데, 아무리 생각해도 그럴 수가 없어요. 아저씨, 저 영회 닮은 아이…. 낳고 싶어요. 혼자서라도. 미안해요, 정말."

파티는 어색하게 끝났고, 나는 그녀를 그녀의 집까지 차로 데려다주었다. 집에 도착할 때까지 우리 둘은 한 마디의 말도 섞지 않았다. 운전하는 내내 온갖 생각들이 내 머릿속을 휘저었다. 생각하면 할수록 속에서 헛웃음이 터져 나오는데 그걸 참는 게 고역이었다.

내 여자가 전남편의 아이를 가진 건 상관없다. 적어도 반은 내 여자의 모습을 닮았을 테니. 문제는 그 나머지 반이다. 털끝만큼의 흔적조차도 이 세상에 남아 있지 않길 바라는, 바로 그놈의 모습을 닮았다는 것이다. 바로 그놈의 씨가 내 여자의 안에 자리를 잡았다는 것이다. 감탄스러울 따름이다. 조물주가 만들어내는 이 기막힌 혈연의 영속성에! 보윤아, 차라리 그냥 내 아이라고 속이지 그랬니, 끝까지….

어느새 차는 그녀의 집 앞에 도착했다. 차 안은 싸늘했다. 어쩌면 그녀를 집에 데려다주는 게 이번이 마지막일지도 모른다는 생각마저 들었다.

"갈게요."

그녀는 건조하게 작별 인사를 건넨 뒤, 차에서 내렸다. 뒤 한번 돌아보지 않고 집을 향해 또각또각 걸어갔다. 나는 멀어지는 그녀를 하염없이 바라보았다. 그녀의 모습이 사라지기 직전, 나도 모르게 차 문을 열고 나가 소리쳤다.

"장보윤!"

그녀가 돌아보았다.

"그 아이…. 같이 키우면 안 될까? 너만 괜찮다면."

예상치 못했던 걸까, 아니면 기다렸던 것일까. 그녀는 해석이 되지 않는 오묘한 표정으로 한참 동안 나를 바라보았다.

그녀의 집에서 오랜만에 섹스를 했다. 이전에 했던 격렬한 방식이 아닌 부드럽고 평온한 방식으로. 장보윤은 섹스가 끝나자마자 바로 잠들었다. 멍하니 침대에 누워 있는데 갑자기 지양이 떠올랐다. 나의 아이를 가졌던 그녀. 나는 일말의 갈등 없이 그녀에게 그 아이를 지우라고 했다. 그 뒤로 어떻게 되었을까. 지양은 아이를 지웠을까. 궁금하다. 하지만 그날 이후 지양도 나도 서로에게 연락하지 않았다.

내 아이를 가진 여자에게는 낙태를 시키고, 남의 아이를 가진 여자에게는 결혼을 하자고 했다. 더군다나 그 아이의 몸속에는 김영회의 피가 흐르고 있다. 나는 왜 장보윤에게 그 아이를 같이 키우자고 했던 것일까. 내가 그 정도로 그녀를 사랑하고 있다는 뜻일까. 장보윤을 독점하는 대신 앞으로 그놈 닮은 아이를 키우면서, 그 아이의 눈을 들여다볼 때마다 죄의식과 죄책감, 자괴감을 비롯한 온갖 엿 같은 감정들을 견뎌내야만 할 것이다.

인생은 아이러니하고, 인간은 즉흥적이구나. 그래서 이 지루하디지루한 일상을 견딜 수 있는 거겠지.

베란다에서 담배를 피운 후 김영회의 방에 들어갔던 것도 즉흥적인 행동이었다. 들어가기 전까지는 그 방이 김영회의 방이었다는 것을 몰랐으니까.

방의 삼면 벽은 모두 나무 판과 벽돌의 가로세로 조합으로 이뤄진 책장으로 둘러져 있었다. 소설책과 만화책, 디브이디, 음악 시디 등이 벽을 꽉 채우고 있었고 진공청소기, 이불 더미, 기타, 앰프 등 잡동사니들도 한가득 있었다. 한쪽 구석에는 앉은뱅이책상이 있었고, 그 위에는 먼지 쌓인 구형 노트북이 놓여 있었다.

김영회의 손때가 묻어 있는 노트북. 이렇게 두꺼운 노트북이 아직도 있다니. 전원 버튼을 눌렀다. 웅, 하는 부팅 소음이 났다. 밤이라 그런지 유난히 크게 느껴졌다. 혹시나 장보윤이 잠에서 깨 방에 들어오지는 않을까 염려되었으나 그럴 일은 없을 것이다. 그녀는 수면에 들기가 힘들어서 그렇지 일단 잠들고 나면 해가 중천에 떠야 일어나는 사람이니까.

윈도 초기 화면이 떴다. 이 윈도는 또 언제 적 버전인 거야? 기억 속에 희미하게 남아있는 고색창연한 디자인의 초기 화면. 그리고 그 위에 '한글 2002' 아이콘이 있었다. 2012도 아니고 2002가. 한글 2002 아이콘을 더블 클릭했다. '불러오기'를 하자 창이 떴고 그 안에 '내 문서' 폴더가 있었다. '내 문서'를 열자 그 안에는 〈안단테 칸타빌레〉와 〈메조 포르테〉를 비롯해 다섯 개의 한글 파일이 더 있었다. 〈라르고〉, 〈비바체〉, 〈스타카토〉, 〈모데라토〉 그리고 〈카덴차〉. 정남훈으로부터 〈메조 포르테〉라는 제목을 처음 들었을 때, 이놈 참 제목 한 번 '일관되게' 못 짓는구나 했었는데, 이제 보니 작품 내용과는 무관한 음악 기호명으로 '워킹 타이틀" 제목을 지었던 것이다. 마치 화가나 작곡가들이 단순한 숫자 넘버링으로 작품명을 짓는 것처럼.

〈라르고〉를 클릭했다. 파일이 열리는가 싶더니 암호를 넣으라는 창이 뜬다. 이번에는 〈비바체〉를 클릭했다. 마찬가지였다. 〈스타카토〉, 〈모데라토〉, 〈카덴차〉 나머지 파일들 모두 암호가 필요했다. 홍대 클럽으로 처음 찾아갔던 날, 김영회가 문서에 암호를 걸어 놓는다고 했던 장보윤의 말이 퍼뜩 떠올랐다. 인터넷 익스플로러를 열었다. 포털 사이트가 떴고, 그 포털에 가입된 내 아이디와 비밀번호를 입력했다. 메일로 들어가 〈라르고〉를 포함한 다섯 개의 파일 모두를 첨부하여 내 메일 주소로 발송했다.

침실로 돌아가 장보윤 옆에 누웠다. 모로 자고 있는 그녀가 잠에서 깨지 않게 조심히 누우며 등 뒤에서 그녀를 껴안았다. 장보윤은 잠결에도 기분이 좋은지 콧소리 섞인 잠꼬대를 했다.

"영회야…."

나는 내 귀를 의심했다.

"고마워, 영회야…."

나는 장보윤을 껴안은 그 상태 그대로 얼어붙었다. 손끝 하나 움직일 수가 없었다. 궁금했다. 그녀는 김영회에게 무엇이 고마운 것일까. 자신을 닮은 아이를 남겨준 것? 장보윤 그녀는 나의 손길에 몸을 맡기면서도 정신은 김영회와 함께 있었다는 뜻일까? 지금

---

* 작업 진행 중 사용하는 가제.

148

까지 나를 만나면서 늘? 앞으로 태어날 아이를 보면서는 더 그렇게 되는 것은 아닐까?

답을 알 수 없는 질문들을 나에게 계속 던지고, 또 그 답을 찾아 정처 없이 헤매는 사이 새벽 동이 터왔다. 창밖으로 푸르스름해지는 하늘을 보며 내 작업실의 두꺼운 암막 커튼이 그리워졌다.

*

"내가 옛날 노트북에다 써놨던 글이 있는데 말이야, 그걸 오랜만에 다시 열어보려고 하니까 내가 그때 암호를 걸어 놨더라고. 근데 바보같이 암호가 생각이 안 난다. 젠장, 이 나이에 치매가 온 것도 아니고."

작업실로 돌아오자마자 내 이메일 계정을 열어 다섯 개의 첨부 파일을 모두 다운로드했다. 그리고는 S 전자 연구소 부소장으로 있는 고등학교 동창 '고'에게 전화를 걸었다.

"넌 인마 맨날 이런 식으로 전화할래? 지난번에는 컴퓨터 밀어 달라고 하더니!"

친구는 많고 볼 일이다. 살다 보면 언제 어떤 식으로 도움을 받게 될지 모르기 때문이다.

"이거 암호 풀어주면 내가 담에 여배우랑 술 먹을 때 진짜 한번 부를게."

"진짜? 진짜지? 그럼 나 한효주! 한효주로 할게! 너 구라면 죽어! 한글 버전이 뭐야?"

단순한 놈들. '고'나 변호사 '박'이나 여배우에 환장하는 건 어떻게 고등학교 때랑 달라진 게 없냐.

'고'로부터 세 시간 만에 다시 전화가 왔다. 다행히 전자보안부서에서 2000년대 암호해독 프로그램을 가지고 있었고, '고'가 그것을 나에게 토스해주었다. 그리고 받자마자 바로 그 프로그램을 설치한 뒤 실행했다. 수천, 수만 가지 다양한 조합의 암호가 프로그램 창에서 정신없이 돌아갔다. 그리고는 다섯 시간 후 정답을 내놓았다.

scheherazade.

세헤라자데. 아라비안나이트, 천일야화의 화자. 재미없는 얘기를 하는 순간 죽을 수밖에 없는 운명에 처했던 세헤라자데. 하지만 천 하루 동안 죽지 않고 이야기를 이어갔고 마침내 해피엔딩을 맞이했던, 인류 역사상 최고의 스토리텔러! 과연 작가의 암호답군.

〈라르고〉와 〈비바체〉는 초고 수준의 시나리오였고 〈스타카토〉, 〈모데라토〉, 〈카덴차〉는 A4 20페이지 분량의 트리트먼트 상태였다. 다섯 편 모두 〈안단테 칸타빌레〉의 완성도에는 못 미쳤으나 개발 가능성은 충분히 있어 보였다.

이후의 일은 〈백야〉 때와 비슷하게 전개되었으므로 간단하게만 기술하고 넘어가도록 하겠다. 두 달에 걸쳐 〈라르고〉와 〈비바체〉를 수정하였다. 그러는 동안 〈라르고〉는 〈대도적〉으로, 〈비바체〉

는 〈욕망의 재해석〉이라는 새로운 제목을 갖게 되었다. 나의 차기 시나리오에 관심을 보이던 몇몇 영화사들과 접촉을 하던 중에 〈백야〉가 미완성 편집본만으로 칸 영화제 경쟁 부문에 초청이 되었고, 일본에도 역대 최고 수출가로 판매되었다는 희소식이 들려왔다. 미팅 중이던 영화사들은 원래 얘기되던 계약 조건에 플러스알파를 덧붙였다. 하지만, 고려 필름의 최 대표가 공동 제작 형식으로 두 편을 묶어서 계약하자는 파격적인 조건을 들고나오면서 더 이상 고민할 이유가 없어졌다.

이제 '제작자 겸 작가'가 되는 것이다. 나는 단 한 번도 정남훈처럼 영화 제작자가 되겠다는 원대한 포부 같은 것을 가져본 적이 없다. 하지만 삶이란 의도와는 상관없이 흘러가는 법. 노력한다고 해서 반드시 이뤄지는 것도 아니고, 또 무위(無爲)라고 해서 그저 그 상태로 머물러만 있는 것도 아니다. 다만, 직업이 하나 더 늘어나면서 '겸(兼)' 자를 쓰게 된다는 게 괜히 기분 좋았다. 그냥 '작가' 보다는 '제작자 겸 작가'나 '감독 겸 작가', 이런 게 더 근사하게 들리지 않나. 나만 그런 건가. '제작자 겸 작가'로 잘 풀리면 '감독 겸 작가'가 될 가능성도 커질 것이다. 뭐 꼭 감독이 되고 싶다는 건 아니지만, 앞서 말한 대로 인생 모르는 거니까.

여하튼 이제 나는 그냥 작가가 아니다. 예전의 한물간 작가 서동윤이 아니라는 얘기다.

맞춰보세요, 누가 만찬에 오는지

일주일 내내 엄청난 폭설이 내렸다. 매스컴에서는 몇십 년 만의 기록적인 적설량이라며 톱뉴스로 보도했다. 고려 필름 기획실 직원들과 외주홍보사 직원들은 하필이면 가장 중요한 VIP 시사회에 맞춰 '기록'을 세울 건 뭐냐며 한탄했다. 추위 때문에 도로가 결빙되어서 차가 꽉 막히면, 톱스타들이 굳이 귀찮음을 무릅쓰고 〈백야〉를 보기 위해 극장에 온다는 보장이 없으며, 톱스타들의 참석률이 떨어지면, '연예가 중계'에서 꼭지를 얻지 못할 가능성이 커질 것이고, 포털 사이트에서는 기사 클릭 수가 줄어들 것이라며 울상을 지었다. 하지만, 모든 건 기우에 불과했다.

〈백야〉의 시사회 티켓은 기자들조차도 구하기 힘들었다. 티켓

---

* 초대받지 않은 손님(Guess Who's Coming To Dinner. 1967). 스탠리 크레이머 감독. 윌리엄 로즈 각본. 스펜서 트레이시, 캐서린 헵번, 시드니 포이티어, 캐서린 호튼 출연.

을 받지 못한 군소 인터넷 연예 신문 기자들은 자신들을 이렇게 푸대접하면 나중에 후회하게 될 거라고 으름장을 놓았고, 영화사는 부랴부랴 이들을 대상으로 한 시사회 일정을 따로 잡아야만 했다. 먼저 있었던 일반 시사회는 조광조의 일본, 동남아 팬들로 가득 차 함성과 박수가 수시로 터지며 콘서트를 방불케 했다. 조광조는 바쁜 시간을 쪼개 각종 인터뷰와 시사회 무대 인사 일정을 모두 소화했다. 조광조는 영화 후반 작업 기간에 맞춰 음반 작업을 병행하여 〈백야〉 개봉 3주 전에 디지털 음원을 공개했다. 조광조의 새 댄스 뮤직은 나오자마자 공중파 순위 프로와 6개 음원 차트에서 1위를 했고, '무한도전'에 출연하여 그간 숨겨왔던 유머 감각을 유감없이 발휘하며 〈백야〉에 대한 기대감을 증폭시켰다. 금상첨화라고 해야 할까. 〈백야〉가 칸 영화제에서 첫 월드 프리미어 상영을 마친 후 6분간의 기립 박수를 이끌어 내자, 각종 뉴스 프로에서는 이것을 마치 올림픽에서 금메달이라도 딴 것처럼 보도를 했고, 감독 정승호의 지난했던 영화 인생을 센티멘털한 배경 음악과 함께 조명했다.

그야말로 개봉을 앞두고 〈백야〉에 대한 관심은 최고조로 증폭되고 있었다.

개봉 2주일을 앞두고 강남의 한 멀티플렉스에서 열리는 VIP 시사회에 참석하기 위해 오래간만에 정장을 꺼내 입었다. 나의 이전 영화들 시사회 때와는 사뭇 다른 느낌이었다. 열 몇 개 되는 스크린에서 동시에 상영하는 '전관 시사'였다. 매표소부터 통로, 심지어 화장실까지 〈백야〉의 대형 포스터와 스틸 사진으로 도배가 되어 있었다. 마치 '네가 이 영화 안 보고 배기겠냐'고 윽박지르는 듯했다.

관객들은 브라운관이나 은막에서만 보던 배우들을 직접 볼 수 있는 VIP 시사회를 일반 시사회보다 더 선호하는 데 반해 나는 오히려 그 반대다. 북적이는 사람들 속에서 영화를 보는 것도 별로 이거니와 무엇보다도 애매하게 아는 영화인들을 대거 마주치게 되기에 더 꺼리게 된다. 제안을 받았으나 내가 거절했던 프로듀서, 반대로 내 시나리오를 거절했던 제작자, 내 아이템을 몰래 훔쳐가 유사한 영화를 먼저 완성해 개봉시켰던 감독, 출연을 거절했던 배우들, 시사회 뒤풀이 술자리에서 잠자리로까지 이어졌던 홍보사 직원…. 인사를 해야 되나 말아야 되나 고민하는 것도 싫고, 인사를 했는데도 못 본 척하며 씹히는 건 더더욱 싫다. 그리고 백이면 백, 시사회가 끝나자마자 초청한 이가 전화를 걸어와 잘 되겠느냐고 물어보는데, 그때마다 매번 잘 될 거라고 덕담해주는 것도 결코 익숙해지지 않는 불편한 일이다.

하지만 내가 호스트가 되어 주변 사람들을 초대하는 경우는 좀 다르다. 애매하게 아는 사람들, 혹은 안 좋은 감정을 가진 사람들까지도 그날만큼은 먼저 나에게 다가와 축하 인사를 건넨다. 마치 결혼식장의 혼주가 된 기분이랄까. 대박을 기원한다며 덕담을 하는 그들에게 내가 이 작품을 어떻게 키웠는지 이야기보따리를 풀다가, 또 다른 하객이 도착하면 나머지 얘기는 다음에 들려주겠다며 식권 대신 영화 티켓을 그들의 손에 쥐여 준다.

별 볼 일 없을 땐 본체만체하다가, 한 작품 뜨고 나면 언제 그랬냐는 듯 친분을 들먹거리는 곳. 이번 작품으로 뜰지 안 뜰지 몰라도 그 가능성이 존재하는 한, 관계의 끈이 계속 확인되고 유지되는 곳. 그게 바로 여기, 엔터테인먼트 비즈니스의 결정체인 VIP 시사회다.

초대도 하지 않았는데 시사회에 온 배우 박교준 왈.

"서 작가, 축하해. 언제 정 감독하고 밥 한번 먹자니까 그러네. 그건 그렇고 우리 〈캠퍼스 베이비〉 쓰리 빨리해야지."

"와줘서 고마워요. 트리트먼트 나오는 대로 연락할게요."

미안한데 이제 선배 이름으로 투자 안 돼요. 그 영화 속편은 하고 싶은 생각도 없고요.

첫 작품이었던 〈페스티벌〉의 제작자인 박 대표 왈.

"서 작가, 우리 첫 작품 같이한 거 잊으면 안 돼. 그때, 얼마나 재밌었어?"

"그러게요. 조만간 한 작품 같이하시죠."

재미는 개뿔. 당신과 같이 한 번 일했던 사람들이 왜 두 번을 안 하는지 생각 좀 해보시지.

요즘 들어 잘 나가는 P 영화사 전 대표 왈.

"다음 작품 어디서 할 건지 정했어요? 서 작가한테 어울릴 만한 아이템이 하나 있는데."

"글쎄요, 얘기 중인 데가 있긴 한데…."

너 같은 년하고는 다시는 안 해. 넌 작가를 두지 말고, 그냥 네가 직접 쓰면 되잖아.

제작자 협회 총무이기도 한 신 대표 왈.

"내가 각색 건으로 연락 한번 할게. 깔깔이* 한 번만 쳐줘. 간단해."

"아이고, 깔깔이는 제가 또 전문이죠!"

잔금이나 주고서 얘기해라, 이 뻔뻔한 새끼야!

나와 제작자들이 모여 있는 가운데로 끼어든 최 대표 왈.

"작업들 그만해! 서 작가는 나랑 다음 거, 다다음 거까지 같이하기로 다 얘기 끝났으니까 신경 꺼. 자, 영화 시작하니까 들어가자고!"

그래, 좀 쌈마이긴 하지만 그래도 최 대표 당신 정도면 뭐, 나는 만족해. 양아치가 난무하는 이 바닥에서 말이야.

극장 내부의 불이 꺼진다.

---

* 시나리오를 다듬는 작업을 뜻하는 영화계 은어. '윤색'과 비슷한 의미.

불이 꺼짐과 동시에 주변에서 들리던 핸드폰 통화 소리, 팝콘 부스럭대는 소리, 잡담 주고받는 목소리 등이 일시에 사라진다. 어둠 속 정적이 주는 짜릿한 긴장감. 얼마만의 시사회인가. 4년? 5년? 마치 첫 영화 때처럼 두근거린다.

무대 인사를 마친 조광조와 정승호 감독이 극장 관계자의 안내를 받으며 들어와 내 앞줄 좌석에 앉았다. 손을 내밀어 그들과 악수를 나눴다. 다른 때에 비해 손아귀에 힘이 들어가 있었다. 다들 의연함 속에 긴장한 빛이 역력했다. 두 편의 외화 예고편이 흐르고 나서, 마침내 〈백야〉의 오프닝 크레디트가 시작됐다. 제작사 로고가 뜨는 순간 옆자리의 최 대표가 팔걸이에 놓인 내 손을 덥석 움켜잡아서 순간 깜짝 놀랐다. 캄캄한 극장에서 남자와 손을 잡고 있다는 게 평상시 같으면 상상도 할 수 없는 일이겠지만 지금 이 순간만큼은 그렇지 않았다. 그 어떤 말보다도 이 작품에 대한 최 대표의 진심이 느껴졌다. 눈 덮인 지방 고속버스 터미널 풍광 위로 '편집', '미술', '촬영' 등의 크레디트가 차례로 오버랩 되었다. 잠시 후 '각본 서동윤', 다섯 글자가 스크린에 박혔다.

두 시간여가 흘렀고, 엔드 크레디트가 흐르는 동안 객석은 숨죽인 듯 조용했다. 잠시 후 몇 명이 박수를 치기 시작하자 이삼 초 뒤에는 봇물 터지듯 박수와 환호가 쏟아져 나왔다. 그제서야 안도의 웃음을 지을 수 있었다. 최 대표, 정 감독, 조광조를 비롯한 배우들과 수고했다며 악수를 주고받는데, 그들의 얼굴 역시 상영 전과는 다른 자신감과 뿌듯함으로 가득 차 있었다. 어느새 주변에 기자들이 다가와 연방 플래시를 터트렸다.

*

〈백야〉는 개봉 후 박스오피스에서 5주간 1위를 했다. 총관객
수는 640만. 흥행과 비평 양쪽에서 다 좋은 반응을 얻어 모두가
만족할만한 결과를 냈다.

반면 정남훈의 우려는 현실이 되었다. 정남훈이 제작한 영화
〈크레이지〉는 〈백야〉 개봉 2주일 전에 개봉하였는데, 문제는 두
영화의 배급사가 같았다는 점이다. 〈크레이지〉의 1주 차 개봉 성
적이 시원치 않자, 배급사는 〈크레이지〉의 개봉관 숫자를 확 줄이
는 대신 그만큼 〈백야〉의 개봉관 수를 늘렸다. 게다가 적지 않은
수의 상영관마저 교차 상영, 소위 말하는 '퐁당퐁당'으로 돌리면서
〈크레이지〉는 개봉 2주 차에 극장에서 보기 힘든 영화가 되었고,
영화 제목처럼 된다는 속설대로 정남훈은 진짜 '크레이지'될 수밖
에 없었다. 내가 전혀 관여하지 않았음에도 공교롭게 일이 이렇게
되어버렸다. 막상 흥행 결과가 180도 엇갈리고 나니, 정남훈에게
미안한 마음이 들었다. 위로 전화를 해볼까 하다가 결국에는 하지
않았다.

Hollywood Ending

누가 그랬다. 영화인의 가장 적절한 결혼 타이밍은 한 작품이 끝나고 새로운 작품을 준비하는 사이라고. 그래야 전작과 차기작 양쪽에서 많은 하객들이 오게 되어 축의금이 두둑하다고. 막 끝낸 작품이 대박이라도 났다면 아마 더 두둑할 것이라고.

내가 결혼 날짜를 〈백야〉와 〈대도적〉 사이로 잡은 건 의도한 것이 아니다. 나도 그렇고, 장보윤도 그렇고 두 번째 식을 올리는 건데 하객 수에 연연할 이유가 없었다. 그저 우리 두 사람을 진심으로 축복해주는 사람들이 오기를 바랐을 뿐이다.

그런데 그런 사람들이 예상보다 좀 많았다. 먼저 〈백야〉 팀이 도착하면서 예식장에는 일대 소란이 벌어졌다. 장보윤 쪽 하객인

---

* **헐리우드 엔딩**(Hollywood Ending. 2002). 우디 앨런 각본, 감독. 우디 앨런, 티아 레오니 주연. 우디 앨런의 33번째 영화.

줄 알았던 중년 여성들이 알고 보니 조광조의 일본 팬들이었다. 조광조가 등장하자 일제히 '광사마'를 외치며 본색을 드러냈다. 조광조를 실물로 보기 위해 내 결혼식에 비행기를 타고 온 것이다. (나중에 확인한 바로는 조광조 일본 팬클럽은 적지 않은 금액의 축의금까지 냈다. '조광조 님을 멋있는 케릭타로 만들어주셔서 감솨합니다'라는 손으로 쓴 삐뚤빼뚤한 한글 메시지와 함께.) 조광조는 결혼식 분위기를 흩트러서 미안하다고 했다. 나는 조광조에게 '무슨 소리냐, 바쁠 텐데 이렇게 와줘서 너무 고맙다'고 하며 자리로 안내했다. 나의 조카, 사촌 동생, 심지어 나이 지긋하신 이모, 고모님까지도 조광조를 꼭 보고 싶어 했던 터라 사방에서 잘 보일 만 한 자리로 미리 빼놓았다. 〈대도적〉의 캐스팅 물망에 오르는 배우들이 매니저들과 함께 식장을 찾았고, 〈페스티벌〉의 박 대표, 잔금을 떼어먹은 신 대표 등 예상치 못했던 사람들까지 많이 와 예식장 스태프들이 테이블을 더 까느라 몹시 분주했다. 야외 결혼식이라 다행이었다. 잔디가 넓었기에 테이블 놓을 자리는 충분했다.

장보윤이 야외 결혼식을 원했다. '비가 오기라도 하면 어쩌려고 그러느냐'고 물으니, '그것도 다 하늘의 뜻이 아니겠냐'고 하는데 더 할 말이 없었다.

다행히 결혼식 당일 날씨는 쾌청했다. 예식이 거행될 잔디밭은 풀빛으로 눈이 시렸고, 하늘은 막 푸른 물감이 뚝뚝 떨어지기라도 할 듯 징그럽게 푸르렀다. 따스한 봄볕에 잔디는 머리를 들었고,

개나리는 성급하게 노란 싹을 움트고 있었다. 식장을 둘러싸고 있는 수목들 가지에는 이미 풍성해진 잎사귀들이 바람에 너울거렸다. 결혼을 준비하며 어느새 봄은 이만치 다가왔고, 장보윤의 배는 이제 티가 날 정도로 볼록하게 올라왔다.

"이번에는 똑바로 잘 살아."

정남훈이 악수를 하며 말했다. 햇빛을 머금은 채 은은하게 빛나는 양복 광택이 꽤 근사해 보였다. 흥행 실패의 충격에서는 벗어난 모습이었다. 하긴 그것도 벌써 3개월이나 지난 얘기니까.

"부럽다. 누구는 두 번씩 결혼도 하고."

정남훈이 함께 온 배성미를 흘끗 보며 말을 이었다.

"아, 당신도 두 번이지. 요즘은 두 번이 대세인가 봐. 근데 축의금 또 내야 하는 거냐?"

농담 같지도 않은 농담을 내뱉고는, 배성미를 홀로 둔 채 축의금 테이블 쪽으로 걸어갔다. 배성미가 말했다.

"얼굴 좋아졌네."

"어…. 너도."

"축하해. 행복하고."

"고마워."

그녀는 희미한 미소를 지었다. 하지만 그 미소엔 왠지 모를 애잔함이 묻어 있어, '축하'와 '행복'이라는 그녀의 메시지가 진정 나에게 바라는 것인지 아니면 그냥 하는 말인지 꽤나 헷갈리는 것이었다. 헤어숍을 들른 것이 틀림없는 잘 세팅된 머리에 과하지 않은 정갈한 메이크업. 여전히 아름다웠다. 8년 전과 다름없이. 8년 전 배성미와 결혼할 때도 오늘처럼 따사롭고 화창한 날이었다. 그날도 많은 '축하'를 받고, 그녀와 함께 '행복'을 꿈꿨었는데. 혹시 그녀도 지금 나처럼 그때를 떠올리고 있는 건 아닐까.

그녀가 내 결혼식에 오리라고는 생각하지 못했다. 참고로 나는 그녀가 정남훈과 다시 결혼할 때 식장에 가지 않았다. 그것이 그녀의 부모님을 비롯한 주변 사람들에 대한 배려라고 생각했기 때문이다. 그녀가 이곳에 온 속내가 궁금했다. 그녀의 희미한 표정은 무언가 말하고 싶은 게 있어 보였으나, 지금은 적당한 자리가 아닐 것이다. 이미 주변에서는 나와 그녀의 관계를 아는 사람들이 흘끔거리며 쑥덕이고 있었다.

"정신없겠네. 그럼 담에 봐."

역시 주변을 의식한 배성미가 마지막 말을 건네고는 서둘러 정남훈 쪽으로 걸어갔다

오늘 예식 반주를 맡기로 한 밴드 '플레이타임'이 등장했다. 피어싱, 장발, 붉은 머리 모두 턱시도를 갖춰 입었으나, 그게 그들의 불량함까지 가려주진 못했다.

"어서 와요. 턱시도 잘 어울리네요."

피어싱은 내 말이 끝나기도 전에 나를 덥석 끌어안았다. 그리고는 내 귓가에 속삭였다.

"아저씨, 난 솔직히 지금도 아저씨가 그냥 그렇거든. 잘 하쇼.
보윤이 울리면 가만 안 있을 테니까."

피어싱이 기분 나쁘게 씩 웃고는, 반주석으로 이동해 악기 조율
을 시작했다.

"아이고, 축하드립니다!"

뭐야, 오 형사가 여길 왜…? 여긴 어떻게 알고 왔지?

"오늘은 순전히 팬의 자격으로 온 겁니다. 〈백야〉 봤는데요, 완
전 끝내주던데요! 올해의 베스트!"

이 자식은 왜 무슨 말을 해도 다 야유처럼 들리는 걸까.

"작가님. 기쁜 날 이런 말씀 드려 죄송하지만, 아직 수사 종결된
거 아닙니다. 신문 배달부 걔 범인 아니에요. 재수가 없었던 거지.
사모님을 위해서라도 범인 꼭 잡겠습니다."

이 말 하려고 온 거야? 와, 진짜 골 때리는 캐릭터네.

"청첩장도 안 드렸는데 와주셔서 감사합니다."

난 정말이지, 진심으로 축하해줄 사람들만 결혼식에 오기를 바
랐었다.

"신부 입장!"

먼저 입장해 있던 나는 부케를 들고 천천히 걸어오는 장보윤을
바라보았다. 피어싱이 전자 기타의 트레몰로 암을 휘저으며 멋들
어지게 결혼 행진곡을 연주한다. 장보윤이 나를 향해 웃으며 다가

온다. 햇빛이 흰 웨딩드레스에 반사를 일으키면서 눈이 부셨다. 누가 봐도 알 수 있을 정도로 배가 불렀지만, 나에게는 그 모습마저도 아름다웠다. 늘 검정 옷을 즐겨 입어서 그런지, 장보윤에게 순백의 드레스가 이렇게 잘 어울리는지 미처 몰랐다. 손을 내밀어 장보윤의 손을 잡았다.

나의 신부, 신부의 드레스, 날씨, 결혼식장, 케이터링까지. 모든 것이 완벽했다. 감개무량이다. 그녀를 처음 본 순간부터 지금 이 순간까지 모든 것이 나의 시나리오대로 풀린 것이다. 위기와 난관이 있었지만 그것을 절묘하게 극복해냈기에, 더할 나위 없이 완벽한 플롯의 시나리오!

아, 딱 하나만 빼고. 바로 웨딩 밴드로 온 '플레이타임' 이 녀석들 말이다. 피어싱은 결혼행진곡이 클라이맥스 지점에 다다르자 디스토션 페달을 밟으며 속주 솔로로 접어들었다. 장보윤은 전부터 말했었다. 피어싱의 일렉트릭 기타 연주로 결혼행진곡을 듣고 싶다고. 지미 헨드릭스가 1969년 우드스탁에서 미국 국가 'Star spangled banner'를 연주했던 방식으로 결혼행진곡을 울려 퍼지게 할 거라고. 피어싱은 마치 라이브 콘서트처럼 신들린 솔로 연주를 펼쳤고, 나는 그가 설마 결혼식장에서 기타를 깨부수는 건 아닐까 불안했다. 생전 듣지 못했을, 고막을 사정없이 긁어대는 결혼행진곡에 하객들은 인상을 찌푸렸지만 장보윤은 티아라를 쓴 머리를 살짝살짝 흔들어대며 리듬을 탔다.

*

장보윤이 임신을 한 관계로 신혼여행은 멀리 가지 않았다. 태국
의 코사무이. 바닷물이 빌라 앞까지 들어와 개인 풀과 이어지는
환상적인 곳이다.

장보윤은 금빛 파도를 맞으며 아이처럼 즐거워했고, 나는 파라
솔 아래의 선베드에 누워 그 모습을 흐뭇하게 바라보았다. 장보윤
이 나를 향해 바다로 들어오라고 손짓했다. 얼음이 다 녹아 묽어진
모히또를 마저 들이키고는 선베드에서 몸을 일으키려는 찰나, 로
밍해온 핸드폰이 울렸다.

"여보세요?"

로밍인 관계로 발신자를 확인할 수 없었다.

"여보세요…? 여보세요?"

대답이 없어 끊으려고 하는데,

"작가님, 저예요."

저편에서 힘없는 목소리가 들려왔다.

"지양이구나."

"잘 계셨어요?"

"응. 너는?"

지양이 잘 지냈을 리 없다는 건 물어보지 않아도 아는 일이다.
아이를 어떻게 했냐고 묻고 싶었으나 차마 입이 떨어지지 않았다.

"작가님, 저번에는 제가 죄송했어요."

지양의 목소리가 떨렸다. 나는 아무 대꾸도 하지 않았다. 저 멀리 장보윤이 다시 나에게 빨리 오라고 손짓을 했다.

"어디세요?"

난처했다. 신혼여행을 왔다고 말할 수도 없는 노릇이고. 내가 결혼한다는 얘기를 듣지 못한 모양이다.

"무슨 일 있니?"

"작가님…, 보고 싶어요…."

지양이 울음을 터트렸다. 그녀는 울음을 참고 있었던 것이다.

"지금 어디세요? 지금 와 주시면 안 돼요?"

그녀는 무언가에 쫓기는 듯 불안해했다.

"작가님…."

내가 계속 말이 없자, 몇 차례 더 '작가님'하고 불렀다.

"지양아. 너 앞으로 나한테 전화하지 마라. 더 이상 너하고 할 얘기 없다."

"예…?"

"필요한 거 있음 영락이 통해서 연락하고. 지금은 바쁘니까 오래 통화 못 하겠다."

"잠깐만요, 작가님. 제가 잘못했어요. 용서해 주…."

말하는 중간에 전화를 끊었다. 지양의 흐느끼는 목소리가 귓전을 맴돌았다.

나이를 먹는다는 건 비정해진다는 뜻일까. 그리고 이기적이 된다는 뜻일까. 그렇다. 나는 지금의 내 행복이 중요하다. 장보윤과 곧 있으면 태어날 우리의 아이가 더 소중하다. 이 행복을 깨고 싶지 않다. 이 행복을 방해하는 모든 것들에게 나는 얼마든지 비정해지고 이기적일 것이다.

바닷물 속으로 뛰어 들어갔다. 장보윤과 나는 서로에게 물을 뿌려대며 아이처럼 즐거워했다. 석양으로 물든 바다, 금가루처럼 부서지는 파도, 실루엣으로 보이는 남과 여. 아마도 이 모습을 모래사장 저 끝에서 롱숏으로 촬영을 한다면 그야말로 할리우드 영화의 엔딩 장면처럼 보이겠구나, 싶었다.

Enemy

신혼여행에서 돌아오자마자 빠르게 일상으로 복귀했다.

최 대표와 공동 제작하는 〈대도적〉은 신인 감독 조진만이 메가폰을 잡기로 했다. 그는 연출부 경험이 전혀 없는 영화과 출신인데, 졸업 작품으로 찍은 단편 영화가 국내외 영화제에서 상도 꽤 받았길래 믿고 맡겨 보기로 했다. 나는 내심 정승호 감독이 〈대도적〉을 다시 한 번 맡아주길 바랐으나 그는 차기작 스케줄 때문에 제안을 고사했다(하지만 그가 고사한 진짜 이유는 시나리오가 마음에 들지 않았기 때문인지도 모른다. 왜냐하면, 〈백야〉 시나리오를 건넸을 때도 그에게는 이미 예정되어 있던 프로젝트가 있었기 때문이다. 아쉽지만 다음을 기약할 수밖에).

---

* **에너미**(Enemy. 2013). 드니 빌뇌브 감독. 자비에르 걸론 각본. 제이크 질렌할, 멜라니 로랑, 사라 가돈 주연. 노벨 문학상 수상 작가인 주제 사라마구의 소설 〈도플갱어〉를 원작으로 한 작품.

조진만 감독은 커뮤니케이션이 잘되는 스타일이 아니다. 자기 할 말만 하고는 귀를 닫는 식이기 때문이다. 그래서 최 대표와 감독 교체에 대해서 심각하게 의견을 나누었으나 결론적으로는 그냥 가기로 했다. 조 감독에게서 '천재 감독'의 기운이 느껴진다나 뭐라나. 젠장, 천재 감독은 무슨 얼어 죽을. 폐쇄적이고 이기적인 데다 대화할 때는 눈도 못 쳐다보는 게, 그런 게 천재적인 기운이라고? 그럼 뭐 사회 부적응자들 태반이 다 천재이게!

공동 제작자라는 타이틀을 달게 되면서 신경 쓸 게 많아져 평소보다 더 피곤해졌다. 예전처럼 작가 신분이었다면 응원하는 심정으로 진행 과정을 지켜보겠건만, 이제는 캐스팅은 물론 예산과 투자까지 관여하며 계산기와 엑셀 프로그램을 만지작거리는 신세가 되었다. 제작이라는 게 이런 것인 줄 알았다면 절대 공동 제작 욕심을 안 냈을 것이다. 여하튼, 우여곡절 속에 〈대도적〉의 투자는 완료되었고, 크랭크인은 한 달 후로 잡혔다.

"자, 이쯤에서 정리하지. 2차 갈 사람은 가고, 들어갈 사람은 들어가고."

룸살롱에 온 지 네 시간 째. 〈백야〉 흥행 대박과 〈대도적〉 투자 결정, 이 두 가지 턱을 동시에 내는 자리이다. 5년 넘게 이런 술자리에서 남들 축하만 해주며 얻어먹고 다니다가, 마침내 내가 호스트가 되어 사는 자리다 보니 적지 않은 술값임에도 불구하고 썩 기분이 괜찮았다. 이런 기분이야말로 잘 나가는 사람만이 가질 수 있는 특권일 테니.

"우리 새신랑도 2차 같이 가야지."

3년 전에 공포 영화를 한 편 제작하고는 여태껏 쉬고 있는 노 피디가 옆의 아가씨 어깨에 손을 올린 채 말했다.

"아니, 난 집에 가야 돼. 와이프 배가 도봉산만 해졌어."

"웃기지도 않은 소리 그만하고. 그럴 때일수록 더더욱 2차를 가야지. 애 둘 있는 내 말 들어. 한 번씩 밖에서 쌓인 걸 풀어줘야 와이프에게 더 잘하게 된다니까."

7년 전에 입봉하고는 그 이후에 준비하던 두 편의 영화가 모두 엎어진 최 감독이 벌게진 얼굴로 말했다. 옆 아가씨 허벅지 위에 놓인 손을 부지런히 움직이면서.

"아니야, 계산만 하고 빠질게."

노 피디나 최 감독은 '끝까지 함께 하지 않는다'며 아쉬워했으나, 아가씨들이 나갈 채비를 하고 룸으로 돌아오자 급한 볼일 있는 사람들처럼 서둘러 자리에서 일어났다.

이상하게도 룸살롱에서 술을 먹고, 여자들과 어울리는 것이 예전처럼 재미있지 않다. 그동안 얻어먹었던 게 있으니 의무감에서라도 이번 한 번은 사지만 앞으로는 글쎄. 얻어먹고 싶지도, 사고 싶지도 않다. 마흔이 넘으며 재미없어지는 게 꼭 룸살롱뿐이겠느냐마는.

웨이터가 계산서를 가지고 들어왔다. 440만 원. 젠장, 많이들 처먹었네. 이 인간들 형편도 안 좋을 텐데 이 술값을 그냥 생활비로 쓰라고 백만 원씩 봉투로 나눠주는 것이 더 현명한 게 아니었을까, 하는 쓸데없는 생각을 할 때였다.

"야, 맥주 더 갖고 와."

소파 한쪽 구석에서 찌그러져 자고 있던 정남훈이 부스스 일어나며 말했다. 녀석은 초반부터 무리하게 폭탄주로 달리더니 거의 두 시간 넘게 뻗어 있었다. 심지어는 밴드를 불러 시끄럽게 노래를 부르는 동안에도 내내.

"또 무슨 맥주야? 많이 먹었어. 그만 먹어."

"씨발, 먹겠다는데 왜 지랄이야. 조용히 술이나 사, 이 새끼야."

정남훈 이 자식, 그렇게 처자고도 술이 아직도 안 깼네.

웨이터에게 팁을 주자 잽싸게 맥주 네 병을 가져왔다. 정남훈은 거품이 넘치도록 두 잔을 벌컥벌컥 따르더니 남아 있던 양주를 각각의 잔에다 대충 부었다. 그리고 그중 한 잔을 내게 내밀었다. 다른 한 잔을 자기가 들더니 건배를 하자는 듯 쭉 팔을 뻗어 왔다.

"자, 쭉."

내키지는 않았지만, 정남훈의 심각한 얼굴을 보니 빼기가 좀 그랬다. 잔을 마주친 뒤 원샷을 했다.

"영화 두 편 연달아 말아먹으니까, 공짜 술도 더럽게 쓰다."

정남훈이 제작한 새 영화가 2주 전에 개봉했는데 〈크레이지〉에 이어 또다시 흥행 참패를 했다. 제작자로서 의욕적으로 시작한 두 편이 모두 깨지고 나니 살도 쪽 빠지고 얼굴도 흙빛으로 변해버린 그였다.

"우리 일이 그런 거지. 잘 될 때도 있고, 안 될 때도 있고."

"아쭈, 서동윤이 제작자 되더니 아주 여유 있어 졌어."

정남훈은 비꼬면서 양주 한 잔을 스트레이트로 마셨다. 폭탄 말기도 귀찮다는 듯이.

"성미하고도 안 좋다, 요즘. 씨발, 진짜 최악이다."

그는 잔을 내려놓자마자 바로 술을 채웠다. 배성미는 내가 살아 봐서 누구보다 잘 안다. 일이 잘 안 풀릴 때 격려와 힘이 되어주는 여자가 절대 아니라는 것을.

"천천히 좀 마셔라."

정남훈이 눈동자를 옆으로 굴려서 나를 보며 씩 웃었다. 충혈된 눈으로 웃는 모습이 기괴했다.

"너 요즘 글빨 좋더라. 책 두 개를 언제 그렇게 쓴 거냐? 결혼도 하느라 많이 바빴을 텐데."

"요즘에 삘이 좀 와서."

"에헤이. 넌 빨리 쓰는 스타일이 아니야. 존나 고민하고 존나 시간 끌고. 같이 작업해봐서 다 아는데 그래. 그리고 〈백야〉 이후 로 네 책의 톤이 존나 많이 달라졌어. 한 사람이 썼다고는 믿을 수 없을 정도로."

정남훈은 빙글빙글 약 올리듯 나를 보았다. 불현듯 이런 생각이 들었다. 어쩌면 정남훈이 이 얘기를 하기 위해 오늘 이 자리에 나온 건지도 모른다는. 그리고 일부러 술에 뻗은 척하면서 나와 단둘이 있는 이 시간을 노린 것일 수도 있다는.

"그래서? 하고 싶은 말이 뭔데?"

정남훈은 다시 맥주 컵 두 잔에 폭탄주를 만들었다. 나는 갑자기 목이 타 정남훈이 건넨 폭탄주를 단숨에 들이켰다. 정남훈의 말이 이어졌다.

"한 번은 학교에서 학생들 졸업 작품들을 쭉 살펴봤거든. 왜 기수마다 졸업 작품들 모아서 제본을 뜨잖아. 정확히 말하면, 김영회의 책이 보고 싶었어. 궁금하잖아. 너한테 배워서 어떤 책을 썼는지. 근데, 찾아보니까 없더라고. 걔 책 말고 다른 수강생들 책은 다 있는데."

"김영회는 졸업을 못 했어."

"그건 나도 알지. 졸업하기 전에 죽은 거. 근데 졸업 작품을 제출한 건 확실해."

나는 애써 담담한 표정을 지었다.

"너 마지막 강의 때 과대표 했던 애가 내 수업을 듣고 있어. 우연찮게 네 얘기를 하게 됐는데 그 녀석이 기억을 하더라고. 자기가 김영회의 졸업 작품을 걷었다고. 그리고 그 후에 네가 김영회의 연락처를 물어봤던 것까지도. 처음에는 그냥 호기심이었는데, 지금은 김영회의 사라진 졸업 작품이 아주 궁금해서 미치겠다."

정남훈은 내 머릿속을 꿰뚫어 보기라도 하려는 듯 송곳 같은 눈으로 나를 보았다. 얼마간의 정적이 흐른 뒤, 나는 웃음을 터트렸다.

"하여간 대단하다. 글쟁이 아니랄까 봐 아주 추리 소설 한 편을 쓰는구나. 그래, 엔딩은 어떻게 되는 건데? 그 없어진 책이 어떻게 됐다는 거야? 내가 몰래 표절이라도 했다는 거야? 〈백야〉, 이번에 투자받은 〈대도적〉 전부 다?"

나 역시 정남훈의 머릿속을 꿰뚫어 보고 선수를 쳤다.

"김영회의 졸업 작품, 나쁘지 않았어. 잘 썼지. 네가 그렇게 궁금하면 작업실에 있나 한번 찾아볼게. 버리지는 않았을 테니 어딘가 있겠지. 찾으면 연락할게. 그걸로 뭘 하려는지는 모르겠지만."

녀석의 의심스러운 표정은 한동안 풀리지 않았다.

"씨발, 안 풀리니까 별 쓸데없는 생각만 존나 하게 되네. 그냥 내가 확 표절하고 싶다, 씨발…."

정남훈은 폭탄주를 한 잔 마시고는 손으로 입가를 훔치며 한탄스러운 말투로 말했다.

"네가 여자를 잘 만났어. 보윤 씨가 뮤즈야, 뮤즈. 그래서 네가 글도 잘 써지고, 팔자 폈다 이 얘기지."

정남훈은 부러운 표정으로 나를 보았다.

"왜 뮤즈 필요하냐? 내 와이프 한 번 만나게 해줘?"

내가 말했다.

"그래! 농담 아니고 진짜 우리 스와핑이나 한번 하자. 성미는 내가 설득할 수 있어! 네 와이프만 네가 잘 설득하면 될 거 같은데. 어때?"

"미친 새끼. 이거나 드세요."

정남훈에게 주먹을 세워 감자를 먹이자 정남훈은 킬킬거렸다.

정남훈과 나는 그 뒤로도 한 시간 동안 육두문자를 섞은 저질스러운 대화를 나누며 남아있던 술을 다 마셨다. 십여 년 전 함께 공동 작업하던 시절, 일 끝나고 허심탄회하게 술을 먹던 바로 그때처럼.

*

며칠 후 시나리오과 박 교수로부터 전화가 왔다. 정남훈이 개인적인 사정으로 강의를 계속할 수 없게 됐다며 다음 학기부터 나보고 다시 맡아줄 수 없겠냐는 것이었다. 정남훈의 개인적인 사정은 내가 너무나도 잘 안다. 그가 스스로 그만두겠다고 했을 리가 없다. 보나 마나 박 교수가 작년에 내게 그랬던 것처럼 정남훈에게도 알아서 그만두라는 식으로 말했을 게 뻔하다. 어쩔 수 없는 거다. 자본주의의 섭리는 대학교 강사 자리 하나에도 적용되는 것이니까. 내가 다시 맡겠다고 했다. 마음 같아서는 정남훈이 계속 강의를 했으면 싶었지만, 내가 안 맡겠다고 해서 그렇게 되는 일도 아닐 것이다.

또 하나. 정남훈과 김영회가 연관 지어질 수 있는 가능성의 고리를 확실하게 끊어놓고 싶었다. 룸살롱에서 정남훈이 쓸데없는 소리만 늘어놓지 않았어도, 박 교수에게 '뭘 그리 자주 바꿉니까? 정남훈 작가만 한 사람 찾기 어렵습니다'라고 하면서 강의를 좀 더 맡겨보라고 말해줄 용의 정도는 있었는데 말이다.

그로잉 업

오전 10시 반쯤 배성미로부터 전화가 왔다. 의외였다. 정남훈과
재혼한 이후로 셋이 같이 만난 적은 몇 번 있었으나 따로 전화
통화를 한 건 이번이 처음이다. 영화사 근처에 볼 일이 있어 왔는데
시간이 어떠냐고 묻기에 점심이나 같이하자고 했다. 전화를 끊고
나서 잘 한 건가 싶었다. 사이도 안 좋다는데, 정남훈을 빼고 둘이
서만 만나도 괜찮은 건가 싶은 생각이 든 것이다. 밥 정도야 괜찮겠
지. 술도 아닌데. 그런데, 갑자기 왜 보자는 것일까. 이혼한 후로는
단 한 번도 연락이 없던 사람. 설마 정남훈이 진짜로 스와핑
얘기를 꺼낸 건 아니겠지. 혼자 실없는 생각을 하며 히죽 웃었다.

---

* **그로잉 업**(Eskimo Limon, Going All The Way. 1978). 보즈 데이비슨 감독. 보즈 데
이비슨, 엘리 타보 각본. 이프타크 카저, 아냇 아츠몬 주연. 이스라엘 영화. 하이틴 섹시
코미디의 원조.

세 시간 후, 나는 배성미가 내민 상해보험 계약서에 사인을 했다.

배성미와 한정식집에서 보리밥 정식을 먹고, 커피숍으로 자리를 옮겼다. 주문한 커피가 나오고 나서 배성미는 머뭇거리며 물었다. 결혼도 하고 아이도 생기게 되었는데 보험 하나 드는 게 좋지 않겠냐고. 그 말을 듣는 순간 마음 한편이 스산해지는 것을 느꼈다. 보험을 팔기 위해 전남편에게까지 찾아온 그녀의 심정을 어떻게 이해해야 할까. 그녀는 민망한 기색을 애써 감추며 보험 설명을 했다. 다 듣고 나서 나는 말했다. '괜찮은 거 같네. 잘 됐다. 안 그래도 하나 들려고 알아보던 참이었는데.' 납입금도 꽤 큰 것으로 결정했다. 사인을 다 하고 나자 배성미가 말했다.

"미안해. 그리고 고마워."

"무슨 소리. 타이밍이 잘 맞은 거야. 그리고 보험은 아는 사람한테 해야지 맘이 편하더라고."

배성미는 시선을 내리며 설핏 미소를 지었다.

"보험 일은 언제 시작한 거야?"

내가 물었다.

"남훈 씨가 영화 제작 일 시작하면서. 그냥 집에 있기도 좀 심심하고."

"잘 생각했네."

배성미가 굳이 말하지 않아도 알 수 있었다. 정남훈이 제작한 두 편의 영화가 모두 실패한 후로는 그녀의 삶 또한 더 치열하고 각박해졌다는 것을.

"어때? 결혼하니까 좋아?"

배성미가 물었다.

"응. 혹독한 시행착오를 한 번 겪어서 그런지."

배성미가 웃었다. 내가 좋아했던 그녀의 미소와 하이 톤 웃음소리를 오랜만에 보고 들으니 기분이 좋았다.

"오늘, 일 끝나고 뭐해?"

웃음을 거두며 배성미가 물었다. 순진무구한 눈으로 나를 보고 있지만 나는 그것이 그녀의 교태임을 알고 있다. 10년 전에 내가 넘어갔고, 5년 전에는 정남훈이 넘어간 바로 그 교태.

"왜?"

"나무 요일에서 술 한잔할까 하고."

'나무 요일'은 연애 시절 그녀와 즐겨 가던 바의 이름이다.

"남훈이는?"

"지방 촬영장에 놀러 갔는데 거기서 며칠 있다 온대."

배성미는 자주 있는 일인 양 대수롭지 않게 말했다.

"유혹하는 거야, 지금?"

배성미는 묘한 눈빛으로 대답을 대신했다. 장보윤의 임신 이후로는 거의 쓸 데가 없었던 아랫도리가 순식간에 묵직해졌다. 그녀가 내게 베풀어주었던 현란한 오럴 섹스가 떠올랐기 때문이다. 배성미와 헤어진 이후로 그 방면에 있어서 그녀보다 더 스킬이 뛰어난 여자를 만나지 못했다. 장보윤과의 섹스가 만족스러우면서도 솔직히 '그 부분'만큼은 좀 아쉽기는 하다. 그녀의 눈빛은 말하고 있었다. 오늘 그 강렬한 기억을 되살려주겠다고.

"보험 가입 사은품치고는 황송한데."

내 말에 그녀는 입을 가리고 웃었다.

"퇴근할 때쯤 전화할게."

커피숍 앞에서 그녀와 헤어졌다. 나는 가만히 서서 배성미가 멀어지는 모습을 지켜보았다. 배성미가 문득 돌아보고는 환하게 웃으며 손을 흔들었다. 나도 웃으며 손을 흔들어 주었다.

오랜만에 발기된 내 아랫도리에는 미안하지만, 퇴근 후에 나는 그녀를 만나지 않을 것이다. 정남훈과의 의리 때문도 아니고(의리는 무슨, 먼저 깬 놈이 누군데), 배성미가 매력이 없어서도 아니다(말하지 않았나, 좀 전에 발기됐다고).

장보윤을 만난 이후로 다른 여자를 품지 않았다. 여자로부터의 하룻밤 제안을 거절하는 건 남자의 도리가 아니라고 생각하던 내가 이렇게 변하다니. 곰곰이 생각해보니 내가 언제부터인가 '성도덕'을 포함하여, '도덕적'으로 올바른 삶을 살고 있다는 느낌이 들었다. 희한했다. 요즘에는 침을 뱉거나 담배꽁초 하나 버리는 일도 없다. 그런 행동을 아무렇지도 않게 하는 인간들이 요즘 들어 유난히 눈에 밟힌다. 피식 웃음이 나왔다. 이제야 비로소 어른이 된 건가. 그래서 아랫도리의 의사와는 다른 결정을 내릴 수도 있게 된 걸까.

텅 비어 있는 남자

나는 만삭이 된 장보윤 곁에서 여느 예비 아빠들처럼 출산 준비에 여념이 없었다. 손발을 주물러주는 건 기본이었고, 요리와 설거지, 그리고 출산에 도움이 되는 요가도 함께 배웠다. 평생을 프리랜서로, 히피처럼 살아온 나로서는 소위 말하는 '유부남의 평범한 삶'을 제대로 경험하는 중이다. 그리고 그 평범한 삶이 창작자의 삶 못지않게, 아니 그것보다 훨씬 더 힘들다는 것을 뼈저리게 느끼는 중이었다. 고통스러운 '창작자의 삶'과 평범한 '아버지의 삶', 둘 중의 하나를 선택하라고 한다면 이제는 주저 없이 전자를 택할 것이다.

출산이 가까워질수록 장보윤의 조울증은 점점 더 심해졌다. 태

---

* 할로우 맨(Hollow Man. 2000). 폴 버호벤 감독. 앤드류 W. 말로우 각본. 케빈 베이컨, 엘리자베스 슈 주연.

어날 아이를 떠올릴 때는 세상 그 누구보다 행복한 미소를 지었지만, 자신의 망가진 몸매와 터진 뱃살을 보면서는 우울해했고, 즐겨하던 술과 담배, 커피를 할 수 없음에는 짜증을 냈다.

무엇보다도 그녀의 감정이 폭발했던 순간은 바로 출산 예정일이 보름가량 남았던, 그녀가 먹고 싶다던 음식들을 잔뜩 사서 집에 돌아왔던 그날이었다.

"보윤 씨, 자몽 사 왔어. 한참을 돌아다녔네, 안 팔아서."

일부러 크게 말하며 거실로 들어서는데, 집 안에서는 그 어떠한 인기척도 들리지 않았다. 다른 때 같았으면 문소리를 듣자마자 뒤뚱뒤뚱 다가와 비닐봉지에서 먹고 싶은 음식을 다급하게 찾았을 그녀가, 오늘은 보이지 않았다.

"보윤 씨…, 보윤 씨."

어딜 나갔나. 장을 봐온 비닐봉지를 내려놓고 집 안을 두리번거리는데 주방 식탁에 앉아 있는 그녀가 눈에 들어왔다. 그녀는 온더록스 잔을 손에 들고 있었고, 식탁 위에는 조니 워커 블루가 놓여 있었다.

"당신 뭐 하는 거야? 미쳤어? 낼모레면 애 나올 사람이!"

황급히 걸어가 그녀의 손에 들려 있던 술잔을 빼앗았다.

"그러게 왜 나를 이렇게 만들어?"

그녀는 싸늘하게 보며 말했다. 왠지 다른 날 느꼈던 임신 중의 히스테리와는 사뭇 다른 느낌이었다.

"무슨 소리야, 그게?"

"지금 찍고 있는 영화…, 시나리오를 읽었어. 기다리면서 할 게 없어서."

그리고 보니 조니 워커 블루 푸른 병 옆에는 출력된 〈대도적〉의 시나리오가 놓여 있었다. 그녀가 〈안단테 칸타빌레〉를 읽고 전화했던 그 날 밤이 문득 떠올랐다.

"아…, 〈대도적〉. 어때? 볼만 했어?"

"이번에는 어떻게 안 거야?"

그녀의 질문을 이해하지 못한 채 다시 속으로 되뇌는데, 그녀가 쏘아붙였다.

"도대체 어떻게 또 안 거냐고? 영회와 나만 알고 있는 사실을!"

아차. 〈대도적(바꾸기 전 제목으로는 〈라르고〉)〉에도 김영회와 장보윤의 에피소드가 있었단 말인가. 〈안단테 칸타빌레〉에서의 'with or without you' 프러포즈처럼. 바보 같은 놈! 왜 여기까지 생각을 못 했을까.

"화가 난 여주인공이 자동차 사이드미러를 발로 차 부수는 거. 경찰서에서 풀려나오자마자 두부를 먹으며 화해의 키스. 남자 주인공이 만들다 망친 딸기 무스 케이크를 벽에다 던지고! 이걸 어떻게 알고 쓴 거냐고? 나와 영회, 우리 둘만 알고 있는 사실들을! 더군다나 〈대도적〉은 영회가 죽은 다음에 당신이 혼자 쓴 거잖아!"

나는 머릿속으로 변명 거리를 빠르게 생각함과 동시에 시간을 벌기 위해 그녀에게 말했다.

"보윤아, 여보…, 진정해. 이렇게 화내는 거 아이한테 안 좋아."

두 손을 뻗어 그녀의 볼록 나온 배를 쓰다듬으려 하는데, 장보윤이 나의 손을 쳐냈다.

"저리 치워. 자기 아이도 아니면서."

자기 아이가 아니라니…? 지금 무슨 말을 하는 거야? 당신 지금까지 봐놓고도 어떻게 나한테 그런 말을 할 수가 있지? 이 아이는 내 아이야! 내가 평생을 책임지고 돌볼!

입 안에서만 이런 말들이 맴돌 뿐 정작 나는 아무 대꾸도 할 수 없었다. 장보윤의 눈빛은 의심으로 가득 찼고, 그 의심을 확신하는 듯했고, 그래서 나를 경멸하는 듯했다.

"알다시피 영회하고 나는 개인적인 얘기까지도 정말 많이 나눴어. 작품 얘기를 하다 보면 자연스럽게 개인사도 다 오픈하게 되고 그러니까…. 어쩌면 그러면서 나도 조금씩 당신에 대한 감정을 품게 됐던 것 같아. 당신을 만나기 전부터…. 미안해, 당신과 관련된 기억들, 영회의 기억들을 내 것으로 하고 싶었어. 아니 나도 모르게 내 것이라 믿고 싶었던 거 같아. 미안해."

최대한 진솔하게, 최대한 진솔한 표정으로 그녀에게 말했다. 원래 거짓말은 눈을 피하면 안 되는 법. 그 어느 때보다도 그녀의 눈을 뚫어지게 바라보았다. 그녀 역시 나를 뚫어지게 쳐다보았고. 마치 거짓인지 참인지 분간이라도 하려는 것처럼. 떨리던 그녀의 눈동자에 눈물이 그렁그렁 맺히더니 마침내 입을 열었다.

"모르겠어. 당신하고 영회의 관계를…. 도대체 이해할 수가 없어. 설마 사귀기라도 한 거야? 내가 알던 영희는…, 그런 얘길 쉽게 할 사람이 아니야. 모르겠어, 이해할 수가 없어, 정말….”

그녀는 다독이는 내 손을 뿌리치며 방으로 사라졌다.

*

가까스로 급박한 상황은 넘겼지만, 마음을 놓을 수는 없었다. 나를 대하는 그녀의 태도가 '뭔가' 달라졌기 때문이다. 그 '뭔가'가 뭐냐고 묻는다면 사실 구체적으로 짚을 순 없다. 굳이 표현하자면 '그녀와 나 사이의 미묘하게 달라진 공기의 온도'라고 할까.

너무 예민하게 반응하는 거 아니냐고? 이미 〈안단테 칸타빌레〉 때 비슷한 위기를 잘도 넘어가지 않았냐고? 남녀 관계라는 것이 한 번씩 싸우기도 하고 썰렁한 분위기가 연출되고 그런 거 아니냐고? 제발 그랬으면 좋겠다. 도둑이 제 발 저린 것처럼 나의 불안으로 인한 억측이기를 바랄 뿐이다.

이런 나의 불안과 초조함에 불을 지른 또 한 명의 사람이 있었으니, 그는 다름 아닌 〈대도적〉의 조진만 감독. 빌어먹을. 감독이라는 호칭을 붙이고 싶지도 않다. 왜 안 좋은 예감은 늘 맞아떨어지는 것일까.

그는 자신이 스탠리 큐브릭*이라도 되는 것처럼 착각하는 모양

---

* Stanley Kubrick. 〈시계태엽 오렌지〉, 〈배리 리든〉, 〈샤이닝〉 등의 작품을 남겼다. 작

이다. 날씨가 맘에 들지 않는다며 촬영을 접는 건 약과다. 한 컷을 촬영하는데 기본이 10 테이크다. 그렇다고 다시 찍을 때마다 어떻게 다르게 찍자는 디렉션을 주는 것도 아니었다. 그저 디렉터스 체어에 몸을 묻고는 딱 한 마디, '한 번 더'라고 말하는 것뿐이었다. 또 사이즈와 앵글이 바뀌는 매 컷마다 한 신 전체를 처음부터 끝까지 커트 없이 촬영을 했다. 다시 말해, 앵글마다 2, 3분짜리 롱테이크로 신 전체를 '통으로' 다 찍었다는 얘기다. 필름값*을 걱정하는 게 아니라 배우는 배우대로 지치고, 촬영은 늘어지게 되어 작업 효율이 그만큼 떨어지는 것이 문제였다. 그를 천재 감독으로 믿고 따르던 스태프들도 회 차가 거듭됨에 따라 점점 등을 돌리기 시작하더니 '저렇게 감독 하는 거면 나도 하겠다'라는 말이 유행어처럼 현장에 돌고 있었다. 이때가 총 48회 촬영 일정 중에 8회 차, 6분의 1을 촬영한 시점이었고, 제작비는 벌써 반에 육박하고 있었다.

제작부장으로부터 조진만이 에스프레소 기계가 고장 났다는 이유로 세 시간 째 촬영을 중단하고 있다는 전화를 받는 순간, 최 대표와 나는 동시에 뚜껑이 열렸고 결국 함께 차를 타고 양수리 세트장으로 향하지 않고는 배길 수 없었다.

"아 그 미친 새끼! 서 작가 말이 맞았어. 천재 감독 좋아하네. 완전 또라이 사이코패스 같은 새끼! 2회 차에 날씨 안 좋다고 촬영

품에 대한 완벽주의적 성향으로 유명하다. 〈샤이닝〉 촬영 시 한 장면을 148번 반복 촬영한 것으로도 유명하다.

* 최근 영화 현장에선 더 이상 '필름'을 쓰지 않고 디지털 저장 방식을 사용하는 관계로, '필름값'이란 말은 이제 '촬영을 하는 데 쓰이는 제작비'를 뜻하는 말이 되었다.

접었을 때 그때 확 잘랐어야 했어!"

세트장에 도착할 때까지 최 대표는 쉬지 않고 조진만 욕을 해댔다. 이 정도로 흥분한 최 대표를 전에는 본 적이 없었다. 나도 뚜껑이 열렸지만, 아예 뚜껑이 뒤집힌 최 대표를 보니 나라도 이성적으로 잘 수습해야겠구나 싶었다.

세트장에 도착하니, 촬영 스태프들이 밖에 나와 햇빛을 쐬며 담배를 피우고 있었다.

"조 감독 어디 있어요?"

내가 묻자 촬영 퍼스트가 대답했다.

"안에요. 뭐하러 오셨어요? 커피 머신 작동하는 거 같던데."

최 대표와 함께 세트장 철문을 열고 들어갔다. 세트장 구석에서 조 감독이 디렉터스 체어에 앉아 김이 모락모락 나는 에스프레소 잔의 향을 맡고 있었다. 커피 CF의 공유나 원빈에게서 어울릴 법한 그윽한 표정을 하고 있는 조진만을 보는 순간 다시금 꼭지가 돌았다. 이성적이고 나발이고 모르겠고 오늘 진짜 끝을 보자, 하는데 최 대표가 먼저 세트장이 떠나가라 소리를 질렀다.

"야, 조 감독! 이리로 와봐!"

모든 스태프의 시선이 집중됐다. 다들 뭔가 터지겠구나 하는 긴장감 어린 얼굴 아니면 뭔가 터지길 바라는 기대감 섞인 얼굴, 둘 중 하나였다.

조감독(助監督)이 뛰어왔다.

"부르셨어요?"

볼 때마다 참 착실한 놈이다. 그런데, 지금 뛰어오는 이유는 뭘까. 정말 자기를 부르는 거라고 생각한 것일까. 아니면 자신을 부르는 것으로 해달라는 뜻일까. 수심에 찬 표정을 보니 후자 쪽인 거 같다. 그래, 무슨 마음인지 알겠다. 안 그래도 스케줄 꼬여서 미치겠는데, 행여 오늘도 트러블 생겨 펑크 날까 봐 두려워하고 있다는 거. 조감독님, 미안한데 그래도 오늘은 그냥 못 넘어가겠어.

"조감독님 말고, 조진만 감독. 조감독님은 가서 일 보세요."

웃을 상황이 아님에도 불구하고 여기저기서 피식피식 웃음소리가 났다.

"이쪽으로 오셔서 커피 한 잔씩 하시죠. 새로 내렸더니 맛 좋네요. 그러게 빨리빨리 고치라니까."

조진만이 특유의 시니컬한 목소리로 말했다. 목소리가 그리 크지는 않았지만 세트장 안의 스태프들이 모두 다 들을 수 있을 정도였다. 아쭈, 이 새끼 봐라? 눈을 똑바로 뜬 채 나와 최 대표를 번갈아 쳐다보는 걸 보니 이놈도 오늘 한 따까리 제대로 할 작정인가 보다.

"그래? 그렇게 커피 맛 좋으면 주전자 채로 원샷 한 번 시켜줄게! 제작부, 뭐해? 주전자 가져와! 입 벌려봐! 엉? 콸콸 부어줄 테니까!"

최 대표가 시뻘게진 얼굴로 조진만에게 성큼성큼 다가가며 소리쳤다.

"크크큭. 스태프들 앞에서 감독 체면 잘도 세워준다. 아나, 진짜 완전 쌈마이 영화사."

조진만은 커피를 홀짝이며 혼잣말처럼 말했다. 하지만 주변에서 다 들을 수 있는 음량이었다.

"뭐? 쌈마이? 야! 너 지금 뭐라 그랬어!? 엉? 너 이 새끼를 그냥 콱!"

최 대표가 조진만에게 근접하려는 순간 제작부들이 일제히 달려들어 그를 붙들었다. 그리고는 '대표님 왜 이러세요…. 그만하세요….' 흥분한 그를 진정시키며 세트장 밖으로 데리고 나갔다. 세트장에서 사라지는 순간까지 개새끼, 소새끼하는 최 대표의 욕설이 들려왔다.

세트장은 순식간에 태풍 하나가 지나간 느낌이었다. 최 대표의 등장과 퇴장이 너무나 극적인 데다 또한 너무 매끄러워 제작부와 사전 리허설이 있었나 싶을 정도였다. 능구렁이 최 대표가 자연스럽게 이 상황을 나에게 떠넘기는 건가. 하여튼 이제 관객들이 지켜보는 가운데 무대 위에 남은 건 나와 조진만, 둘이었다.

"진만아, 여기가 무슨 스타벅스야? 세트장에 왔으면 영화를 찍어야지 커피 머신 망가졌다고 영화를 안 찍어?"

조진만은 목을 뒤로 젖히며 에스프레소를 쭉 들이켜고는 말했다.

"저기요, 서 대표님. 현장에서는 감독이라고 불러줬으면 좋겠는데."

룸살롱에서 어깨동무한 채 같이 노래 부르며 호형호제하기로
했던 새끼가. 형님, 형님 하면서 이번 작품 유작이라 생각하고 목
숨 걸고 찍겠다고 하던 새끼가.

"그래 뭐 오늘 좋아하는 형님도 오셨겠다, 술이나 한잔 빨아야겠
다. 조감독! 오늘 촬영 좋이다! 바라시*!"

조진만이 엿 먹으라는 듯이 세트장이 울리도록 소리쳤다.

촬영은 중단됐으나, 다행히 '바라시'까지 가지는 않았다. 최 대
표와 프로듀서가 분주하게 돌아다니며, 성난 스태프들의 불만도
들어주고 맞장구도 쳐주면서 열심히 그들의 비위를 맞췄다. 그리
고 나는 세트장 밖으로 자리를 옮겨 조진만과 2차전을 준비했다.
조진만을 다시 촬영장으로 복귀시켜야 하는 막중한 임무를 맡은
것이다.

세트장 밖에는 진눈깨비가 흩날리고 있었다. 지금의 상황과는
어울리지 않게, 이와이 슌지**가 좋아할 만한 서정적인 분위기를
자아내는 진눈깨비였다.

"대표님! 에스프레소는 그냥 핑계예요, 핑계! 빙산의 일각! 제가
정신 나간 놈입니까! 커피 없다고 촬영을 안 하게. 제작부 이 새끼
들 싹 다 갈아야 해요. 앞에서는 다 네, 네 하고선 나중에 보면
다 빵꾸예요. 콘티 짤 때 장비, 엑스트라 인원, CG 컷 정하면 뭐합

---

* '해체'를 뜻하는 일본어로, 영화 현장에서는 '촬영 종료'의 의미로 쓰인다.
** 뛰어난 영상미와 자연광의 사용, 풍부한 감수성이 특징인 일본 영화감독. 대표작으로
는 〈러브레터〉가 있다.

니까? 현장 오면 피디가 회사랑 이렇게 정리됐다고 이 지랄 하고
있고!"

"조 감독, 자네도 약속 안 지켰잖아. 회 차 오버되고, 제작비
오버되니까 피디가 그러는 거지 괜히 그러는 거야? 봉준호나 김지
운이면 몰라. 아니 요즘은 봉준호, 김지운도 이렇게는 안 찍어!
데뷔작 이렇게 하는 거 아니야! 업계에 소문 다 났어, 감독 또라이
라고!"

조진만은 키득거리며 웃었다. 그리고 말했다.

"알아요, 저도. 왜 모르겠어요? 이거 한 편 찍고 퇴출당할 수
있다는 거. 근데, 대표님, 아니 작가님은 이해해주셔야죠. 제가
괜히 이러는 거 아니잖아요?"

조진만의 얼굴 위로 짙어진 진눈깨비들이 떨어졌다. 조진만은
한 손으로 얼굴을 슥슥 닦아냈다. 입술을 삐죽거리며 특유의 시니
컬한 표정으로 언성을 높였다.

"작가님께서 주신 책, 그 좋은 책 망쳤다는 얘기 듣고 싶지 않다
고요! 작가님도 제작자 이전에 이 작품의 작가 아닙니까! 자기 새
끼 같은 작품이 걸레같이 만들어져도 괜찮습니까! 저는요, 좆도
아닌 영화를 세상에 내놓기 쪽 팔린다고요!"

"뭐…?"

나는 갑자기 아찔한 현기증을 느꼈다. 바로 기시감 때문이었다.
이 상황, 분명 언젠가 접했던 상황 같은데….

조진만의 목소리가 떨렸다. 그의 눈가가 젖어 있었는데 진눈깨

비 때문인지 아니면 눈물 때문인지 가늠하기 어려웠다. 떨리는 목소리가 점차 커지더니 절규하듯 부르짖었다.

"후지게 찍을 거면 뭐하러 영화 찍습니까! 도대체 왜! 영화가 뭔데요, 당신한테! 그렇게 만들어서 뭐 할 건데요!"

그 순간 머릿속에서 번개가 치고, 장대비가 쏟아져 내렸다.

그래…! 인적 없는 홍대 골목 어귀…! 바로 김영회의 마지막 모습! 눈앞의 조진만은 어느새 김영회로 바뀌어 있었다. 나는 거의 정신이 나간 채 내 앞에 서 있는 김영회의 멱살을 콱 움켜잡았다. 김영회는 아랑곳하지 않고 나를 향해 기괴하게 웃으며 말했다.

"당신은… 당신 영혼을 팔아서…, 도대체 뭘 얻은 거지? 원하던 걸 얻었나?"

김영회의 웃음소리는 점점 더 커졌고 난 견딜 수 없었다. 멱살을 끌어당겨 그의 면상에 대고 소리를 질렀다.

"개새끼! 네가 뭔데 나를 가르치려 들어! 네가 그렇게 잘 났어? 네가 나 없이도 지금처럼 됐을 거 같아! 나 아니었으면 아무것도 아닌 좆만 한 새끼가!"

죽일 듯이 노려보았다. 만약에 손에 흉기라도 있었다면 눈앞의 이놈은 진작에 대가리가 터지고 뱃가죽에는 구멍이 숭숭 뚫렸을 것이다.

"대, 대표님…. 이것 좀 놔주세요…. 숨, 숨 막혀요…."

멱살이 잡혀 있던 조진만이 말했다. 그는 잔뜩 겁에 질린 얼굴이었다. 나는 숨을 몰아쉬었다. 어떻게 된 거야. 내가 무슨 짓을 한 거지. 뒤늦게 정신을 차렸지만 모든 광경을 지켜본 스태프들이 우르르 뛰어와 나와 조진만 사이를 떼어냈다. 다들 조진만을 욕하던 스태프들이었지만 이 순간만큼은 모두가 마치 나를 악덕 사장 보듯이 흘겨보았다. 나는 아찔한 현기증을 느끼며 비틀거렸고, 벽을 짚고서야 간신히 설 수 있었다.

*

"잘했어. 서 대표. 역시 작가라 그런지 달라! 캐릭터 예술로 잡았어! 어우, 아까 진짜 살벌하던데. 조진만이 저거 이제 정신 차렸을 거야. 절대 농땡이 안 필 거라고!"
  서울로 돌아가는 차 안에서 최 대표는 연신 히죽거리며 말했다. 나와 조진만의 한바탕 쇼 이후에 무슨 이유에서인지 정상적으로 촬영이 재개되었기 때문이다. 하지만 나는 차 속에서 계속되는 두통과 메스꺼움 때문에 그의 말에 반응해줄 여력이 없었다. 오히려 그가 너무 시끄러워 입을 좀 다물어주었으면 했다.
  차가 워커힐 호텔 앞을 지날 때 즈음 내 핸드폰이 울렸다. 장보윤이었다. 집안일을 도와주는 도우미 아주머니와 병원으로 급히 간다는 전화였다. 예정일보다 일찍 진통이 시작된 것이다.
  자유로를 타고 정신없이 일산으로 달렸다. 고맙게도 최 대표가 자신의 차로 나를 병원까지 데려다주었다.

산부인과에 도착했을 때, 장보윤은 이미 분만실로 들어간 상태였다. 간호사의 안내에 따라 서둘러 옷을 위생복으로 갈아입는데 수간호사가 내 안색을 살피며 괜찮으냐고 물었다. 예? 뭐가요? 내가 되묻자, 수간호사는 내 얼굴에 핏기가 없고, 식은땀이 너무 많이 흘러 검사를 해야 될 것 같다고 했다. 됐고, 빨리 들어갑시다. 지금 내 상황을 돌볼 겨를이 없어. 지금 내 여자가 애를 낳는단 말이야, 내 2세를!

베드 위 장보윤은 땀에 젖은 얼굴로 나의 손을 꽉 잡았다.
"걱정 마. 잘 될 거야."
나는 장보윤의 뺨에 내 뺨을 비볐다.
진통 간격이 빨라지기 시작했다. 회음부 쪽으로 태아의 머리가 언뜻 보였다. 의사는 호흡하라고, 힘을 주라고 독려했다. 장보윤은 동물처럼 괴성을 질러댔다. 태아가 빛을 보고 싶은 듯 질구를 압박했다. 의사는 가위를 들어 항문 쪽으로 회음을 절개했다. 마침내 피범벅이 된 그곳에서 핏덩어리 하나가 미끄러져 나왔다. 아이는 낯선 세상이 두려운지 목청 높여 울어 젖혔다. 경이로웠다. 인생이라는 것이 시작부터 이렇게 처절한 몸부림에서 비롯하는구나. 나는 의사의 지시에 따라 탯줄을 잘랐다. 간호사가 아이를 장보윤의 품에 안겨주었다. 그녀는 마지막 남은 힘으로 아이의 이마에 입을 맞췄다. 그 모습을 보는 순간 두 눈에서 눈물이 주르르 흘러내렸다. 눈물이 멈추질 않았다. 그리고 나도 모르게 내 입에서 이런 말이 흘러나왔다.

"여보…, 미안해…. 잘할게…. 잘할게, 앞으로…."

아이는 정상이었다. 손가락 발가락 다섯 개씩. 눈 두 개, 코 하나, 입 하나, 그리고 꼬추 하나. 다운증후군도 아니었다. 장보윤이 임신한지 모르고 초기에 술과 담배를 해서, 사실 걱정을 좀 했었는데 다행이었다. 아직 이름은 정하지 못했다. 사내아이에게 어울릴 만한 멋진 이름을 지어주고 싶다. '동윤'같은 평범한 이름 말고. 어렸을 때는 '훈'이나 '철', '혁'으로 끝나는 만화 주인공 같은 이름이 멋있어 보였는데, 지금 그렇게 짓는다면 좀 촌스럽지 않을까. 요즘은 중성적인 이름이 유행한다고 하던데. 언뜻 생각나는 게 '준서', '주원', '민준'…. 세련된 건 알겠는데 이런 유의 이름은 왠지 드라마 주인공들 이름 같아서 입으로 내뱉는 순간 어딘가 낯간지러운 것이 그리 내키지 않는다. 고민을 좀 더 해봐야겠다.

신생아실 창 너머로 녀석이 잠들어 있는 모습을 지켜보았다. 보면 볼수록 김영회는 그다지 닮지 않았다. 그렇다고 장보윤을 많이 닮은 거 같지도 않고. 굳이 따지자면 김영회, 장보윤, 나 셋 중에서 신기하게도 나를 제일 많이 닮은 편이다. 물론 어디까지나 내 주관적인 생각이지만. 간호사가 나에게 오더니 이제 가셔야 될 시간이라고 했다. 시계를 보니 밤 8시가 넘었다. 이놈 얼굴 보는 사이에 한 시간이 훌쩍 지나간 것이다. 돌아 나오기가 아쉬웠다. 아무래도 내일 날 밝는 대로 다시 와야겠다.

죽음의 쪽지

겹경사를 맞았다. 아이가 태어나고 얼마 안 있어 〈백야〉가 D 영화제에서 각본상을 수상했다는 연락을 받은 것이다. 국내에서 세 손가락 안에 드는 전통 있는 영화제였고, 상금도 생각 외로 꽤 됐다. 어떻게들 알았는지 귀찮을 정도로 축하 전화가 걸려 왔다. 그 누구보다 기뻐했던 사람은 다름 아닌 장보윤이었다. 산후조 리원에서 이 소식을 전했을 때, 그녀는 환호성을 지르며 나를 끌어 안았다. 그녀의 품 안에서 마음이 한결 편안해졌다. 〈대도적〉 시나 리오를 읽은 뒤로부터 왠지 모르게 멀게 느껴졌던 그녀였다. 하지 만 이번 수상을 계기로 그 멀어졌던 간격을 다시 예전으로 돌리게 된 것이다.

---

* 데스 노트(Death Note. 2006) 카네코 슈스케 감독. 오오이시 테츠야 각본. 후지와라 타츠야, 마쓰야마 켄이치 주연. 오바타 타케시, 오바 츠구미 원작의 동명 히트 만화를 원 작으로 하였다.

그래! 부부 싸움, 칼로 물 베기야.

매스컴의 예상대로 〈백야〉는 올해 최다 부문에 노미네이트되는 영광을 안았다. 총 9개 부문의 노미네이트 중에서 과연 몇 개의 트로피를 가져가게 되는지 시상식에 모인 〈백야〉 팀끼리 돈을 걸고 내기를 하였다. 영화제 1부가 진행되는 동안 〈백야〉는 이미 촬영상, 편집상, 음악상, 시각 효과상 등 4개의 트로피를 가져가며 대세를 확정 지었다.

인터미션을 가진 뒤 이어진 2부의 첫 시상은 각본상 부문이었다. 시상자로 초청된 배우가 각본상 후보자들을 소개했다.

자료 화면으로 〈백야〉 화면이 흐르는 동안 내 이름이 호명됐고 ENG 카메라가 미끄러지듯 내 자리 앞에까지 왔다. 수상자로 내 이름이 불리는 순간, 전혀 예상치 못했던 것처럼 놀란 표정을 짓는 건 그리 어렵지 않았다. 주변에 같이 앉아 있던 정 감독, 최 대표, 조광조 등과 악수를 나눈 뒤 무대 위로 올라갔다.

"축하드립니다. 서동윤 작가님께서는 코미디 위주의 작품을 주로 쓰시다가, 이번 〈백야〉라는 작품으로 스릴러 장르에 도전, 장르를 불문하는 놀라운 필력으로 많은 영화 팬들을 사로잡았습니다."

"각본상을 수상하신 서동윤 작가님의 소감을 들겠습니다."

남자, 여자 MC의 멘트가 이어지는 동안 트로피와 꽃다발을 받고는 마이크 앞에 섰다. 무대 중앙의 위편에 설치된 스포트라이트가 너무 세서 눈앞이 뿌옇게 흐려졌다. 관객석이 보일 정도로 눈이 적응하는 데는 시간이 좀 필요했다. 〈백야〉 관계자들이 뿌듯한 표정으로 나를 바라보고 있었다.

솔직히 말하면 혼자 집에서 거울을 보며 수상 소감을 여러 번 연습했다. 황정민 배우의 '밥상' 수상 소감처럼 오랫동안 인구에 회자되는 멋진 수상 소감을 왜 남기고 싶지 않겠는가. 이런 자리에 자주 서는 것도 아니고.

하지만 무대에 서자 모든 건 내 예상과 달랐다. 도무지 입이 떨어지지 않는 것이다. 영화인으로 살아오면서 그토록 꿈꿔왔던 순간, 그토록 서고 싶었던 자리인데 갑자기 왜 이렇게 머리가 텅 빈 것처럼 멍한 걸까.

'갈망'이란 말은 대상(對象)을 가지지 못했을 때 그것의 가치가 존재한다는 뜻이었구나. 정작 가진 뒤에는 가치가 휘발되어 이렇게 덤덤하고 허탈할 뿐인 것이고.

고개를 숙여 트로피를 보았다. 트로피를 바라보며 〈백야〉에 관련된 그간의 기억들이 파노라마처럼 눈앞에 펼쳐졌다. 김영회의 시나리오를 처음 읽었던 그날의 감정, 지양과 영락에게 모멸감을 주었던 마지막 회의, 형광빛 조명을 받은 채 빛나던 바텐더 김영회의 해사한 얼굴, 김영회가 죽던 날 밤 보았던 피에 젖은 검은 셰퍼드, 장례식장에서 보았던 검은 원피스의 장보윤, 그녀와의 첫 키스, 결혼, 출산, 그리고 나를 닮은 아이….

내 아이가 태어났지만 내 새끼가 아닌 것처럼, 지금 내 손에 있는 이 트로피도 과연 내 것이라 할 수 있는 건가. 그리고 지금

이 자리에 서 있는 나는 과연 나, 백 퍼센트 서동윤이라고 할 수 있는 것일까. 서동윤이 아니라면 대체 누구인 것일까. 김영회? 서동윤과 김영회가 혼재된 제3의 인물?

언젠가부터 내가 나로서 살아가지 못하고 있다. 나라는 존재를 서서히 지워가는 동시에 점점 김영회의 삶을 모방하며 살아가고 있는 것이다. 그가 쓴 글을 내가 쓴 것이라 믿고, 그가 경험한 것을 내가 경험한 것으로 착각하고, 그의 미래를 나의 미래라 확신하면서.

가슴이 답답하고 식은땀이 흘렀다.

무대 단상 아래쪽에 숨어 있던 방송국 FD가 빨리 진행하라며 다급하게 손가락을 빙빙 돌리는 모습이 눈에 들어왔다. 그제서야 퍼뜩 정신이 들었다. 거의 방송 사고라고 해도 될 정도의 긴 정적을 내가 무대에서 만들었던 것이다.

"감사합니다…."

내 입에서 더 이상의 소감은 나오지 않았다. 누구누구에게 감사드린다는 그 뻔한 표현조차도. 무대 뒤편으로 걸어 나오는데 객석에서 술렁거리는 소리가 들렸다. 어색한 분위기를 수습하기 위해 MC들이 서둘러 진행을 했다.

"짧고 굵은 수상 소감이었습니다."

"많이 긴장하셨나 보네요. 계속해서 다음 부문 시상을 하도록 하겠습니다."

＊

웃음 뒤에 공포를, 최고의 순간 뒤에 최고의 위기를.

내가 강의 시간에 자주 하던 얘기다. 그럴 때 드라마의 긴장이 배가되기 때문이다.

나의 이 고백도 마찬가지다. 악역이 잘되는 꼴을 못 견디는 분들은 지금부터의 이야기가 좀 더 흥미진진할지도 모르겠다.

그런데 그런 분들한테 드리고 싶은 질문 하나.

이렇게 비열하고 못난 놈의 고백을 '못 견디겠으면서도' 지금까지 읽은 이유는 뭔가요? 솔직히 묘한 재미나 쾌감 같은 것을 느낀 건 아닌가요? 요만큼이라도?

그랬다면 어쩌면 당신과 나는 의외로 잘 통하는 사이일 수도 있겠네요. 여러모로.

미안해요. 쓸데없는 소릴 늘어놔서.

그럼 계속 얘기할게요. 그날 있었던 쫄깃한 사건을.

＊

시상식이 끝나고 수상자들이 모여 기념사진을 촬영한 뒤 다 함께 리셉션장으로 이동했다. 〈백야〉는 감독, 각본, 신인남우상까지

총 7개 부문을 수상하며 가장 많은 트로피를 가져가는 영화가 되었고, 자연스레 리셉션장의 주인공이 되었다.

잔뜩 들뜬 배우와 스태프들이 모여서 왁자지껄 이야기꽃을 피웠다. 하지만 나는 왠지 대화에 집중할 수 없었다. 무대 위에서 느꼈던 멍하고도 혼란스러운 정신 상태가 계속 이어지고 있었기 때문이었다. 나는 티 나지 않게 그들 사이에서 얘기를 듣는 척, 어색하지 않을 정도의 리액션을 하며 서 있었다. 바로 그때였다. 나비넥타이를 한 웨이터가 등 뒤에서 나를 불렀다.

"선생님."

돌아보니 웨이터가 쪽지가 놓인 쟁반을 들고 있었다.

"어떤 분께서 이 쪽지를 선생님께 전해달라고 하셨습니다."

웨이터는 말을 끝내고는 예의 바르게 목례를 했다. 뭐지, 이게…? 나는 어리둥절해하며 쪽지를 들어 올렸다. 그러자 웨이터는 다시 한 번 깍듯하게 목례를 한 뒤 나에게서 멀어졌다. 쪽지를 펴 보았다. 쪽지에는 이렇게 적혀 있었다.

죽은 자 대신 상 받는 기분이 어때요?

쪽지를 본 내 기분이 어땠는지 당신이 상상이나 할 수 있을까. 그때의 쇼크와 공포를 온전하게 글로 표현할 수가 없다. 표현해봤자 너무나 상투적이고 뻔한 단어들의 나열밖에는 안 될 것이기 때문이다. 하지만 그것이라도 듣길 원한다면….

나는 경악을 금치 못했고, 온몸에 쭈뼛 소름이 돋았다. 심장이 쥐가 난 것처럼 욱신거렸고 다리는 힘이 풀렸지만, 그나마 남아 있는 내 이성으로 간신히 몸의 중심을 잡을 수 있었다.

이런 나를 이상하게 본 최 대표가 물었다.

"서 작가, 왜 그래? 뭔데, 그게? 서 작가, 괜찮아? 서 작가?"

그제야 퍼뜩 정신을 차리며 내가 지금 무엇을 해야 하는지 깨달았다. 나는 황급히 리셉션장 안을 두리번거렸다. 쪽지를 훔쳐보려는 최 대표를 밀치고는 방금 그 웨이터의 뒤꽁무니를 쫓아가 어깨를 잡고 난폭하게 돌려세웠다.

"이거 누가 준 거야?"

웨이터는 느닷없이 봉변을 당한 사람의 얼굴로 대답했다.

"저는 그냥…, 심부름만 한 겁니다."

"누구야? 어떻게 생긴 놈이냐고!"

멱살을 잡고 소리쳤다.

"그냥…, 평범하게 생긴…."

그는 완전히 넋이 나간 나를 보며 잔뜩 겁에 질려있었다.

최 대표를 비롯한 〈백야〉 스태프들, 그리고 영화제 스태프들까지 무슨 일이냐며 달려왔다. 웨이터에게 더 물어보고 싶었으나 일행들이 말리는 바람에, 그리고 주변의 이목이 집중된 관계로 그럴 수가 없었다. 나는 숨을 몰아쉬며 연방 리셉션장 안을 둘러보았다. 누구를 찾아야 하는 건지도 모르면서 말이다.

너무 많이 안 사나이

신접살림은 작업실에서 그리 멀지 않게 차로 5분 정도 거리의 개인 주택에 마련했다. 미국 드라마 〈위기의 주부들〉**의 오픈세트***로 써도 될 법한 서양식 구조와 디자인을 가진 주택이었고, 단지 내에는 그런 형태의 주택들이 많이 모여 있었다. 잡지나 신문 같은 매체에서 아름답게 조성된 동네로 종종 소개되어, 디지털카메라를 들고 출사 나온 사람들에게 예쁜 배경을 제공해주는 그런 곳이기도 하다. 몇몇 예술인들이 이쪽에 산다고 들었으나 이사 온 지 얼마 되지 않아서인지 아직 길에서 마주치는 일은 없었다.

---

* 나는 비밀을 알고 있다(The Man Who Knew Too Much. 1956). 알프레드 히치콕 감독. 존 마이클 헤예스 각본. 찰스 베넷, D.B. 윈덤-루이스 원안. 제임스 스튜어트, 도리스 데이 주연.
** 위스테리아라는 가상의 교외 중산층 마을에 사는 주부들의 이야기이다. 막장 요소를 갖춘 웰메이드 드라마.
*** 야외 세트장.

주말 저녁. 나는 소파에 앉아 거실 한쪽에 세워져 있는 크리스마스트리의 점멸하는 램프를 멍하니 바라보고 있다.

노곤한 하루였다. 득남 축하 겸, 수상 축하 겸, 집들이 겸해서 어제 지인들이 몰려 왔었다. 나는 장보윤에게 산후조리 기간이니 무리하지 말고 좀 미루자고 했지만, 그녀는 상관없다고 했다. 사람들은 새벽까지 놀다 갔고, 그녀와 나는 한숨 자고 난 뒤 오전 내내 청소와 설거지를 했다. 그 후 그녀는 피곤한지 내 허벅지를 베고 누워 금세 잠들었다.

그녀의 옆 머리카락을 쓰다듬었다. 그녀가 고마웠다. 수상 소감에서 그녀의 이름을 말하지 않은 것이 계속 마음에 걸렸는데, 그녀는 그것에 대한 아쉬움을 일절 표현하지 않았다. 불편한 몸임에도 집에 온 내 지인들에게 너무나 싹싹하게 잘해주어서 고마움을 넘어 미안할 지경이었다.

멋진 집. 예쁜 아내. 요람 속 작고 귀여운 갓난아이. 크리스마스트리. 잠든 와이프의 머릿결을 쓰다듬는 나.

누군가 지금 우리 가족의 이 모습을 본다면 말 그대로 '행복이 가득한 집'이라는 표현이 절로 나올지도 모르겠다. 하지만, 밖에서 보는 외관과 안에서 느끼는 실체는 상반될 수가 있는 것이다. 백 퍼센트 정반대로.

시상식 이후 내내, 어제 집에서 잔치를 벌이는 동안에도, 오늘 청소를 하고 집안일을 하는 동안에도, 그리고 이 푹신한 소파에 앉아 그녀의 머리칼을 쓰다듬고 있는 지금도….

실은 불안하고 초조해서 미칠 지경이다.

내 머릿속에는 오직 한 가지 생각뿐이었다. 도대체 누구일까, 쪽지를 보낸 인간이….

그놈은(혹은 그년일지도) 시상식 이후로 아무런 '액션'을 취하지 않고 있다. 단순 협박범이라면 돈을 달라는 식의 전화를 했을 게 분명하다. 급할 것이 없는 놈이다. 어쩌면 호의를 베풀어 '잔치가 끝나길' 기다려 준 것인지도 모른다. 어쩌면 지금 담 너머 골목 어디에서 디지털카메라를 들고 왔다 갔다 하며 우리 가족을 훔쳐보고 있을지도 모른다. 불안해하는 나를 보면서 낄낄거리고 있을지도 모른다. 그놈은 지금 즐기고 있는 것이 분명하다.

나를 잘 아는 놈이다. 내 주변 가까이에 있을 확률이 높다. 그게 원래 '후던잇(whodunit)'* 장르의 기본 공식 아니던가.

가까이라…. 피식 웃음이 나왔다. 지금 내 앞에 놓인 요람 안에서 날 보며 배시시 웃고 있는 저 녀석(빨리 이름을 지어야 하는데). 제 아빠 기분이 어떤지도 모른 채 뭐가 그리 재미난 걸까. 저 쪼끄만 녀석이 그런 쪽지를 보낼 리는 '아직' 만무하고.

그렇다면…. 더 가까이에 있는, 내 허벅지 위에 잠들어 있는 장보윤? 에이 설마. 이렇게 한가로이 코를 골며 자는 사람이? 더군다나 그녀는 그런 식의 쪽지를 보낼 정도로 유치한 사람이 아니다.

---

* 추리소설, 스릴러 영화 등을 일컫는 말. '범인은 누구냐'를 뜻하는 'who done it?'의 준말이다.

내 뺨을 후려쳤으면 쳤겠지. 그리고 그 시간에는 산후조리원에서 아기와 같이 있었던 관계로 무엇을 어떻게 할 수도 없는 상황이었다(산후조리원의 간호조무사를 통해 장보윤이 시상식 방송을 라이브로 시청했다는 알리바이를 확인한 나도 참 웃기지만).

자, 그렇다면 누구일까. 나에게 쪽지를 보낸 놈이···.

내 주변에 있는 놈. 가족보다도 나의 실체를 더 잘 아는 놈. 나의 과거와 현재 모습, 그 둘 간의 차이를 가장 극명하게 느끼고 있을 놈.

그래, 머릿속에 제일 먼저 떠오른 바로 그놈이다! 집요하게 '김영회'에 대해 내게 캐묻던 그놈. 내가 잘 풀린 뒤 그 누구보다도 시기와 질투가 많았던 그놈. 쪽지 따위를 보내고는 낄낄거리며 좋아할 한가하고 유치한 그놈. 그리고 무엇보다 '최고의 순간 뒤에 최고의 위기'를 절묘하게 배치할 수 있는 플롯의 달인!

그래, 그놈밖에 없다.

*

친한 피디가 파주 세트장에서 촬영 중이라 얼굴 좀 비치고 오겠다는 핑계를 대며 장보윤에게 먼저 자라고 했다.

운전석에 앉자마자 핸드폰을 열어 그놈의 전화번호를 눌렀다.

연결음이 몇 번 울리고는 익숙한 목소리가 흘러나왔다.

"아이고, 수상 축하드립니다! 안 그래도 전화 한번 드릴라 했는데. 크크큭!"

정남훈의 목소리는 이미 잔뜩 취해 있었다.

"어디야?"

"포커 치고 있는데, 심심하면 와서 같이 치시던가. 총알도 많으신 분이."

언젠가부터 정남훈은 불법 사설 도박장을 제집 드나들듯 하고 있었다. 함께 술 먹는 멤버들 중 서너 명이 정남훈에게 돈을 꿔줬다는 얘기를 이미 들은 터다. 녀석은 나락으로 떨어진 인간의 전형적인 루트를 밟고 있었다.

"됐고 만나서 얘기 좀 해."

"뭐가 그렇게 급해? 그럼 전에 갔던 우리 사무실 앞에 바 알지? '아이리시'라고. 그리로 와."

내비게이션에서 경고하는 속도위반 적발 구간을 무시하며 액셀러레이터를 밟았다. '아이리시'에 도착했을 때 정남훈은 이미 양주 반병을 비운 채 앞에 앉은 아가씨와 시시덕거리고 있었다.

"여기야, 여기. 금방 왔네."

정남훈은 안주 부스러기가 묻어 있는 손가락을 쪽쪽 빤 다음에 나에게 손을 흔들었다.

"오빠들 비즈니스 얘기 좀 해야 되니까, 너는 좀 있다가 다시 와."

"알았어, 오빠."

정남훈은 자리를 뜨는 아가씨의 엉덩이를 툭툭 쳤다. 아가씨는 내 옆을 지나쳐가며 교태 섞인 눈웃음을 지어 보였다. 자리에 앉았을 때 좀 전 아가씨의 엉덩이 온기가 느껴지는 게 불쾌했다. 나는 정남훈이 돈가스 안주를 손으로 집어서 꾸역꾸역 먹는 모습을 지켜보았다.

"〈대도적〉은 잘 되고 있나? 요즘 통 만나는 사람이 없어서 이 동네 돌아가는 소식을 모르네. 일단 촬영 들어갔으면 신경 쓸 거 없잖아. 그다음부터는 그냥 관성으로 가는 거지. 박 교수는 잘 있냐? 그 개새끼 명절 때마다 나한테 받아 처먹은 양주가 몇 병인데 날 잘라? 아주 바쁘겠어? 영화 찍으랴, 강의하랴. 너 차기작도 NEW에서 전액 투자받기로 했다며? 이야, 누구는 씨발 담보 대출로 영화 찍어서 빠그라지고 누구는 배우도 없이 몇 페이지 끄적인 걸로 전액 투자받고, 씨발. 야, 책 좀 한 번 줘봐. 얼마나 대단하길래 그런 대접 받는지 궁금하니까. 말 좀 해, 새끼야. 아니면 술을 마시던가. 추잡하게 남 먹는 거만 뚫어지게 보고 있어."

녀석은 이미 눈이 반쯤 풀려 있었다. 나는 앞에 놓인 물을 한 잔 들이켰다.

"새끼, 재미없게 물을 마시고 지랄이야. 그래도 계산은 네가 해라. 크큭."

정남훈은 먹을 만큼 먹었다는 표정으로 다시 한 번 손가락의 튀김 가루를 쪽쪽 빨고는 물었다.

"성미랑 잤냐?"

어이가 없었다.

"잤냐고 묻잖아, 씨발 놈아."

"무슨 헛소리야?"

"보험 하나 들어줬다며."

대꾸할 가치를 못 느꼈다. 정남훈은 그런 나를 빤히 쳐다보다가 말을 이었다.

"아니면 말고. 아 씨발, 그럼 어떤 새끼야? 요즘 성미한테 깔짝 대는 새끼가 하나 있거든."

정남훈은 쓴웃음으로 자조했다.

"하긴 네가 잤다고 해도 할 말이 없다. 나도 너 이혼하기 전부터 성미하고 그렇고 그랬으니까. 늦었지만 미안하다. 그래서 내가 지금 벌 받나 봐. 성미 그년이 보험 시작한 이후로 아무 데서나 다리 벌리고 다닌다. 쌍년이 내가 꼴리는 대로 논다고 자기도 똑같이 놀려고 그래. 좆같은 년."

정남훈은 옆에 벗어 두었던 재킷을 들어 안주머니에 손을 넣었다.

"그건 그렇고 이거나 한번 읽어 볼래? 예전에 받은 건데 네 고견이 좀 듣고 싶어서."

편지 봉투에 들어갈 크기로 접혀 있던 A4 용지 몇 장이 재킷 안주머니에서 나왔다. 정남훈은 기름 묻은 손으로 그것을 나에게 건넸다. 접혀 있던 종이를 폈다.

그건 〈백야〉의 시놉시스였다. 정확히 말하면 〈안단테 칸타빌레〉의 시놉시스.

정남훈은 자기 잔에 술을 채우며 말을 이었다.

"요즘에 너무 할 일이 없어서 2년 전에 영화사 창립하면서 스토리 공모전을 했을 때 왔던 것들을 다시 한 번 죽 읽어 봤어. 한 사백 편 되더라고. 일주일 훌쩍 갔지. 요즘 내가 그렇게 할 일이 없어. 근데, 거기 익숙한 이름이 하나 있는 거야. 그 쉐끼는 특이하게 자기소개에다가 너랑 나랑 같이 쓴 〈지옥별장〉의 열렬한 팬이라고 쓴 거야. 그때 공모전 심사는 내가 못했어. 나중에 우수작 이상만 읽어봤고. 알다시피 그 당시에는 내가 좀 잘나갔잖아. 책 하나 읽을 시간이 없었다고. 기획실 직원들이 읽고서 당선작을 냈는데 이게, 이게, 이게 시놉시스 입선작 다섯 편 중에 하나로 뽑혔더라고. 기획실 애들한테 맨날 너희가 영화에 대해서 뭘 아느냐고 욕하고 그랬었는데, 이제 보니까 완전 바보들은 아니었나 봐."

정남훈은 경직되어가는 내 표정을 즐기는 듯했다.

"그래서…, 어디까지 얘기했더라. 아, 그래, 그래. 입선작 당선! 그게 상금이 얼마 안 됐어. 이백인가 삼백 줬을 거야. 그리고 계약 조건이 대충 이래. 추후 시나리오 완성 시 우선적으로 협의할 수 있는 권리를 가진다…. 시놉시스 다 읽었나? 어떤 거 같아? 영화화하면 좀 될 거 같아? 잘 될 거 같지 않아? 잘 하면 상도 탈 수 있을 거 같고. 말 좀 해봐, 씨발 놈아."

나는 아무 말도 할 수 없었다. 정남훈은 터져 나오는 웃음을 못 참겠는지 얼굴을 일그러뜨리며 입술을 삐죽거렸다.

"거봐! 내가 저번에 그랬잖아! 김영회 그놈 것만 없는 게 이상했다고. 이 바닥 글쟁이들이야 우라까이[*] 하는 게 일상다반사지만, 너 정도면 그런 건 눈치 못 채게 살짝 틀었어야지. 아무도 모르게. 제목하고, 사람 이름만 바꾸는 건 좀 그렇잖아. 선수가 왜 그랬대? 완성된 영화 보니까 오리지널하고 크게 다르지도 않더구먼. 하긴 딱히 손댈 데가 없었겠지. 그지? 아이고, 너무 많이 먹었나."

정남훈은 꺼어억, 하고 요란한 트림을 했다.

"그래서…, 어떡하겠다고?"

"표정 좀 풀어라. 그렇게 나오니까 내가 무슨 협박범 같잖아. 한때나마 같이 한솥밥 먹고 살았는데 인간적으로다가 얘기를 좀 하자고. 너도 알다시피 내가 연이어 두 편 크게 말아먹었잖아. 투자가 안 돼. 젠장, 경상비도 없고. 조금만 도와주라. 갚을게. 너 요즘 형편 괜찮잖아."

정남훈의 헤벌쭉 웃는 얼굴이 도와달라는 사람의 그것도 아니거니와, 도무지 갚을 사람으로도 보이지 않았다.

"얼마면 되는데?"

"브라보! 역시 우리 서 작가가 명쾌하다니까. 내 생각에는… 적어도 이 정도는…."

정남훈은 엄지, 검지, 중지 순으로 천천히 손가락을 폈다.

---

[*] '베껴 쓰다'라는 의미의 업계 속어. 사전에는 없는 말이나 일본어 '우라가에스(뒤집다)'에서 유래되었다는 설이 있다.

"삼천?"

"에이, 지금 장난해? 삼천이면 밀린 경상비도 안 돼. 이제 제작도 하니까 잘 알 거면서 그래."

"삼억…?"

정남훈은 고개를 크게 한 번 주억거렸다.

정남훈이 가장 좋아하는 영화가 〈대부〉다. 그는 비토 콜레오네처럼 '거절할 수 없는 제안'을 하는 것이다. 나에게는 다른 방도가 없다. 제안을 받아들이는 것 외에는. 나의 무난한 일상을 '잘려나간 말 대가리의 핏물*'로 젖게 할 수는 없다.

"내일 계좌 번호 보내. 그리고 이 얘기는 다시 꺼내지 않는 거다."

"새꺄, 내가 무슨 삼류 양아치냐? 걱정 마. 그럴 일 없으니까."

정남훈은 만족스러운 표정으로 카운터를 향해 소리쳤다.

"수진아! 맥주 좀 가져와라. 시원한 거로."

용건이 끝났고, 이곳에 더 남아있을 이유가 없다. 일 초라도 빨리 나가고 싶어 자리에서 일어나는데,

"아, 맞다. 동윤아, 근데 어떻게 귀신같이 알고 전화한 거야?"

나가던 걸음을 멈추고 천천히 정남훈을 돌아보았다.

"무슨 소리야?"

"내가 알게 된 거, 어떻게 알고 찾아왔냐고?"

---

* 대부 비토 콜레오네는 가수인 양아들 조니를 영화에 출연시키기 위해, 영화 제작자의 침대 위에 그가 아끼던 말의 머리를 잘라서 올려놓는다.

이건 또 무슨 소리야…? 나도 모르게 말을 더듬거렸다.

"너…, 너 아니야? 쪼, 쪽지… 보낸 거 말이야?"

"뭔 쪽지? 뭐라는 거야, 지금."

정남훈은 정말로 아무것도 모르는 표정을 짓고 있었다.

젠장! 빌어먹을! 이런 엿 같은! 점입가경이군. 그럼 도대체 누구란 말이냐. 리셉션장에서 쪽지를 준 놈은.

나는 머릿속이 온통 뒤죽박죽된 채로 출구를 향해 걸어갔다. 내 뒤통수에 대고 정남훈이 소리쳤다.

"기분이 어때? 책도 훔치고 여자도 훔치는 기분이. 그거 기분 졸라 묘할 것 같은데. 크크크크큭!"

나는 마치 치부를 들킨 사람처럼 황급히 그곳을 빠져나왔다. 바 계단을 걸어 나올 때까지도 그 기분 나쁜 웃음소리가 계속 들려왔다.

새벽 5시가 지나 집에 도착했다.

장보윤과 아이가 너무나 평화롭게 잠자고 있었다. 침대 옆 요람 속에서 자고 있던 녀석의 얼굴을 한참 지켜보았다. 그리고는 옷도 벗지 않은 채 침대 위로 올라가 요람 속 그 녀석처럼 몸을 웅크린 자세로 장보윤에게 기댔다. 그녀는 잠결에 나의 머리를 꼭 끌어안으며 자신의 가슴에 밀착시켰다. 임신과 출산을 겪으며 전보다 더 부풀어 오른 그녀의 가슴이 포근했고, 그것이 나를 진정시켜주었다. '많이 힘들었구나?' 하며 아이를 달래듯 그녀가 나의 등을 토닥거려 주었다. 눈물이 왈칵 쏟아져 나왔고, 나는 조용히 눈물을 삼켰다.

"급한 일이래요."

장보윤이 자고 있던 나를 깨우며 핸드폰을 건넸다. 침대맡 알람 시계를 보니 아침 9시가 채 되지 않은 시간이었다.

"전화 바꿨습니다."

나는 여전히 눈을 감은 채 갈라지는 목소리로 전화를 받았다.

"아침부터 죄송합니다. 오경택 형삽니다. 제 목소리 기억하시죠?"

어찌 기억을 못 하겠는가. 이 불쾌하게 건들거리는 목소리를.

나는 침대에서 몸을 일으키며 말했다.

"무슨 일입니까?"

"어젯밤에 정남훈 씨와 함께 계셨죠?"

장보윤은 전화 내용이 궁금한지 옆에 서서 의아한 얼굴로 듣고 있었다. 그런 그녀의 시선이 좀 불편했다.

"그런데요?"

내가 되물었고, 그가 대답했다.

"정남훈 씨가 변사체로 발견되었습니다."

Panic Room

뭐어? 정남훈이… 주, 죽었다고…?

꿈속을 헤매고 있는 듯한 착각이 들 정도로 몽롱함을 느꼈다.

"왜 서동윤 씨하고 술만 먹으면 사람들이 사고를 당하는지 모르겠습니다. 어디 무서워서 같이 술 먹겠습니까. 일어나시는 대로 바로 서로 좀 나오셔야겠습니다."

전화를 끊고서 어안이 벙벙한 상태로 있는데 장보윤이 물었다.

"무슨 일이야?"

그녀의 눈빛이 불안하게 흔들렸다. 정남훈이 죽었다는 말이 차마 입 밖으로 나오지 않았다.

"전화 바꿔주기 전에 그 형사하고 무슨 얘기 했어?"

---

* 패닉 룸(Panic Room. 2002). 데이빗 핀처 감독. 데이빗 코엡 각본. 조디 포스터, 크리스틴 스튜어트, 포레스트 휘태커 주연.

"어젯밤 몇 시에 아저씨가 귀가했냐고 물었어. 그래서….."
"그래서?"
나도 모르게 목소리에 힘이 들어갔다.
"새벽에 온 거 같은데 자고 있어서 정확한 시간은 잘 모르겠다고
했어."
장보윤은 큰 잘못이라도 한 아이처럼 말꼬리를 흐렸다.
오 형사는 사망 시간을 따져서 나의 알리바이를 일차적으로 확
인한 것이다. 공교롭게도 김영회 사건 때처럼 또다시 피해자가
죽기 전 마지막으로 만난 사람이 된 것이다. 나머지 정황도 거의
유사하다. 김영회와 홍대 고깃집에서 그랬던 것처럼 정남훈과도
바에서 시종일관 날이 선 대화를 나눴고, 바의 아가씨든 누구든
우리 테이블을 잠깐이라도 본 사람이 있다면 그는 분명 이렇게
증언할 것이다. 그들은 정말 심각한 대화를 나누는 것 같았다고,
피해자와 같이 있던 사람의 표정이 왠지 궁지에 몰린 사람 같았다
고. 그 정도 증언이면 그나마 다행이다. 만약 정남훈이 친해 보이
던 그 업소의 아가씨에게 나에게 받을 돈이 있다는 식의 얘기라도
했다면….
그 순간 갑자기 머릿속에 뭔가가 떠오르면서 정수리에 벼락을
맞은 것처럼 전신이 빠짝 타들어 가는 느낌이 들었다. 바로 시놉시
스! 정남훈의 주머니 속에 들어 있던 김영회의 그 시놉시스 말이
다!
오! 젠장…. 제기랄…! 다 끝났어…. 이제 시간문제야. 나와 정

215

남훈과 김영회의 연관성을 알게 되는 건! 내가 그 시놉시스, 〈안단테 칸타빌레〉를 훔쳤다는 것을 사람들이 알게 될 거란 말이야! 그 사실을 안 정남훈이 나를 협박하자 내가 그를 죽인 게 될 것이며, 곧이어 수면 아래로 가라앉았던 김영회 사건도 재수사가 이뤄지겠지. 그럼 그건 또 책을 훔치기 위해 내가 김영회를 죽인 것으로 모든 퍼즐이 맞춰지게 될 거라고! 더 이상 완벽하게 맞아 떨어질 수 없는 퍼즐처럼 말이야!

나는 두 손으로 얼굴을 감싸 쥐었다. 어떻게 이런 일이⋯. 내가 그런 게 아니야⋯. 내가 죽인 게 아니라고! 젠장, 내가 어떻게 여기까지 왔는데!

"아저씨가⋯ 죽인 거야?"

장보윤은 통화가 끝난 후 계속 안절부절못하고 있던 나를 지켜보다가 물었다. 그녀의 눈빛이 싸늘했다. 내가 아무런 대꾸가 없자 그녀는 재차 물었다.

"아저씨가 죽였냐고? 정남훈 작가를?"

이것 봐, 내 와이프까지 나를 의심하고 있잖아, 지금!

속에서 치밀어 오르는 짜증과 화를 힘겹게 억누르며 말했다.

"안 그래도 미칠 것 같으니까 말 같잖 않은 소리 하지 마."

목소리는 나직했지만, 그 나직함에서 오는 냉랭함에 장보윤이 다소 놀란 듯했다. 아마도 그녀가 이렇게 공황 상태에 빠진 내 모습을 보는 건 처음일 것이다.

"상황이 같잖아. 영회가 죽었을 때랑."

하지만 그녀는 지금 이 상황에서 물러설 생각이 없는 듯했다.

"사실을 말해줘. 나도 알 자격이 있어."

그녀의 목소리가 단호했다. 입을 앙다문 채 나를 쏘아보았다.

오랜만에 보는 표정이네. 이 표정이 나오면 그다음은 당신의 히스테리를 볼 차례겠지. 지금까지 늘 그랬으니까. 그런데 보윤아, 미안하지만 지금은 내가 너를 맞춰줄 기분이 아니라니까.

"듣고 싶은 얘기가 뭔데?"

"내가 바본 줄 알아? 사실을 말해 달라고!"

"무슨 사실? 무슨 사실이 듣고 싶은 건데! 내가 죽였다는 얘기라도 듣고 싶은 거야? 정남훈도! 김영회도! 그런 거냐고!"

나는 북받쳐 오르는 감정을 못 이기고 장보윤의 목을 거세게 움켜잡았다. 순식간에 장보윤의 얼굴이 시뻘게졌고, 나를 보는 그녀의 눈이 공포로 가득 찼다. 그런 그녀의 눈을 보며 정신이 퍼뜩 들었다. 목을 잡고 있던 손을 황급히 놨다. 이런…. 내가 지금 뭘 한 거지? 대체 무슨 짓을 한 거야, 나의 보윤이에게….

바로 그때 요람에 있던 갓난아기가 울어 젖히기 시작했다.

"미안해…. 실수야… 나도 모르게 그만…. 용서해줘…."

하지만, 이미 늦었다. 장보윤의 눈빛은 이미 모든 것을 확신하는 듯했다. 내가 살인자라고. 어쩌면 김영회까지 죽였을지 모른다고. 그리고 자신마저도 죽일 수 있는 사람이라고.

장보윤은 나를 밀쳐내고는 요람 안의 갓난아기를 안아 들었다. 나에게 일절 시선을 주지 않은 채 아이와 함께 옷방으로 들어가더니 방문을 잠갔다. 나는 방문을 두드리며 열어달라고 했지만, 그녀는 아무런 대꾸도 하지 않았다. 결국, 방문에 이마를 박은 채 이렇게 읊조렸다.

"보윤아, 나 아니야…. 믿어줘. 진짜야…. 내가 그런 거 아니라고."

방 안의 그녀는 아무런 반응을 하지 않았다. 갓난아이만이 목청이 찢어져라 울어댔다.

장보윤은 방 안에서 택시를 불렀고, 간단하게 짐을 챙긴 뒤 아이와 함께 집을 나갔다. 어디로 가는 거냐고 물었지만 그녀는 아무런 대답도 하지 않은 채 마치 나를 투명인간처럼 대했다.

집 안이 고요했다. 오래간만에 느끼는 정적이다. 그래, 이런 정적이 나에게는 익숙했는데 언젠가부터 내 인생이 늘 복작대고 번잡해졌지. 장보윤이 떠난 뒤의 이 헛헛함이 오히려 나를 안정시킨다. 소파에 몸을 늘어뜨린 채 그래, 씨발 인생 뭐 다 이런 거지…, 어차피 독고다이, 인생 혼자 사는 거야… 따위의 되지도 않는 삼류 대사들을 씨부렁거리며 양손으로 얼굴을 감싸 쥐고 있는데, 누군가가 차분한 목소리로 말을 걸었다.

"차라리 죽이지 그랬어?"

누, 누구야…? 나는 화들짝 놀라며 소파에 파묻고 있던 몸을 바로 세웠다. 그놈이었다. 내가 괴롭고 혼란스러울 때마다 한 번씩 방문해주던, 거울 속의 그놈. 그놈은 바로 내 앞 소파에 앉아 반쯤 드러누운 자세로 양팔을 소파 등 쿠션 위에 올려놓고 있었다. 늘 그러하듯 특유의 거만한 자세로 말이다. 마주 보고 앉아 있는 우리 둘 사이에 거울은 없었지만, 마치 서로를 비추고 있는 듯했다.

"누구를 말이야?"

내가 물었다.

"누구긴 누구야, 비밀을 눈치챈 사람이지. 그런 사람은 죽여야지. 그게 규칙 아니었나?"

"개뿔, 규칙은 무슨 규칙! 도대체 누가, 누구 맘대로 그런 규칙을 정했는데!"

"서동윤 씨 변했네, 변했어. 예전 같았으면 아까 목을 졸랐을 때 바로 확…."

"닥쳐!"

"왜? 그 여자가 다시 너한테 돌아올 거 같아서? 설마…, 진짜 그렇게 생각하는 건 아니지?"

대답할 수 없었다. 나도 두려웠다. 좀 전 그 최악의 일이 장보윤과 나의 마지막 기억이 될까 봐.

"너냐…? 정남훈을 죽인 놈이?"

놈을 노려보자, 놈은 뭐가 그리 재미난 지 빙글빙글 웃었다.

"내가 죽인 것으로 하지, 뭐. 그래서 너의 맘이 좀 더 편해진다면."

놈의 한 마디 한 마디가 내 속을 긁었다. 나는 참지 못하고 소리쳤다.

"나는 죽이지 않았어!"

그놈 역시 기다렸다는 듯이 목소리를 높였다.

"그래! 바로 그거야! 그런 자신감. 경찰서에 가서 그렇게 얘기하란 말이야. 바로 지금 그 표정으로! 왜 이렇게 겁이 많아졌어? 호랑이 굴에 잡혀가도 정신만 바짝 차리면 되는 거야. 이미 한 번 경험했잖아. 유력한 용의자에서 무고한 시민으로 거듭났던 것을!"

이 자식은 영 마음에 안 드는 소리만 늘어놓다가도 한 번씩 솔깃한 얘기를 해준단 말이야.

문득 오 형사와의 전화 통화 내용이 다시 떠올랐다. 그는 분명히 '일어나시는 대로 바로 서로 좀 나오셔야겠습니다'라고 말했다. '일어나시는 대로', '서로 좀 나오셔야'. 곰곰이 생각할수록 상당히 '친절한' 표현이라는 생각이 들었다. 아직 정확한 물증 따위는 없다는 뜻으로도 들렸고. 하긴 그런 게 있었다면 이렇게 전화로 통보할 게 아니라 직접 여기로 왔겠지. 나를 체포하기 위해서.

그래, 데우스 엑스 마키나*처럼 또 다른 '신문 배달부'가 하늘에서 내려올지도 몰라. 빚쟁이들부터 잔금을 못 받은 스태프들까지 정남훈을 죽이고 싶은 인간들이 이 바닥에 널리고 널렸다고!

놈은 내 마음을 읽었는지 만족스러운 미소를 지었다.

경찰서로 가기 위해 집 앞 골목길에 주차되어 있던 차에 올라탔

---

* deus ex machina. 고대 그리스 연극에서 쓰인 무대 기법의 하나. 극 후반부에 갑자기 신을 등장시켜 위급하고 복잡했던 사건을 일시에 다 해결하는 것을 의미한다.

다. 운전석 헤드레스트에 머리를 기대고 심호흡을 했다. 놈과 대화를 나눈 덕분일까. 마음이 한결 편안해졌다. 호랑이 굴에 잡혀가도 정신만 바짝 차려라… 까짓것 어렵지 않아. 오 형사한테는 어떻게 첫 마디를 던질까, 궁리하면서 차 시동을 걸었다.

바로 그때였다. 백미러를 통해 검은 실루엣이 뒷좌석에서 재빠르게 몸을 일으키는 것이 보였다. 나는 본능적으로 운전석 문을 열고 도망치려 했으나, 그 전에 이미 나의 목덜미에 주삿바늘이 꽂혔다. 머릿속에서 아지랑이가 피어오르는 듯한 느낌이 드는 가운데, 다급하게 손을 뻗어 경적을 눌렀다. 골목을 지나가던 행인이 돌아봐 주기를 간절히 바라면서. 경적이 2, 3초가량 울렸으나 놈이 내 목을 졸라 자신이 있는 뒷좌석 쪽으로 끌어당기자 더 이상 경적을 누를 수 없었다. 숨이 막혔다. 지나가던 행인 하나가 걸음을 멈추고 차 안을 흘낏 보았으나 짙은 선팅으로 인해 차 안의 상황을 볼 수 없었을 것이다. 지금 와서 부질없지만 애초에 짙은 선팅지를 선택했던 내가 원망스러웠다. 멀어지는 행인을 보면서 있는 힘껏 저항해 보았으나, 놈의 힘이 세기도 셌거니와 약 기운으로 인해 몸이 점점 나른해지고 있었다. 눈을 잠깐 감는 동안 너무나 꿈결 같은 아득함이 밀려왔다. 머릿속으로는 여기서 어떻게든 탈출해야 한다는 생각이 간절하였으나 몸은 이미 오래간만에 느껴보는 안온에 굴복하여 무의식 저편으로 침잠하고 있었다. 너무나 달콤한 숙면 같았다.

*

검은 개.

왜인지 모르겠으나 정신을 잃기 직전 내 머릿속에 잔상처럼 보였던 이미지가 바로 '검은 개'였다. 정확히 말하면 검은 셰퍼드. 김영회가 죽던 날 보았던.

내 차에 치여 바닥에 쓰러져 있던 검은 개. 비에 젖은 채 피를 뿜어내고 있었지. 그때 나는 그 개를 그렇게 버리고 가서는 안 되는 것이었어. 차에 싣고서 병원이든 어디든 갔어야 했어. 만약 그랬다면 지금 이 상황까지 오지 않았을지도 몰라.

그런데, 갑자기 검은 개가 왜 떠올랐을까. 의식이 사라지는 그 짧은 순간에.

*

이후의 기억은 드문드문 생각이 난다.

나는 차 트렁크 안에 있었다. 놈의 운전은 거칠었고 그로 인해 쿵쿵, 머리가 딱딱한 차체에 부딪힐 때마다 잠깐씩 의식이 돌아오고는 했다. 깜깜했다. 눈앞을 몇 겹의 천이 가리고 있었다. 입에 재갈이 물려있어 말도 할 수 없었다. 손과 발은 플라스틱 재질의 케이블 타이로 묶여 있었다. 허리와 무릎은 물론 온몸의 관절이 다 시큰거렸다. 유일하게 자유가 주어진 코를 벌름거리며 깊게 숨을 들이마셨다. 익숙한 방향제 냄새를 희미하게나마 맡을 수 있었다. 차 안 스피커에서는 내가 작업할 때 자주 듣는 마일스 데이비스의 '비치스 브루' 시디가 플레이되고 있었다.

방광이 오줌으로 가득 차 더 이상 참을 수가 없어 재갈 문 입으로 신음 소리를 크게 내보았다. 놈은 대답 대신 음악 볼륨을 더 크게 키웠다. 내 신음 소리는 마일스의 신들린 트럼펫 연주 소리에 묻혔다. 호의를 베풀 거라 기대한 내가 어리석었다. 참다 참다 괄약근의 힘을 뺐다. 요도를 통해 뜨끈한 오줌이 빠져나가는 것이 마치 오래간만에 사정을 하는 것처럼 후련했다. 바지를 다 적시고 트렁크 바닥을 흥건하게 할 정도의 양이었다. 오줌이 내 얼굴까지 흘러왔다. 더럽고 자시고 할 것도 없었다. 이 트렁크에서 빨리 나가고 싶다는 생각뿐이었다.

얼마나 시간이 지났을까. 도대체 어디로 온 걸까. 차가 멈추고 운전석 문이 열렸다가 쾅 닫히는 소리에 정신을 차렸다. 그리고 트렁크가 열리는 순간 풀 냄새 섞인 상큼한 공기가 차 안의 퀴퀴한 그것을 일시에 밀어냈다. 콧구멍을 있는 대로 벌려서 공기를 흡입했다. 맑은 공기를 마실 수 있다는 것만으로도 기뻤다.

하지만, 기쁨은 잠시. 나는 목덜미에 다시 한 번 주삿바늘을 맞아야 했다. 나는 발악하듯 비명을 질러 보았으나, 재갈에 막혀 무의미했다. 아무것도 볼 수는 없었지만, 여기는 나와 이놈 외에는 아무도 없다는 것을 본능적으로 알 수 있었다. 다시 몸이 나른해져 갔다. 하지만 몇 시간 전의 처음 의식을 잃을 때처럼 편안하고 아늑한 느낌은 없었다. 대신 불길함과 공포 속에서 또다시 나는 아득한 심연 속으로 빠져들어 갔다.

*

"작가님···. 작가님···. 작가님···."

메아리 같았다. 동굴 입구에서 누군가가 동굴 안 깊은 곳에서 길 잃은 나를 부르는 것 같은.

힘겹게 눈을 떴다. 마취 기운이 아직 남아 있었는지 머리가 어질어질했다.

내 앞에는 누군가가 앉아 있었다. 어둠 속에서 어슴푸레 보이는 그의 얼굴을 제대로 볼 순 없었지만 나는 그가 누구인지 알 수 있었다. 그는 코 아래쪽으로 흘러내린 안경을 가운뎃손가락으로 밀어 올렸다. 어둠 속에서도 그 동작을 알아챌 수 있었던 건, 그게 그의 습관이기 때문이다. 뭔가에 위축된 것처럼 웅크린 채 앉아 있는 바로 저 자세, 저 실루엣. 나에겐 너무나 익숙했다. 다만 오늘은 위축된 느낌이라기보다는 오히려 감정을 꾹꾹 억누른 '폭발 직전의 응집체' 같았다.

"마취에 약하시네요. 너무 안 일어나시길래 걱정했잖아요."

목소리를 다시 듣는 순간 조금도 의심할 여지가 없었다.

그는 영락이었다.

THE PURLOINED BOOK

2부

Day 1

　영락은 포대기에 싼 무언가를 품에 안고서 목제 의자에 앉아 있었다.

　"너… 너였냐…? 나한테 쪽지를 보낸 게."

　나는 몸을 일으키다가 철컹, 하는 소리와 함께 다시 바닥으로 널브러졌다.

　손목과 발목에 쇠로 된 족쇄가 채워져 있었다. 바늘귀처럼 튀어나온 족쇄의 고리에는 쇠사슬이 연결되어 있었다. 팔다리에 연결된 각각의 쇠사슬은 정사각의 꼭짓점을 이루며 방바닥에 박혀 있는 네 개의 둥그런 철판에 고정되어 있었다. 철판은 직경 50센티미터 정도의 원반 모양으로, 팔다리를 쫙 폈을 때보다 좀 더 먼 위치에 네 개의 볼트로 바닥에 고정되어 있다. 잘 연상이 되지 않는 분은 레오나르도 다 빈치의 인체비례도를 떠올려 보시라. 둥그런 원 안에 팔다리를 벌린 채 서 있는 그림. 간단하게 말해서 그 비례도 속 남자의 팔목과 발목에 쇠사슬이 채워져 있다고 생각하면 된다.

옷도 바뀌어 있었다. 마취로 뻗어 있는 동안 영락이 지린내가 진동하는 내 옷을 벗겨내고, 면 재질의 간편한 옷으로 위아래 모두 갈아입힌 모양이었다.

"시상식 후에 작가님께서 저를 찾아오실 줄 알았는데 안 오시더라고요. 각본상 수상 작가 정도 되시면 그 정도 미스터리는 금방 눈치채실 줄 알았는데."

영락은 내 상상력의 빈곤함에 실망한 표정이었다.

이 낯선 방에서 눈을 뜨게 된 나의 첫 감정은 공포나 두려움 따위가 아니었다. 바로 '어리둥절함'이었다. 사육 중인 동물처럼 쇠사슬에 묶여있는 지금의 이 비현실적인 상황이 도무지 납득가지 않았던 것이다. 그리고 이 상황을 만든 장본인이 나에게 늘 면박만 당하던 조영락, 저 비리비리한 새끼라는 사실은 더더욱 그러했다. 이놈이 도대체 왜 나를 납치했으며, 어떻게 저렇게 태연한 얼굴로 내 앞에 앉아 있을 수 있는 것인지, 이해 가능한 건 단 한 가지도 없었다.

영락은 의자에서 일어나 내 쪽으로 걸어왔다. 하지만 내가 움직일 수 있는 범위 안으로까지 들어오지는 않았다. 저놈 역시 누군가를 납치, 감금한 상황은 처음일 것이다. 그래서 조금은 조심스럽고 혹시나 모를 돌발 상황에 대해 경계를 하는 듯했다.

자연스럽게 그가 누워 있는 나를 위에서 내려다보는 식이 되었다. 이렇게 로우 앵글에서 영락을 바라보는 건 처음이다. 그래서인지 그의 얼굴은 마치 처음 보는 사람처럼 생경했다. 감정이 거세된 그의 얼굴을 올려다보며 비로소 공포와 두려움이 엄습해왔다.

영락은 물끄러미 나를 내려다보다가 품에 안은 포대기 쪽으로 시선을 옮겼다.

"인경아. 인사드려야지. 서동윤 작가님이시다."

영락의 말에 반응하듯 옹알대는 소리가 들렸다. 영락이 품에 안고 있던 건 갓난아기였다. 돌이 지났을까 말까 한 정도의.

"제 딸이에요. 이름은 조인경. 엄마는 최지양."

엄마가… 최지양…? 그렇다면….

"맞아요. 생물학적으로는 작가님 딸이기도 하죠. 생물학적으로는."

영락은 '생물학적'이라는 것을 한 번 더 강조했다. 영락은 포대기 안의 아기를 나에게도 보여주었다. 아기는 나를 보더니 까르르 웃었다.

"너무 예쁘죠? 사람들이 저를 많이 닮았다고 하던데, 작가님 보시기에도 그런가요?"

영락은 인경을 보며 흐뭇한 아빠 미소를 지었다. 처음 알았다. '아빠 미소'가 때로는 누군가에게 섬뜩할 수도 있다는 것을.

"지양이는…?"

내가 물었다.

영락의 얼굴에서 아빠 미소가 사라졌다. 그리고 좀 전의 감정이 거세된 건조한 표정으로 다시 돌아갔다.

"지양이가 궁금하세요? 이제서요?"

"……"

"지양이는 인경이를 낳다가 죽었습니다. 의사가 아기를 포기하지 않으면 산모가 위험하다고 했는데도, 지양이는 포기하지 않더군요."

영락은 인경을 위아래로 살살 어르며 담담하게 말을 이었다.

"지양이는요, 작가님을 사랑했어요. 존경했고요. 그래서 작가님 아이를 낳겠다고 했죠. 제가 아무리 반대를 해도 말이에요. 수술실에 들어가기 전에 작가님에게 전화를 걸었어요. 지양이가 작가님 목소리를 꼭 들어야 한다고 해서…. 기억나시죠? 그때 그 전화. 저는 통화하지 말라고 말렸는데. 소용없을 거라고."

생생하게 떠올랐다. 코사무이에서의 전화가. 죄송하다고, 보고 싶다고 울먹이던 지양의 목소리가 귓가에 울리는 듯했다.

"사실 저는 작가님이 결혼한다는 것을 알고 있었어요. 하지만, 차마 지양이에게 말할 수 없었죠. 지양이는 그때 이미 만삭이었거든요. 전화를 끊고 나서 지양이는 울면서 수술실로 들어갔어요. 그리고 그게 제가 본 지양이의 마지막 모습이었죠."

누군가 인생 최고의 환희를 느끼는 그 순간에, 다른 누군가는 인생 최악의 비참함을 느꼈던 거구나. 죽음까지 이르게 한 처절한 비참함을.

나는 영락의 눈을 똑바로 쳐다볼 수 없었다. 멍하니 천장의 형광 램프를 응시했다. 형광등을 덮고 있는 플라스틱 램프 커버 안에는 죽은 나방의 형체가 희미하게 보였다.

"미안하다."

내 입술에서 웅얼거리듯 나온 말이었다. 영락은 입가에 여린 조소를 띠었다.

"미안하다고요? 뭐가요? 뭐가 미안한데요?"

"그냥, 모든 게 다 미안하다. 지앙이한테도, 너한테도. 나를 용서해다오."

영락이 어이없다는 듯 코웃음을 쳤다. 그리고는 한 마디 한 마디 힘을 실어 말했다.

"도대체 뭐가 미안한지 알긴 아시는 겁니까? 아니면 뭔지는 모르겠지만 일단은 미안하다, 이건가요? 그렇게 미안하셨으면 진작에 와서 사과하시던가 하시지 왜 이렇게 험한 꼴 당하시고 나서야 하시는 겁니까?"

"내가 모든 것을 보상하마. 양육비도 평생 책임지고⋯. 이러지 마, 제발."

나도 모르게 목소리가 높아졌다. 영락은 고개를 절레절레 흔들면서 말했다.

"작가님은 그게 문제에요. 뭐든지 돈, 돈, 돈! 돈 때문이었으면 굳이 이렇게 모시고 오지도 않았어요. 그냥 달라고 했어도 주셨을 거 아닙니까?"

"그럼⋯ 원하는 게 뭐야?"

내 목소리가 떨렸고, 영락은 피식 웃었다. 그리고 그 순간 인경이 울음을 터트렸다.

"우리 인경이, 잘 시간이 됐구나. 작가님도 피곤하시죠? 그럼 주무시고 본격적인 얘기는 내일 다시 나누시죠. 작가님께서 회의 할 때 그러셨잖아요. 한꺼번에 너무 많은 정보를 흘리면 안 된다고 요. 양파 껍질 벗기듯이 한 꺼풀, 한 꺼풀. 그래야 서스펜스가 고조 된다고요."

영락이 빙긋 웃고는 방문 쪽으로 몸을 돌린 뒤 걸어 나가는데,

"영락아, 잠깐만…."

철커덩! 영락을 부르며 몸을 일으키다가 족쇄 때문에 다시 한 번 바닥에 벌렁 자빠졌다. 제정신이 아니다 보니 족쇄를 차고 있다 는 것도 깜박한 것이다.

"아차, 이걸 깜박했네요."

영락은 1.5리터짜리 빈 페트병을 들고 와 내 허리춤 위치에 놓았 다.

"불편하시겠지만 익숙해지셔야 될 겁니다. 잠은 큰대자로 주무 시면 되고요. 모로 자거나, 엎드려 자는 게 버릇이시면 좀 불편하 실 수도 있겠네요. 오줌은 거기 페트병에 누시면 되고요. 조준 잘 하실 수 있죠? 똥은…, 오늘은 일단 참으시죠. 참고로, 여기는 개 인 사유지 별장이라 근처에 사람이 없습니다. 게다가 방음이 완벽 하게 되는 이중창이니까 괜한 생각하지 마시고요. 마취약과 재갈 을 또 원하시는 건 아니겠죠?"

할 말을 마치고는 방을 나가는 영락에게 절박하게 소리쳤다.

"영락아! 너 인마, 네가 지금 무슨 짓을 하는 건지 알아? 너 인마

이거 바로 구속이야! 납치, 감금! 무기징역이라고! 지금이라도 풀어줘. 없던 일로 해줄게. 진짜야, 약속한다고, 인마!"

영락은 문가에 서서 담담한 표정으로 말했다.

"지양이를 화장하면서 맹세했습니다. 작가님에게 당한 그대로 되돌려주겠다고."

"뭐어…? 그게… 무슨 말이야?"

당한 그대로 되돌려주겠다니.

영락은 더 이상의 말 없이 방문을 닫고 나갔다. 문에는 아파트 현관에 어울릴 법한 도어록 장치가 부착되어 있어서, 닫히고 난 뒤 1, 2초 후 디리링—하는 경쾌한 기계음이 들렸다.

"영락아! 일루 와, 인마! 영락아! 영락아!"

닫힌 문을 향해 소리쳤다. 하지만 아무 대꾸도 없었다.

"일루 오라고 이 새끼야! 조영락! 조영락! 조영락, 이 미친 새끼야! 일루 오란 말이야!"

목소리가 갈라질 때까지 계속 소리쳐 봤지만 닫힌 문은 다시 열리지 않았다.

가만히 있을 수가 없었다. 발악하듯이 사지를 흔들어 대며 족쇄를 있는 힘껏 당겨 보았다. 철그렁, 철그렁! 쇳소리가 방 안에 울려 퍼졌다. 그러나 달라질 건 없었다. 족쇄 밑의 손목, 발목 피부가 찢어져 피로 물들었다는 것 말고는. 족쇄와 쇠사슬, 쇠사슬과 원형 철판, 그리고 원형 철판과 콘크리트 바닥. 사지(四肢)를 구속하기 위해 이어진 모든 것들이 더할 나위 없이 견고했다. 힘으로 더 어떻게 해볼 엄두가 안 날 정도로 말이다.

한적한 공간을 찾아서 방바닥에 이런 구속 장치를 해 놓은 걸 보면 영락이 저놈은 나를 납치할 계획을 이미 오래전부터 치밀하게 준비했던 것이 틀림없다.

씨발…. 저 개새끼…. 욕이 쉴 없이 나왔다. 거친 숨을 몰아쉬며 방 안을 둘러보았다. 방은 내 작업실 서재 정도의 크기였으며, 내부는 튀지 않는 벽지에 대학생들이 엠티로 올 법한 평범한 콘도식 인테리어를 하고 있었다. 방바닥이 장판을 깔지 않은 콘크리트 재질이라는 게 유일하게 특이한 점이었다. 별다른 가구나 물건은 없었다. 방 한쪽 구석에 다리가 접히는 앉은뱅이책상이 벽에 기댄 채 세워져 있다는 거 말고는. 납치된 장소가 영화에서 흔히 보던 눅눅하고 삭막한 지하실이나 창고가 아니라 너무나 일상적인 공간이라는 것이 사뭇 더 섬뜩하게 다가왔다.

누워 있는 바로 위, 나방이 죽어 있던 천장 형광 램프 바로 옆에 까만색 반원 형태의 기구가 부착된 것을 발견했다. CCTV 카메라였다. 영락이 놈은 내가 혼자 욕하고 발악하는 모습을 다 지켜보고 있었던 것이다. 녀석은 지금 어떤 표정으로 모니터를 보고 있을까? 좀 전의 내 모습을 보며 깔깔대다가 의자에서 굴러떨어졌을지도 모른다. 아니면 들어가서 마취 주사를 또 한 방 놔야 되는 것 아닌가 진지하게 생각했는지도.

나는 CCTV 카메라의 렌즈를 응시했다. 영락이 놈과 눈을 맞추고 있는 기분이었다. 나도 모르는 사이 최대한 '절실한' 표정을

짓고 있었다. 영락아⋯. 우리 좋았잖아, 인마⋯. 이러지 마⋯. 맘
속으로 이렇게 말하면서.

　이건 비굴이 아니라 본능이다.

Day 2

자고 있는데 강렬한 햇빛이 쏟아져 들어와 눈을 뜨게 됐다. 영락이 창문을 가리고 있던 암막 커튼을 확 열어젖혔던 것이다. 납치된 이후 처음 접하는 햇빛인지라 찌릿한 고통을 느낄 정도로 눈이 부셨다.

"혹시 꿈인가 싶으셨나요? 꿈이라 하더라도 끝나려면 아직 멀었어요."

영락은 창문 앞에 서서 쏟아지는 햇빛을 맞으며 말했다.

눈이 명순응을 한 뒤 자세히 보니 창밖으로 눈 덮인 산세 풍경이 보였다. 그렇다면 여긴 산기슭 어디쯤 위치한 개인 별장 정도 되는 것인가. 주변에 인적이 드물다는 녀석의 말은 사실인 것 같았다.

영락이 다가와 내 왼쪽 손목 쇠사슬과 연결되어 있는 원형 철판 위치에 쭈그려 앉았다. 자세히 보니 철판 중심에 손잡이처럼 생긴 크랭크가 달려 있었고, 영락이 그 크랭크를 돌리자 왼쪽 손목에 연결된 쇠사슬이 느슨해지는 느낌이 들었다. 영락은 오른 손목, 오른발, 왼발, 시계 방향 순으로 위치를 옮겨가며 내 사지의 족쇄

를 약 50센티미터 정도씩 더 길게 풀어주었다. 약 5센티미터 정도
되는 원형 철판의 두께 안으로 여분의 쇠사슬이 더 감겨 있었던
것이다.

정확히 양반 다리를 하고 앉을 수 있는 정도의 길이였다. 한참
동안 누워만 있다가 몸을 일으켰더니 온몸에서 우두둑우두둑 소리
가 났다.

영락은 한쪽 구석에 놓여 있던 앉은뱅이책상을 들어 책상 다리
를 쫙쫙 펴더니 내 앞에 내려놓았다.

"와! 뭐 드신 것도 없는데 많이도 싸셨네."

영락은 내가 오줌을 싸놓은 1.5리터 페트병을 들고 방 밖으로
나갔다. 닫힌 문 너머로 쿵쾅쿵쾅 계단을 내려가는 발소리가 들렸
다. 계단 개수와 이동 시간으로 얼추 짐작해봤을 때 이 방은 2층
같았다.

잠시 후 영락이 다시 방으로 돌아왔을 땐 학교 식당에서나 사용
할 법한 스테인리스 식판을 들고 있었다. 식판의 밥과 국에서 김이
올라왔다.

"작가님 밑에 있으면서 요리 실력만 는 거 같아요."

영락이 앉은뱅이책상 위에 식판을 내려놓는 순간, 내가 그의
손목을 부여잡았다.

"영락아, 이러지 마. 너 착한 놈이잖아."

나는 애원하듯 말했다.

"왜 이러십니까. 이러라고 줄 풀어드린 거 아닙니다."

영락은 내 손을 뿌리치더니 내 손이 닿았던 손목 부위를 신경질적으로 상의에 슥슥 닦아 냈다. 마치 전염병 환자와 접촉이라도 한 것처럼 불쾌한 기색이 역력했다.

"작가님께서 그러셨잖아요. 캐릭터에는 변화가 있어야 된다. 처음부터 끝까지 변화 없는 캐릭터는 죽어있는 거다. 어때요, 캐릭터에 변화 주니까? 이 새끼는 순해서 사람 죽이는 씬 하나 변변찮게 못 쓴다고 욕 많이 하셨잖아요."

"그래…. 내가 서운하게 한 적 많았지? 허구한 날 글 때려치우라는 소리나 하고. 구박하고. 응? 근데 너 이거 진짜 알아야 돼. 그거 다 너 열심히 쓰게 하려고, 더 열심히 쓰게 하려고 한 거야! 너 자극시키려고, 인마… 진짜라니까…."

영락은 따분한 표정을 지었다.

"영락아. 그냥 편하게 얘기하자, 응? 원하는 게 돈이야? 얼마가 필요한데? 얘기해. 원하는 대로 다 줄게. 얼마면 되겠니?"

"씨발 진짜…."

영락은 도저히 못 들어주겠는지 버럭 소리를 질렀다.

"돈 때문에 이러는 거 아니라고 몇 번을 말해야 돼!"

놀라서 순간적으로 움찔했다. 영락이 화내는 모습을, 이렇게 소리를 지르는 모습을 전에는 본 적이 없었다. 영락은 잠시 숨을 고르며 흥분을 가라앉혔다.

"그래요. 정확히 말씀드리죠. 돈 '하나' 때문에 이러는 건 아니에요. 진짜 원하는 걸 말씀드리겠다고요. 그니까 일단 식사부터 하시라니까요. 예?"

영락의 말에는 거부할 수 없는 위압감이 있었다.

식판을 내려다보았다. 흰 쌀밥, 멸치, 김치, 소시지, 된장국. 나와 지양, 그리고 영락이 함께 숙식하며 글 작업하던 때가 생각났다. 그때 이런 반찬에다가 밥을 먹고는 했다. 여기에 고기나 생선, 김 등의 반찬이 더 들어갔다. 배달 음식이 물리고, 조미료가 첨가되지 않은 말 그대로의 가정식 백반이 간절해지는 때가 오면 영락이나 지양이, 혹은 둘이 같이 장을 봐와서 음식을 해 먹고는 했다. 깔깔 호호하며 요리를 하고, 와인을 곁들여서 식사를 하던 그때가 아련했다. 그러고 보니 영락의 글을 칭찬한 기억은 거의 없는데, 음식 솜씨만큼은 자주 칭찬했던 것 같다.

막상 음식을 보니 처한 상황과 어울리지 않게 배에서 꼬르륵 소리가 났다. 그 소리를 들은 영락은 피식 웃으며 말했다.

"제가 차려드리는 밥 좋아하셨잖아요. 드세요. 어제부터 굶으셨는데."

나는 눈치를 보다가 수저를 들었다. 영락은 나를 물끄러미 지켜보았다. 영락의 시선이 불편했다. 시선의 폭력. 타인을 바라보는 것만으로도 때로는 폭력이 된다. 먹고 싸는 본능적인 행위일 경우에는 더더욱. 상대방의 모든 생리적인 활동까지도 자신의 통제 속에 있다는 것을 암묵적으로 드러내며 그 사실을 몸으로 체감케 하는 것이다. 마치 능숙한 고문 기술자들이 행하는 첫 번째 단계처럼. 나 역시 한 끼의 식사를 앞에 두고서 영락에게 그와 같은 수치

심과 공포를 동시에 느끼고 있었다.

하지만 아이러니하게도 입 안에서는 침이 사정없이 뿜어져 나왔고, 도저히 먹지 않고는 배길 수 없었다. 흰 쌀밥을 한 숟갈 떠서 입에 넣었다. 그런데 이게 웬걸! 쌀알들이 혀에 닿자마자 그대로 살살 녹는 느낌이었다. 좀 전에 느꼈던 수치심이고 공포고 개뿔 다 필요 없고, 어떻게 쌀밥이 이렇게 아이스크림처럼 달고 맛있을 수가 있단 말인가! 태어나서 이렇게 맛난 밥상을 받아본 적이 있던가!

말 그대로 게 눈 감추듯 식판을 순식간에 다 비웠다. 쌀 한 톨, 국물 한 방울 남김없이. 너무 급하게 먹어 체하는 게 아닌가 싶을 정도였다. 물을 벌컥벌컥 마시고 나서야 막혀있던 수도관이 뚫리는 것처럼 꺼억, 하고 커다란 소리로 트림이 나왔다. 지켜보던 영락은 미소를 머금었다. 영락은 마치 동물 주인 같았다. 그거 왜 있잖나. 사육 중인 개돼지가 여물을 맛나게 먹어댈 때 흐뭇한 표정으로 지켜보는, 그런 동물 주인.

"다 드셨으면 담배 한 대 드릴까요?"

영락은 던힐 블루 한 개비를 내 앞으로 내밀었다. 던힐 블루. 내가 피우는 담배다. 영락이 회의 도중 종종 심부름으로 사 오고는 했던. 영락이 이놈은 담배를 피우지 않는다. 나를 위해 준비한 것이다. 담배를 내민 채 미소 짓고 있는 놈의 얼굴은 '내가 당신을 이렇게까지 생각하고 있다'고 말하는 듯했다.

필터를 입에 물자, 영락이 라이터로 불을 붙여주었다. 깊게 빨아 들였다. 허파 안에 연기가 가득 찼다. 오랜만에 피워서 그런지 어지러웠다.

"이제 좀 대화를 나눌 수 있을 것 같군요."

담배가 필터까지 타들어 갈 때 즈음 영락이 입을 열었다.

"제가 작가님한테 원하는 건 간단합니다. 그냥 평상시에 하시는 일을 여기서 하시는 겁니다."

평상시에 하는 일…을? 여기서… 하라니? 도대체 무슨 소리를 하는 거야…?

영락은 내 반응을 예상했다는 듯 부연 설명을 했다.

"여기서 '시나리오'를 쓰시면 된다, 이겁니다. 작업에 필요한 모든 게 다 준비되어 있습니다. 작가님이 쓰시던 기종과 동일한 노트북, 던힐 블루, 좋아하시는 에티오피아 예가체프 원두커피, 그리고 마일스 데이비스의 '비치스 브루' 시디까지!"

영락은 홈쇼핑 채널의 쇼호스트라도 된 양 들떠 있었다. 깜짝 놀랄만한 구성! 더 이상의 조건은 없습니다! 지금 바로 시나리오를 쓰세요! 이어서 이런 말을 내뱉을 것처럼. 반면에 나는 영락의 경쾌함과는 반대로 왠지 모를 불길함이 내 안에서 점점 커지고 있었다.

"여기서 시나리오를 쓰라니…. 그게 무슨 소리야?"

최대한 녀석의 심기를 건드리지 않기 위해 조곤조곤 물었다.

"어제 말씀드렸잖아요. 당한 그대로 돌려 드린다고요. 이번에는 작가님께서 제 코멘트를 들으면서 한 번 써보는 겁니다. 혹시 압니까? 더 나을지. 매일매일 작가님이 쓰신 분량을 제가 체크해서 수정할 부분을 말씀드릴 겁니다. 그렇게 해서 책이 완성되는 순간 작가님은 자유입니다. 하지만 책이 완성되기 전까지는 이곳에서 단 한 발자국도 나가실 수 없습니다. 늘 저희에게 했던 말처럼 돈 되는 시나리오를 쓰셔야 됩니다. 그래요, 돈. 중요합니다. 그래야 우리 인경이 분유 값도 생기는 거니까요. 애 키우다 보니까 돈 들어갈 일이 태반이더라고요.”

녀석은 벌써 책이 완성이라도 된 것처럼 만족스러운 미소를 짓고 있었다.

“전에 저와 지양이가 함께 쓴 책에 작가님 이름만 떡하니 붙었던 것처럼 책 표지에는 이렇게 적힐 겁니다. 작가 조, 영, 락! 크으… 근사하지 않습니까? 저는 그 책을 팔아서 인생을 새롭게 시작할 거고요!”

영락은 시상식에서 각본상이라도 받은 사람처럼 감격한 얼굴이었다. 그리고 곧이어 내 귀를 의심케 하는 말이 흘러나왔다.

“아! 한 명 더 있더군요. 우리처럼 억울한 친구가. 아니, 억울하다는 표현으로는 부족하겠네요. 너무나 안쓰럽고, 너무나 불쌍한 친구…. 김, 영, 회.”

영락은 A4 출력물 한 뭉치를 앉은뱅이책상 위로 던졌다. 출력물 겉장에는 〈안단테 칸타빌레〉라는 제목에 두 줄이 죽죽 그어져 있고, 그 아래에 연필로 〈백야〉라고 적혀 있었다. 그것은 물론 나의 필체였다.

눈앞이 아찔했다. 도대체 이게 어떻게 저놈한테….

"기억나시죠? 제가 지양이의 물건을 대신 가지러 간 날. 지금은 작가님의 사모님이 되신 분과 처음으로 인사를 나눴죠, 그때. 서재에서 지양이의 물건들을 챙기다가 보게 됐어요. 지양이가 작가님께 빌려드렸다던 길리언 플린의 책 옆에 놓여 있었어요. 죄송합니다, 몰래 가지고 나와서. 하지만, 제가 그것을 가지고 나왔기 때문에 작가님께서는 죄에 대한 대가를 치를 수 있게 된 겁니다. 그동안 얼마나 불안하셨겠어요? 악몽에 시달리며 발도 못 뻗고 주무셨을 거 아닙니까. 제가 장담할게요. 이번 프로젝트가 끝나고 나면 앞으로 편안히 주무시게 될 겁니다. 〈백야〉만큼, 아니 〈안단테 칸타빌레〉만큼 근사한 책을 써주시리라 믿습니다. 아니 써 주셔야만 합니다. 그렇지 않으면 여기서 나가실 수 없으니까요."

놈의 한 마디 한 마디가 비수처럼 꽂혔다.

"도대체… 뭘…, 뭘… 쓰라는 거냐?"

"좋은 질문입니다. 제일 어렵고도 힘든 게 언제나 아이템 선정 아니겠습니까? 신속한 작업을 위해 제가 결정해놨습니다. 내용은 이런 겁니다. 슬럼프에 빠진 작가가 다른 작가를 죽이고 그의 책을 훔친다!"

영락은 손가락으로 한 글자마다 셈을 하며 다시 한 번 말했다.

"슬.럼.프.에.빠.진.작.가.가.다.른.작.가.를.죽.이.고.그.의.책. 을.훔.친.다. 어? 이런…. 스물네 자네. 아이참, 스무 자 넘으면 안 되는데. 작가님께서 스무 자로 요약 안 되는 아이템은 할 필요도 없다고 하셨는데. 그죠? 네 글자 어디서 줄이지?"

영락은 잠시 생각하더니 환한 표정으로 소리쳤다.

"아! 이렇게 하면 되겠네요!"

다시 한 번 한 글자마다 손가락을 접으며 말했다.

"슬, 럼, 프, 에, 빠, 진, 작, 가, 가, 살, 인, 을, 하, 고, 원, 작, 을, 훔, 친, 다!"

영락은 대단한 발견이라도 한 듯 좋아서 어쩔 줄을 몰라 했다.

"됐죠? 딱 스무 자! 완벽하네요! 그죠? 자…, 그러니까, 장르는 스릴러인데 그렇다고 전형적인 스릴러는 아니고…, 범죄 소설 같기도 하면서…. 이렇게 얘기하면 이해가 좀 쉬울까요? 〈아마데우스〉처럼 창작자의 고뇌, 시기, 질투 그리고 살인이 있는 이야기! 거기에다 〈태양은 가득히〉의 리플리처럼 남의 인생을 자신의 것으로 만들기 위해 고군분투하는 캐릭터! 와우, 캐릭터 예술이야. 대충 감 오시죠? 제목은 〈도둑맞은 책〉! 제목도 근사하네. 에드거 앨런 포의 〈도둑맞은 편지〉 좀 따라 하긴 했는데 그 정도야 뭐 상관없잖아요? 그죠? 작가님 본인 얘기니까 쓰는데 어렵지는 않을 거예요. 빠르면 한 달도 안 걸릴 거 같은데. 한 달이 뭐야. 보름? 보름도 가능하지 않나요? 아닌가요? 말씀 좀 해보세요."

영락의 독백 같은 말이 다 끝났을 때는 이미 나의 온몸에 소름이 돋아 있었다.

"너… 미쳤구나…."

영락은 나의 이런 반응까지 다 계산하고 있었다. 들떠 있던 호흡을 가다듬고는 말했다.

"그럼 제자의 작품을 훔치고, 제자의 와이프도 훔치고, 제자를 임신시키고 내팽개친…. 그런 작가님은 제정신이라고 생각합니까?"

녀석의 눈빛은 흔들림 없이 단호했고, 음성은 지나칠 정도로 차분하고 나직했다. 녀석의 말에 그 어떤 토도 달 수 없었다. 어쩌면 정말 영락보다 내가 더 미친놈일지도 모른다는 생각마저 들었다.

"쓰는 겁니다. 작가님의 막장 스토리를. 세상이 막장이라, 이 얘기는 먹힌다고요."

"……"

"자, 그럼 시작해볼까요. 우리는 시간이 많지 않으니까요. 일단은…."

영락은 책상 위에 노트북을 세팅하고는 전원을 켰다. 부팅을 알리는 멜로디와 함께 윈도 로고가 화면에 떴다.

"그리고 담배, 커피…."

영락은 던힐과 예가체프 커피 한 잔을 종종걸음으로 차례차례 가져와 책상 위에 놓았다.

"그리고 더 필요한 게 있으시면 언제든 이 벨을 누르시면 됩니다."

영락은 싱긋 웃으며 식당에서 사용하는 반구 형태의 무선 차임벨을 앉은뱅이책상 모서리 끝에 올려놓았다.

"자리를 비켜드리는 게 낫겠죠? 지켜보고 있으면 아무래도 불편하실 테니. 그럼 작업 잘 하시고요, 다음 끼니때 들어오겠습니다."

영락이 방 밖으로 나갔다. 나는 한참 동안 멍하니 앉아 있었다.

노트북 액정 화면에서는 한글 프로그램이 구동 중이다. 빈 문서 화면에 커서가 점멸하고 있다. 한동안 그 커서만을 바라보았다. 커서는 깜박, 깜박, 깜박. 나는 눈을 끔벅, 끔벅, 끔벅.

마치 최면에 걸려 4차원의 세계로 온 것만 같다. 3차원의 현실 세계로 돌아가기 위해서는 시나리오를 써야 한다. 젠장, 이 무슨 망측한 설정인가. 지금 이 상황에서 시나리오를 써대는 놈이 있다면 그놈 역시 제정신이 아닌 놈일 것이다.

퍼뜩 무언가 떠올라 노트북 창의 문서 화면을 접고 바탕 화면을 살폈다. 있었다. 인터넷 익스플로러 아이콘! 곧바로 더블 클릭. 잠시 후 새 윈도 창이 열렸다. 그리고 그 창엔 'Internet Explorer에서 웹 페이지를 표시할 수 없습니다'라는 문구가 떴다. 제길! 그럼 그렇지. 이걸 바랐던 내가 멍청한 놈이지.

망연자실 앉아있다 보니 자연스레 내 새끼, 내 마누라 생각이 절로 났다. 기저귀 알레르기로 생긴 물집은 좀 나아졌으려나…. 아 참, 이름을 빨리 지어야 출생신고를 할 텐데…. 내 아내 장보윤은 지금 어디서 뭘 하고 있을까…. 나에 대한 화는 풀렸을까…. 내가 납치당한 것을 알고 있을까…. 나를 찾고는 있을까…. 경찰에는 신고했을까…. 형사 놈이 정남훈 살인 사건 조사를 위해 경찰서로 오라고 했는데…. 설마 안 갔다고 실종이 아니라 도주로 생각하는 건 아니겠지…. 여기서 도망쳐 나갈 수는 있을까…. 만약 나가게 되더라도 여기서 있었던 일을 도대체 어떻게 설명할 수 있단 말인가…. 그랬다간 꽁꽁 숨겨왔던 모든 일이 다 파헤쳐지는 데…. 복잡하게 뒤얽혀 있는 이 플롯을 해피엔딩으로 마무리하려면 어떻게 해야 하지…. 신이 작가에게 단 한 번의 '데우스 엑스 마키나'를 활용할 수 있는 기회를 주신다면, 그런 자비를 베푸신다면 나는 그것을 지금, 바로, 이 순간에 쓰고 싶단 말이다….

온갖 잡생각으로 머리가 뒤죽박죽된 채 나도 모르게 잠들어 버렸다. 노트북 자판에 머리를 박은 채로 말이다. 자면서 머리를 이리저리 뒤척였는지 새 시나리오의 첫 페이지, 첫 문단은 이렇게 시작했다.

ㄹ ㅜㅂ몬ㅁㅁㅁㅁㅁㅁㅁㅁㅁㅁㄴㄴㄴㄴㄴㄴㄴㅁㅁㅇㄴㄴ개쇼
2398ㄱ롬ㅇㄷㄹㅊㅇ마ㅣㄹ ㅗㅁ녕ㅅㄱㅇㅇㅇㅇㅇㅇㅇㅇㅇㅇ아
ㅓㅗ로ㅗㅗㅗㅗㅗㅗㅗㅗㅗㅗㅇㅗㅗㅗㅗㅗㅗㅗㅗㅗㅗ
ㅗㅗㅓㅓㅓㅓㅓㅓㅓㅓㅈ개 홋ㄷㅁㅂ루ㅑㅛ럷ㅈㄷㅁ베구 로ㅕㅑ
ㅈ4ㅂㅁ3ㄴㅇ ㅁ래ㅓㅈㅡㅁ[셔ㅓ'[43ㅓㅔ새ㅜㅛ ㅗㅁㄷㄹ거차ㅜ
며ㅑ뵤ㅠㅂ34ㅑ셔ㅣㅗㅜㅍ4ㅈㅇ ㅎㄻㅂㄱ댜핸ㅅ혀9[34ㄹㄹㄹ
아루ㅜ흐,ㅐㅗ;ㅑㅂㅈㄷㄱ러ㅐㄱ셔3ㅂ4뒜려ㅗㄷ거ㅜㅍㄹㄴ옾

영락은 시나리오가 이렇게 시작하는 것에 대해 못마땅해했다. 아주 극렬하게.

Day 3

나는 다시 큰대자로 눕게 되었다. 처음 이곳에서 눈을 떴을 때처럼.

정확히 말하면 그 자세로 '눕혀진' 것이다. 내가 자고 있는 사이에 영락은 늘려 주었던 족쇄 길이를 원위치로 되돌려놓았다. 끼익, 끼익 대는 쇠사슬 감기는 소리, 그리고 그 소리에 맞춰 손목이 당겨지는 것을 느끼면서 잠에서 깨어났다. 영락은 내 몸에 연결된 네 개의 쇠사슬 전부를 최대한 타이트하게 줄인 뒤, 앉은뱅이책상 위에 놓인 노트북 화면을 쳐다보았다. 그리고는 한숨을 내쉬었다.

"답답하네요. 충분히 시간을 드렸다고 생각하는데, 한 줄은커녕 한 글자도 적혀 있지 않다니요. 작가님께서는 지금 상황을 제대로 파악하지 못하고 있는 것 같네요. 우리는 지금 룰루랄라 엠티 온 게 아니라고요. 실망이에요. 저는 나름 작가님에게 예우를 갖췄다고 생각했는데. 이런 식으로 나오시면 곤란하죠. 말씀드렸잖아요. 이곳에 오래 있을 수가 없다고."

영락은 허리를 숙이더니 바닥에 놓여 있던 나무 자루를 들어 올렸다. 바닥에 누워있어 전체를 볼 수가 없었던지라 그것이 공사판에서 쓰는 슬레지해머, 속칭 '오함마'인 것은 몇 초 후에야 알 수 있었다. 꽤 무게가 나가는지 영락은 오함마 머리를 바닥에 질질 끌고 내 하체 쪽으로 이동했다.

"영락아, 잠깐만…. 영락아, 영락아!"

나는 본능적으로 그리고 필사적으로 팔다리를 휘저었고, 그로 인해 쇠사슬이 철그렁거리는 소리가 방 안을 가득 채웠다.

"이렇게까지는 하고 싶지 않았는데 말이죠."

영락은 안타까운 표정으로 나의 정강이 쪽을 내려다보았다. 그리고는 대장장이가 시뻘겋게 달궈진 쇳덩이를 향해 그러는 것처럼 두 손으로 해머를 들어 올렸다.

"영락아! 잠깐만! 잠깐만! 내가 잘못했…."

내 말이 끝나기도 전에 해머가 왼발등 위로 떨어졌고, 나는 살아생전 처음이자 마지막일지도 모를 가장 큰 목소리로 비명을 질러댔다. 내가 발악을 해서인지 해머 머리는 살짝 비켜나가 넷째와 새끼발가락 위로 떨어졌다.

"가만히 계세요, 가만히. 한 번 맞을 거 두 번 맞잖아요."

"영락아… 제발… 제발…."

내 눈에서는 눈물이 줄줄 흘러내렸다.

영락은 다시 한 번 해머를 들어 올렸다. 해머 머리가 최고점에 머무르고 있는 그 짧은 순간, 영락은 활시위를 당기고 있는 양궁선수처럼 신중한 얼굴을 하다가 중력에 몸을 맡기며 해머를 힘차

게 내리꽂았다.

으아아아아아악!

비명이 또다시 방 안을 한껏 채웠다. 이번에는 발등 위로 제대로 떨어진 모양이다. 해머 머리가 발등에 닿는 순간 몸 안에서는 와장창 뼈가 산산조각 나는 소리가 들렸다. 정말로 와장창, 유리창 깨지는 소리와 흡사했다.

"오케이. 왼발은 됐고⋯."

영락은 심호흡을 하고는 시선을 오른발로 옮겼다.

"자, 또 갑니다."

엇차! 하는 기합과 함께 또다시 해머를 공중으로 들어 올렸다. 해머가 아래로 떨어지기 전 그의 입가에는 언뜻 미소가 스쳤다.

"영락아⋯ 제발⋯."

소용없다는 것을 알면서도 계속 영락의 이름을 불러댔다. 얼굴은 순식간에 온통 눈물범벅이 됐다. 해머가 떨어지는 순간 젖은 눈을 질끈 감았다.

쾅!

해머 머리가 오른발의 바로 옆 바닥 위로 떨어졌다. 방구들이 요란한 소리와 함께 먼지를 일으켰다.

아⋯! 하나님, 제발 용서해주세요⋯. 다시는 그러지 않겠습니다, 다시는⋯. 그 짧은 순간에 나는 하나님을 찾고 있었다. 생전 교회 근처에는 얼씬도 하지 않던 내가. 그런데, 지금의 이 헛방은 실수인 것일까, 아니면 의도한 것일까. 질끈 감았던 눈을 슬며시 떴다. 영락이 나를 내려다보고 있었다.

"또 이런 일이 있으면, 그땐 평생 휠체어 신세 질 각오하십시오."

영락은 인심 쓰듯 말했고, 나는 어린아이처럼 꺽꺽 울어대면서 간신히 대답했다.

"으헝헝헝…. 알았어…. 흑흑…. 영락아, 고마워…. 다신 흑흑 흑…. 안 그럴게…. 흑흑흑…. 진짜…."

영락은 오리걸음으로 내 사지를 돌며 다시 앉을 수 있을 정도로 족쇄를 풀어주었다. 족쇄를 풀기 위해 크랭크를 돌리며 이런 말들을 했다.

"늘 말씀하셨잖아요. 글이란 영감이 찾아올 때까지 기다렸다가 쓰는 것이 아니다! 의무감과 압박감 속에서 치열하게 영감을 쫓아가며 써야 하는 것이다! 썰렁한 농담도 하시고 그랬잖아요? 영감님 늙으셔서 자주 안 나오신다고. 크크큭. 이게 들을 때는 안 웃기는데 말하니까 웃기네요. 말씀은 청산유수로 하시는 분이 정작 본인은 왜 그렇게 안 하시는 겁니까? 예? 꼭 이렇게 절박한 상황을 만들어 드려야 되겠냐고요? 말씀드린 것처럼 작가님 글발 올라올 때까지 기다릴 여유가 없어요. 저는요, 진척이 느리면 과감히 접을 겁니다. 작가님이 그러셨던 것처럼. 그리고 책을 접는 순간, 작가님은 저에게 무의미한 존재가 된다는 거 명심하세요. 그럼 이따 끼니때 뵙죠."

영락은 오함마를 어깨에 걸쳐 들고는 문 쪽으로 걸어갔다. 그러다가 뭔가 떠올랐는지 걸음을 멈추고는,

"아! 작가님 이거 어때요?"

하고 환한 얼굴로 돌아보며 말했다.

"오프닝을 말이에요, 여기서 시작하는 거예요. 이 방에서. 어디 인지 알 수 없는 밀폐된 공간에서 노트북을 마주하고 앉아 있는 거죠. 헝클어진 채 엉겨 붙은 머리, 깎지 않아 막 자란 수염, 볼썽사 나운 몰골의 주인공! 딱 지금 작가님처럼 말이에요. 노트북에서는 커서가 깜박, 깜박, 깜박! 주인공의 충혈된 눈도 끔벅, 끔벅, 끔벅! 클로즈업으로 보여지는 거죠! 일종의 플래시 포워드˚로 말이에 요! 어때요? 괜찮죠?"

영락은 대단히 만족스러운 듯 흡족한 미소와 함께 '오…! 훌륭 해, 훌륭해' 하며 혼잣말로 몇 번 더 되뇌고는 문을 닫고 나갔다.

영락이 나가고 난 뒤에도 나는 한참 동안 큰대자로 누워있었다. 나의 왼발은 피부가 찢어지지 않고 버틸 수 있을까 싶을 정도로 사정없이 부풀어 올랐다. 짓이겨진 발의 신경이 척수에도 영향을 미치는 건지 내 의사와 상관없이 전기가 닿은 개구리처럼 몇 차례 왼쪽 다리에 부들부들 경련이 일었다. 꺽꺽대던 울음은 멈추었다. 하지만 눈물은 소리 없이 계속 흘러내렸고, 어느새 뒷머리가 흥건 할 정도로 흠뻑 젖었다.

눈물이 다 소진되고 젖었던 얼굴이 마를 즈음 내 머릿속에 더 이상의 잡생각은 없었다. 양 팔꿈치에 체중을 실으며 몸을 일으켰

---

* flash-forward. 미래 장면을 현재 시점에 삽입하는 기법, 또는 그런 장면.

다. 몸을 움직일 때마다 왼발 신경에서부터 정수리까지 찌릿찌릿한 고통이 타고 올라왔다. 끙끙대며 자세를 잡았다. 해머를 맞은 왼 다리는 편 채로, 오른 다리는 접은 자세로. 그리고는 앉은뱅이 책상을 다리 위로 가져와 놓았다.

노트북 액정은 어제의 화면을 그대로 띄우고 있었다. 딜리트 키를 눌러 화면을 깨끗이 만들었다.

도둑맞은 책

'가운데 정렬'로 제목이 적혔다. 시작이 반이다, 따위의 말로 나를 독려할 여유가 없다. 무조건 써야 한다. 무조건 재미있어야 한다. 재미있어야 살 수 있다. 나는 아라비안나이트의 세헤라자데와 같은 운명이 된 것이다. 적어도 세헤라자데보다는 유리한 상황이라는 것에 위안을 느낀다. 대략의 스무 자 스토리는 주어졌으므로. 그리고 그 스무 자 스토리야말로 내가 가장 실감 나게 풀어낼 수 있는 이야기이므로.

노트북 자판 위에서 손가락이 움직이기 시작했다. 타자 속도가 점점 더 빨라졌다. 호수 수면 위에 빗방울이 튀기듯 열 개의 손가락이 자판 위에서 경쾌하게 뛰놀았다.

Night 3

"거봐요! 이렇게 잘 쓰실 거면서! 오프닝도 딱 제가 원하던 느낌으로 써 주셨네요. 진행 빠르고, 대사 재밌고, 김인해 첫 등장 느낌있고! 김인해가 김영회인 거잖아요? 그죠? 특히 여기 3페이지 강의실 씬이 좋아. 주인공 유 작가와 김인해 사이에서의 그 묘한 긴장감! 로버트 타운이 아니라 윌리엄 골드먼입니다! 작가님께서는 혹시 지금 하시는 강의가 이러한 최근 트렌드를 도외시하고 있다고 생각지는 않으신지요? 크으! 이거 실제로 김영회 씨가 이렇게 말한 건가요? 아니면 작가님이 쓰신 건가요? 하여간 캐릭터 독특해. 받아치는 대사도 재미있단 말이지. 너 같은 애들이 일 년에 한두 명씩 꼭 있어. 기본도 없으면서 겉멋만 잔뜩 들어서 말이야. 소포클레스 희랍비극, 시학, 셰익스피어는 읽어보기는 했냐? 크크크. 이건 저한테도 하셨던 말이잖아요? 유 작가, 담배 연기를 인해 얼굴에 뿜어내고, 아트 할 거면 내 강의 들을 필요 없어! 아트는 혼자 하면 되는 거니까. 여기는 학교야! 기본을 배우는 곳이라고! 와우! 김인해, 강의실을 나가다 돌아보며, 저는요, 작가님 데뷔

253

작 '나는 살고 싶다' 같은 걸 쓰고 싶어서 여기 왔거든요. 상식과 문법에 얽매이지 않는 치기 어린 영화. 그것을 배우고 싶어서요. 아! 그랬구나…. 김인해는 그랬던 거군요."

영락은 〈도둑맞은 책〉의 출력물을 보며 한참을 혼자 떠들었다. 4페이지 분량의 글에서 대사 하나, 지문 하나까지 꼼꼼히 코멘트 했다.

다행이었다. 영락이 어떤 반응을 보일지 사실 좀 긴장했었다. 녀석이 침을 튀겨가면서까지 칭찬을 해주니 가슴 깊은 곳에서부터 안도의 한숨이 올라왔다. 휴, 오른발은 성하겠구나. 적어도 당분간 은.

"이제 작업에 탄력 좀 붙겠군요."

영락이 만족스러운 얼굴로 말했다.

"커피 한 잔 더 마실 수 있을까?"

"아유, 그럼요. 글만 잘 써진다면야 얼마든지. 커피 떨어지면 언제든 벨 눌러 주세요. 에티오피아산 최상급 드립 커피로다가 모시겠습니다."

"고맙다…."

영락은 씨익 웃었고, 답례하듯 나 역시 미소를 지어 보였다. 미소를 지으며 느꼈다. 내 미소가 어딘가 어색하고 경직돼있다는 것을. 그리고 입꼬리가 경련이 일듯 파르르 떨렸다는 것을. 왜 아니겠는가. 나는 그때까지만 해도 놈의 눈을 제대로 쳐다보지 못할 정도로 공포를 느끼고 있었는데.

Day 5

영락이 커튼을 열어주어 이 방에 들어와 글을 쓰기 시작한 이후 처음으로 직사광선을 느꼈다. 햇빛은 비스듬하게 방 안으로 쏟아져 들어왔고, 방 안 전체를 노르스름하게 물들였다. 형광등의 창백한 광만 접하다가 노르스름한 자연광을 접하니 마음마저 포근해진다. 피부가 광합성을 하듯 땀구멍을 있는 대로 다 열고 햇볕을 받아들이는 듯했다. 시퍼렇게 부어터진 발에도 따사로운 햇볕이 닿자 자연 치유라도 되는 것처럼 아픔이 사라졌다. 따뜻한 기운이 발을 감쌌다. 발가락을 꼼지락거렸다. 발가락 틈새로 햇빛이 지나가며 간질이는 게 기분 좋았다.

영락은 그런 나를 보며 선심 쓰듯 창문까지 열어 주었다. 이중 창문을 시원하게 활짝. 나를 믿는 건가? 내가 '사람 살려!'하고 큰 소리라도 질러대면 어떡하려고? 영락은 그런 내 속마음을 읽은 건지 '지를 테면 질러보라'는 듯 태연한 표정으로 나를 보았다. 하지만 그럴 생각은 추호도 없었다. 분명 밖에는 내 목소리를 들어줄 사람이 없을 것이다. 녀석이 위험부담을 안고서 그렇게 창문을 열어줄 리도 없거니와 이제 겨우 영락과의 관계가 안정 국면으로 접어들었는데 이를 깨고 싶지 않았다. 깨봤자 내 발등만 깨질 뿐이니까.

순식간에 외부의 차가운 공기가 방 안을 가득 채웠다. 눈을 감고 콧구멍을 있는 대로 벌렸다. 공기 내음 속에서 숲이 느껴졌다. 하얀 눈으로 덮여 있는 숲. 차가운 공기는 내 코털을 스치고 들어가 머릿속에서 한 바퀴 돈 후 기관지로, 허파로 내려갔다. 아⋯. 그 상쾌함에 나도 모르게 야릇한 신음 소리가 새어 나왔다. 희미하게 입김이 보였다. 새 지저귀는 소리가 멀리서 들려왔다.

햇빛이 창문으로 쏟아져 들어오는 시간은 채 1시간도 되지 않았다. 비스듬히 들어오던 빛의 각도가 점점 꺾이면서 바닥에 햇빛이 닿는 부분은 줄어들고 대신 검은 그림자가 길게 드리워졌다. 발을 뻗어 멀어지는 햇빛을 쫓아가 보았으나 부질없는 짓이었다. 영락은 다시 창문을 닫고 암막 커튼을 쳤다. 눈이 어둠에 적응하는 사이 형광등 불이 껌벅대며 들어왔다. 나는 노트북을 열고 〈도둑맞은 책〉 파일을 열었다.

지금까지 작성된 17신까지의 글을 정독했다. 강압과 공포 속에서 쓰기 시작한 글이기는 하나, 의외로 나쁘지 않다는 생각이 들었다. 아니 '꽤 괜찮은 스토리'라는 생각이 들었다.

슬럼프에 빠진 작가, 그가 질투한 제자, 제자의 죽음, 그의 책을 훔치고, 그의 여자를 사랑하게 되고, 비밀을 아는 누군가의 협박, 의심, 누명, 납치.

왜 진작에 이 생각을 못 했을까. 캐릭터와 구조, 스릴과 반전이
다 갖춰진 이야기가 바로 내 옆에 있었는데.

직업병일까. 이런 극한 상황에서마저 글이 써지는 쾌감을 느끼
다니. 놀라울 따름이다. 그리고 하나 더. 아주 오랜만이라는 거다.
이런 쾌감은.

Day 7

나 스스로가 놀랄 정도로 이곳에서의 생활에 빠르게 적응하고 있다.

6시 기상(내가 이 시간에 일어나게 될 줄이야). 30분간 스트레칭 (영락이 족쇄의 길이를 더 길게 늘여 주어서 쭉쭉 스트레칭을 할 수 있게 되었다. 스트레칭을 하고 나면 몸과 마음이 다 맑아지는 기분이다). 6시 반, 아침 식사(운동 후의 밥맛이 아주 그만이다). 7시, 요강 위에서 용변(여기 들어온 지 일주일 만에 지병이었던 변비가 사라졌다). 12시까지 글 작업(전에는 오전에 거의 글을 쓰지 못했다). 점심을 먹은 뒤(어제 점심에는 제육볶음이 나왔는데 정말 맛있었다) 1시까지 커피를 마시며 노트북에 있는 카드 게임 으로 머리를 잠깐 식히고(한 번씩 머리를 비워줘야 아이디어가 샘솟는 법) 다시 글 작업 재개. 오후 6시, 저녁 식사 후 영락과 하루 작업분에 대한 토의(영락의 코멘트를 몇 차례 들으며 놀랐다. 이 녀석이 이렇게 뛰어난 안목의 소유자였다니). 토의가 끝나면, 밤 10시까지 수정 작업을 하다가 수면(고맙게도 영락이 온돌에

258

불을 넣어주어 찜질방에서 자는 것처럼 개운하다. 눕자마자 잠들고 중간에 깨지도 않는, 그야말로 꿀잠을 잔다. 얼마만의 숙면인가).

공무원처럼 사는 글쟁이. 내가 항상 바랐으나, 마흔이 넘도록 실천에 옮기지 못했던 그 생활을 일주일 만에 완벽하게 해내고 있다.

족쇄를 찬 채 짐승처럼 살고 있는데 고통스럽지 않냐고? 글쎄…. 아니라고는 못하겠지만, 족쇄를 차지 않았다면 내 삶에 변화라는 게 생겼을까 싶기도 하다.

나는 이렇게 생각한다. 그 어떤 누구도(당신을 포함하여) 이와 같은 상황에 놓이게 된다면 생각 외로 잘 적응할 거라고. 어쩌면 나보다도 빨리. 쇠사슬만 아닐 뿐 뭔가에 얽매여 사는 건 다들 마찬가지니까.

Day 8

    〈도둑맞은 책〉은 이제 기승전결 중에 '기'를 지나 '승'으로 들어가고 있다. 작법 용어로 말하자면 '플롯 포인트(구성점) 1'을 통과했다는 얘기다. '플롯 포인트'의 또 다른 표현은 '터닝 포인트(전환점)'이다. 극의 흐름을 뒤흔들어 놓는 결정적 사건이 벌어지는 지점을 뜻하는 말이다. 〈도둑맞은 책〉에서는 바로 주인공 유 작가가 김인해의 죽음을 형사로부터 듣게 되는 장면일 것이다. 그 시점부터 유 작가는 김인해의 살해범으로 몰리는 동시에 김인해의 시나리오를 훔치기 위해 비열한 행동을 시작한다.

    나는 커피를 마시며 오늘의 출력물을 읽고 있는 영락의 반응을 힐끗힐끗 훔쳐보았다. 영락은 다 읽고 나서 골똘히 생각에 잠겼다. 집필을 시작한 이후로 영락의 이런 반응은 처음이다. 정적이 길어지면서 점점 바늘방석에 앉아있는 기분이었다. 초조한 나머지 '뭐가 맘에 안 드는 거냐'고 물어보려는 찰나 영락이 입을 열었다.

    "잘 쓰셨네요."

    "그, 그래?"

그런데 반응이 왜 이런 거야?

"한 가지만 빼고요. 인해가 죽던 날 밤, 작가님께서, 아니 유 작가가 비 오는 밤에 차를 몰고 가다가 검은 셰퍼드를 사고로 죽이게 되는데요. 이게 좀… 뭐랄까…. 뜬금없다고 할까요."

그래. 나도 당시에 그렇게 느꼈으니까. 하지만 그건,

"사실 그대로 쓴 거야."

영락은 내 말에 양미간을 찌푸렸다.

"사실을 따라 하는 영화는 사실보다 지루한 법이라고 하셨잖아요. 기억 안 나세요? 작가님이 말씀하신 건데. 갑자기 검정개가 등장하는 게 생뚱맞다고요. 왠지 지루한 예술 영화에나 나올 법한 상징 같고요. 작가님이 검정개를 통해서 상징하고 싶은 게 뭔데요?"

"상징이 아니라 사실이 그런 거라니…."

"그럼 검정개는 결국 아무것도 아닌 거네요. 이도 저도 아닌."

영락은 내 말을 중간에 끊으며 치고 들어왔다. 예전 같았으면 상상도 할 수 없는 행동이겠으나 지금은 상황이 다르다. 기분이 썩 유쾌하지는 않았지만, 녀석의 기분까지 그렇게 만들어서는 안 될 것이다.

"그럼…, 어떻게 했으면 좋겠는데?"

영락은 기다렸다는 듯이 입을 열었다.

"저는 말이죠, 유 작가가 김인해와 고깃집에서 다투고 헤어진 다음에 몰래 김인해를 뒤쫓아 가서 죽이는 것으로 하면 어떨까 싶네요. 보다 명확하게요."

정적이 흘렀다. 정적이 흐르는 동안 나는 영락을 뚫어지게 보았다.

"난, 죽이지 않았어."

나도 모르게 목소리에 힘이 들어갔다.

"제가 언제 작가님이 죽였다고 했습니까? 주인공 유 작가가 김인해를 죽였다 그 얘기죠. 그러면 이후 스토리에서 훨씬 긴장감도 배가되고, 유 작가 캐릭터에도 훨씬 힘이 실릴 거 같지 않으세요? 생각해보세요? 끝내주는 시나리오를 훔치고 싶은 주인공의 욕망이 살인이라는 구체적인 액션으로 보여지는 거라고요! 그래요, 시각적으로! 인물 심리가 시각적으로 표현돼야 한다고 맨날 지겹게 말씀하셨잖아요? 주인공은 중요한 순간에 어떤 식으로든 과감한 결정을 내리고 행동해야 한다고, 그래야 드라마가 강렬해진다고 귀가 따갑게 말씀하셨잖아요?"

인정하고 싶지 않지만 맞는 말이었다. 반박할 수 없을 정도로. 영락은 다시 말을 이었다.

"작가님은 그냥 고치시기만 하면 됩니다. 판단은 제가 하니까요."

*

AM 2:26. 원래대로라면 자야 할 시간이지만 계속 작업을 하고 있다. 회의 이후 아이디어가 더 떠오르기도 했고, 무엇보다 이야기를 차곡차곡 이 시점까지 끌고 오다 보니 '그 날'의 기억과 감정들이 마치 어제의 일처럼 선연하게 떠올랐기 때문이다. 잠을 떨쳐낼 정도로.

'쾌감'이라는 표현을 썼던 거 기억할 것이다. 글이 죽죽 써질 때의 쾌감 말이다. 지금은 '싱숭생숭' 상태다. 이건 무슨 말이냐면 '글이 써지기 전, 뭔가 튀어나올 것 같은 오묘한 느낌'을 말하는 것이다. 아주 오랜만에 나는 이 '삘'을 느꼈고, 그래서 그간 지켜오던 루틴을 깨면서 이 야심한 밤까지 작업을 하고 있다.

이야기는 어느새 여기까지 왔다. 유 작가는 김인해를 자신의 작가 팀에 끌어들이기 위해 홍대에서 그를 만난다. 잔뜩 술에 취한 두 사람. 하지만 유 작가의 생각처럼 김인해는 작가 팀에 들어올 생각이 없고, 초조해진 유 작가는 '공동 작가' 타이틀을 미끼로 비열한 제안을 하기에 이른다. 김인해는 오히려 이에 크게 실망하며 먼저 고깃집을 나가버린다. 거리엔 폭우가 쏟아져 내린다. 유 작가는 김인해를 쫓아가 다시 한 번 그를 붙잡는다. 기억나겠지? 이 대사들이.

"쪽 팔려요. 좆도 아닌데 세상에 내놓기 쪽 팔리다고요."

"제자들한테 술 사주고 월급 주고 작가 시켜준다니까 다들 얼씨구나 하던가요? 좋은 아이템들 가지고 오던가요? 매번 이런 식이었어요?"

"내가 말했잖아! 나 당신처럼 되고 싶어서 글쓰기 시작한 사람이

야! 근데, 왜! 환상 다 깨버리고, 지저분하게 이러는 건데! 도대체
왜!"

"난 너무 안타까웠어. 당신이 추락하는 모습을 지켜보는 게. 그
건 진짜 당신이 아니잖아? 그렇잖아?"

"당신은… 당신 영혼을 팔아서… 도대체 뭘 얻은 거지? 원하던
걸 얻었나?"

음…. 역시 다시금 떠올려보아도 도저히 들어줄 수가 없는, 살의
를 느끼기에 충분한 말들이다.

자! 유 작가에게 독설을 퍼부은 김인해는 허탈하게 웃어대며
골목 끝으로 걸어갔고, 유 작가는 치욕감에 견딜 수가 없었어. 그
리고 아래 이어지는 내용이 그 이후의 상황! 오늘 밤 막 작업한
따끈따끈한 시나리오라고!

#28   골목길 / 밤

차 와이퍼가 분주하게 쏟아지는 비를 밀어내고 있다.
유 작가, 잔뜩 상기된 얼굴로 차를 운전하고 있다.
비를 맞으며 걸어가는 인해의 뒷모습이 보인다.
액셀러레이터를 밟아 속도를 높이는 유 작가.

뒤돌아보고는 놀라는 인해.
하지만 피할 새도 없이 차에 쾅! 부딪히고는 공중에 붕 떴다가
떨어진다.
바닥에 쓰러진 채 신음하는 인해.
유 작가, 차에서 내려 주변을 살핀다.
쏟아지는 빗줄기뿐 골목에는 아무도 없다.
인해의 머리에서 흘러나온 피가 바닥의 빗물과 섞인다.
유 작가는 차 트렁크의 골프가방에서 드라이버 채를 꺼내 들
고 인해 앞에 선다.

인해   **작가님 ….**

인해는 애원의 눈빛을 보내지만,
유 작가는 아랑곳하지 않고 골프채를 휘두르며 인해의 두상
을 강타한다.

유작가   **(계속 휘두르며) 개새끼! 네가 뭔데, 네가 뭔데 나를
          가르치려 들어!**

정신을 잃은 인해를 분이 풀릴 때까지 가격하는 유 작가.
유 작가는 숨을 가다듬으며 주변을 둘러본다.
인해의 다리를 잡고 질질 끌고 가 공사 현장 천막 안으로 던져
넣는다.
유 작가가 차에 오른다. 출발하는 차.
유 작가의 차가 골목 저편으로 멀어진다.
아무 일 없었던 것처럼.

신기했다. 막상 쓰기 시작하자 디테일한 부분까지 생생하게 떠올랐다. 을씨년스럽던 골목길, 내 얼굴을 타고 흘러내리던 빗물, 빗물인지 눈물인지 모르게 잔뜩 젖어있던 김영회의 눈망울, 머리를 후려칠 때의 그 알싸한 손맛까지! 정말 내가 그렇게 김영회를 죽였던 것은 아닐까 착각이 들 정도였다.

던힐 한 개비를 꺼내 불을 붙였다. 한 모금 깊게 빨아 폐 깊숙이 연기를 밀어 넣었다. 공복이라 그런지 속이 아리고 텁텁했다. 하지만 나도 모르게 입가에 미소가 지어졌다. 가장 맛있는 담배다. 만족스럽게 신을 적은 뒤 피우는 이 담배가 말이다.

"개새끼! 네가 뭔데, 네가 뭔데 나를 가르치려 들어! 캬아! 리얼하네요! 거봐요, 밋밋할 때는 폭력이나 섹스가 답이라니까! 이렇게 잘 쓰실 거면서 왜 엄살을 부리고 그러세요, 네?"

"고맙다. 좋게 봐줘서."

"작가님 글에서 이런 박력을 느끼는 건 정말 오랜만인 거 같아요."

"나도 그래. 네 덕분이다."

"에이, 제가 한 게 뭐 있다고요. 작가님 혹시… 지금이 그런 느낌인가요?"

"응…? 무슨 말이야?"

"전에 그러셨잖아요. 글이 쭉쭉 나갈 때의 쾌감은 마치 황홀한 섹스와 같다고."

"야! 너는 별걸 다 기억하고 있냐. 훤한 대낮에."

"그러셨잖아요. 마치 아름다운 여성이 내 위에서 알아서 착착, 리드미컬하게 움직여줘서 손가락 하나 까딱 안 하고 사정하는 바로 그런 느낌이라고요."

"아, 자식 진짜 민망하게. 그만해! 크크큭."

"저 같은 삼류는 도저히 알 수 없는 감정이라서요."

"인마, 너도 할 수 있다니까."

"때려치우라고 하실 때는 언제고."

"인마, 그건 너 자극시키려고 그런 거라니까. 곧이곧대로 듣냐."

"아이고, 감사합니다."

오래간만에 목욕을 했다. 목욕을 하면서 위의 대화를 나누었던 것이다.

대야 물에 머리를 감았고, 젖은 수건으로 온몸을 닦았다. 목욕하는 동안 영락의 도움을 많이 받았다. 낑낑대며 여러 차례 물을 교환해 주었고 목욕이 끝난 뒤에는 방 안의 흥건한 물기까지 깔끔하게 처리해주었다. 심지어는 내 면도도 해주었다. 직접 내 턱에 거품을 바른 뒤 일회용 면도기로.

목욕이 끝난 후에는 아직도 많이 부어 있는 왼발에 뜨거운 수건으로 찜질을 해준 뒤 침을 놓아 주었다. 기억하실지 모르겠다. 원래 영락이 한의대 출신이었다는 것을. 팀으로 함께하던 시절에도 종종 부항이나 침을 부탁할 정도로 영락은 웬만한 한의사 못지않게 솜씨가 좋았다. 병 주고 약 주는 상황이기는 했지만 황송한 느낌마저 들었다. 침 놔줄 때의 그 신중하고 사려 깊은 얼굴을 보면서는 왠지 찡하기까지 했고.

이쯤 되면 굳이 언급하지 않아도 느끼겠지만 우리 둘의 관계가 많이 녹녹해졌다. 족쇄를 차고 있다는 것 말고는 전에 팀 작업할 때와 별다를 게 없어 보였다. 아니, 오히려 전보다 더 살가워진 느낌마저 든다. 특히 '오함마' 사건 이후로는. 마치 어린아이들이 치고받고 싸운 다음에 더 친해지는 것처럼.

부질없는 생각이 들었다. 왜 진작에 이런 공동 작업을 하지 못한 것일까. 일산 작업실에서 지양이까지 함께하던 그 시절에 말이다. 왜 나는 내 할 말만 하고, 귀를 닫았던 것일까. 왜 이들에게 말할 기회를 주지 않았던 것일까. 그럴 거면서 뭔 회의랍시고 맨날 이들을 들들 볶았던 것일까. 이렇게 원활하게 소통할 수 있는 것을.

달라질 수 있을 것 같다. 이제부터는.

Day 11

이 방에 들어온 지도 벌써 십 여일이 지났다. 〈도둑맞은 책〉은 어느덧 중반부를 지나고 있다. 나 스스로 놀랄 정도로 빠르게 써 내려가고 있다.

어쩌면 나는 지금 '쓰고' 있다기보다 '돌아보고' 있다는 것이 더 맞을 것이다. 내 주변의 사람들, 내가 그들에게 했던 상처 주는 말과 행동, 성공을 위한 위선과 거짓, 그리고 비열함과 사악함까지.

한 번도 해본 적이 없지만, 만약 고해성사를 한다면 이 같은 기분이 들까. 진정으로 모든 죄를 고백하고 용서를 구하면 어쩌면 구원받는 게 가능하지는 않을까.

이런 막연한 바람 속에 나는 이 작업에 점점 더 몰두하고 있다. 시작할 때는 그저 살기 위한 몸부림이었지만, 지금은 오히려 나 자신을 위한 속죄의 몸부림이 되어가고 있다. 그래, 몸부림. 내 평생 이토록 뭔가에 절실하게 매달렸던 적이 있었나 싶을 정도로.

Day 13

엄청난 폭설이 내렸다.

하던 작업을 멈추고 소복소복 내리는 눈을 하염없이 바라보았다. 창밖으로 보이는 눈 덮인 풍광은 말 그대로 한 폭의 동양화처럼 아름다웠다. 지금 내 처지를 잊은 채 행복감을 느꼈다. 정말이지 혼자 보기에 아까운 풍경이었다.

이 방에 들어온 이후로 감각 수용 능력이 발달한 것 같다. 사물에서 느끼는 감정의 '결'과 '폭'이 다양해지고 넓어진 것이다. 이는 사물을 대하는 태도까지도 겸손해지게 했다. '진화'라고 할 수 있겠지. 예전 같았으면 이런 풍광을 보면서 지금과 같은 강렬한 감정을 느끼지 못했을 것이다.

바람직한 변화다. 작가에게 있어서.

Day 15

마스터베이션을 했다. 사정할 때의 기분 또한 최고였다. 말하지 않았나, 감각 수용 능력이 발달했다고! 이 방 안에서는 그 어떤 감각도 강렬하게 느끼게 된다. 오래간만의 사정인지라 정말 후련했다. 아랫배가 허한 느낌이 들 정도로.

어젯밤 자기 전에 영락이 일본 AV 동영상 파일 하나를 USB에 담아주었다. 일본 AV 업계에서 요즘 신성처럼 떠오르고 있는 여배우라고 하면서(영락은 전에 같이 작업할 때도 내가 '요즘 뭐 보냐, 좋은 거 같이 좀 보자'고 옆구리를 찌르면 곧바로 '엄선한' 동영상들을 공급해주고는 했다. 하지만 이번에는 내가 옆구리를 찌르지 않았다). 자기 전에 바로 동영상을 재생해보고 싶었으나 CCTV로 영락이 지켜볼지도 모른다는 생각을 하니 선뜻 내키지가 않았다.

그런데 오늘 오후에 영락이 읍내로 장을 보러 간다면서 뭐 먹고 싶은 거 없냐고 묻는 것이었다. 그래서 글 작업할 때 단 것이 좀 당긴다고 했고, 그러자 영락은 초콜릿을 사다 주겠다고 하며 인경을 안고 장을 보러 나갔다. 그들이 집 밖으로 나가자마자 나는 노트북으로 동영상을 재생하고는 바지를 내렸다.

누군가는 또 이런 생각하는 사람이 있을 것이다. 어떻게 '그런' 상황에서도 '그러고' 싶은 생각이 드냐고? 얘기했을 텐데. 당신도 이 상황에 놓이면 별다를 거 없을 거라고. 그리고 진짜 그 신성으로 떠오른 여배우를 못 봐서 그런 소릴 하는 거라니까.

마스터베이션이 끝나고 이런 생각이 들기는 했다. 녀석이 나의 본능적 욕구까지 의도적으로 통제하려고 하는 건 아닐까. 내가 요청한 것도 아닌데 알아서 동영상을 준 것도 그렇고, 다음 날 일부러 자리를 비워준 것도 그렇고. 성욕이 오랜 기간 해소되지 않으면 작업의 능률이 떨어지기 마련이므로 영락이 그런 것까지 다 고려한 게 아니겠는가 싶은 것이다.

하지만 녀석의 그런 의중을 미리 꿰뚫어 보았다 한들 달라질 건 없었을 것이다. 전두환의 3S(섹스, 스포츠, 스크린) 정책의 의도를 몰라서 그것들을 즐긴 게 아닌 것처럼.

Night 16

그날 밤 영락은 그간 작업한 분량을 검토했다. 정확히 말하면 5일 만의 회의였다. 영락은 작업에 탄력이 붙어 굴러가자 매일 체크하지 않겠다고 했다. 그게 오히려 글과 거리감을 두면서 보다 더 객관적인 코멘트를 할 수 있을 것 같다면서.

영락은 50페이지가 넘는 시나리오를 처음부터 찬찬히 읽어 내려갔다. 어떤 부분에서는 웃었고, 어떤 부분에서는 양미간을 찡그렸고, 어떤 부분에서는 아… 하는 낮은 탄식을 내뱉었다. 그리고 최근에 쓴 부분을 읽을 때는 숙연한 표정을 지었다. 최근에 쓴 시퀀스는 바로 나와 지양, 그리고 장보윤과 관련된 내용이었다.

유 작가는 자신의 아이를 가진 여자를 무참히 버리고, 김인해의 아이를 가진 여자와 사랑에 빠지며 결혼을 하게 된다. 주인공은 모든 것을 다 가진 사람처럼 행복해 보이지만 어찌 보면 또 그 어떤 것도 가지지 못한 가장 불행한 사람처럼도 보인다. 책을 훔치며 승승장구하게 되지만, 동시에 그는 극도의 불안에 시달린다. 형사, 동료 작가, 심지어는 와이프로부터도 의심을 받게 되었기 때문이다. 대본상에서는 인물들 이름이 모두 바뀌었지만, 영락은 당사자가 누구인지 다 알 것이다. 심지어 본인 또한 직접 몇 신에 등장하고 있기도 했다.

바운서 위에서 인경이 나를 보며 까르르 웃어댔다. 오늘 모처럼 만에 영락이 인경을 데리고 올라왔다. 영락이 글을 읽는 동안 인경과 까꿍 놀이(얼굴을 손으로 가렸다가 우스꽝스럽게 바뀐 얼굴을 새로 보여주는 놀이)를 했다. 면전에서 내 글을 읽는 사람과 함께 있는 것만큼 곤혹스러운 일은 없기에 뭐라도 해야 했다. 그런데 어색함을 피하기 위해 시작한 놀이가 의외로 재미있었다. 인경이 나를 향해 환히 웃어줄 땐 특히나 기분 좋았고. 인경이 큰 소리로 웃을 때면 영락은 보던 출력물에서 눈을 떼 인경과 나를 한 번씩 쳐다보았다.

마침내 긴 침묵 끝에 영락이 입을 열었다.

"후우… 유 작가… 이 사람 참… 어떻게….

영락은 쉽게 말을 잇지 못했다. 그리고는 나를 물끄러미 쳐다보았다. 아마도 그의 눈에는 실물로서의 나와 허구 속 유 작가의 모습이 겹쳐지는 듯했다.

"막장 드라마의 막장 주인공일 줄 알았는데…. 막상 읽으니까 일말의 동정도 가고 연민도 생기고 그러네요. 그 점이 썩 맘에 들지는 않지만 말이에요. 일정도 빡빡하니 그냥 넘어갈게요, 그 정도는. 주인공이 너무 비호감이면 대중들도 외면할 테니까요."

말이 끝나자 영락은 바운서에 있던 인경을 안아 들었다. 그리고는 말했다.

"작가님도 한 번 안아보실래요?"

"내, 내가…?"

갑작스러운 제안에 당황했다. 영락은 선심 쓰듯 내 품에 인경을 안겨주며 말했다.

"설마 친딸을 인질로 삼거나 그러진 않으실 거잖아요?"

그렇게 나는 내 진짜 핏줄을 처음으로 품에 안아보는 경험을 하게 되었다. 인경은 나를 보며 뭐가 그리 재미있는지 계속 까르르 웃어댔다. 순간 벅찬 감정이 안에서 일었다. 내 아이이면서 내 아이가 아닌 아이. 천진난만한 아이 얼굴을 바로 눈앞에서 보니 미안함과 부끄러움이 가슴 깊이 사무쳤다. 이런 말을 할 자격이 있는지 모르겠지만 나에게 기회가 주어진다면, 어떻게든 그 어떤 방식으로든 너를 책임지고 싶구나. 너에게 사죄하고 싶구나.

나는 마치 피에타 동상이라도 된 것처럼 인경을 안은 채 돌처럼 굳어 버렸고, 그런 나를 지켜보는 영락은 복잡 미묘한 표정을 짓고 있었다.

Day 17

커피가 떨어져서 책상 위의 차임벨을 눌렀다. 책이 진행될수록 점점 커피의 양이 늘고 있다. 아침에 일어나자마자 한 잔, 식후마다 한 잔, 식간(食間)마다 한 잔, 그리고 자기 전에 마지막 한 잔. 커피가 떨어지면 괜히 뭔가에 쫓기는 듯 초조하고 불안해서 작업을 할 수가 없다.

영락이 문을 열고 들어와 갓 내린 커피를 책상에 내려놓았다. 신기하게도 영락은 이제 벨 소리만 듣고도 내가 원하는 것이 무엇인지를 알아차린다.

커피를 한 모금 마시자 두근거리던 심장이 제 속도를 찾기 시작했다.

#86 유 작가의 집 앞, 골목 외경 / 낮

집 앞에 경찰차와 봉고차가 여러 대 서 있다.

#87 유 작가의 집 안 거실 / 낮

박스를 든 경찰들이 집 안을 분주히 움직이고 있다.

보은 지금 뭐하시는 거예요?

지형사 빨리빨리 움직여!

보은 뭐하시는 거냐고요, 지금!

지형사 (영장을 내밀며) 영장이 발부됐습니다.
유림 씨는 조양우 씨 살해 혐의로 수배가 떨어졌고요.

보은 (놀라며)…!

옥 형사가 보은을 옥죄듯 가까이 다가온다.

옥형사 제가 유림 씨한테 전부터 말씀드렸습니다. 어디 멀리
가지 마시라고. 근데 이런 중요한 타이밍에 그러시면
오해를 받는단 말이죠. 더군다나 핸드폰 추적 결과 유림
씨의 마지막 위치가 고속도로입니다. 경찰서 출두하기
로 한 날 지방으로 잠수타고 연락이 두절된다? 이럴 때
는 백이면 백 형사들은 속으로 생각합니다. 땡큐, 베리,
머치. 그래 너구나. 좀만 기다려. 내가 금방 갈 테니까.

보은, 충격과 긴장 속에서 아무 말도 하지 못하고….

후배형사 (시나리오를 잔뜩 들고 오며) 옥 형사님, 이거 엄청 많은
데 다 가져가요?

옥형사 허리 아프냐?

후배형사 아뇨.

옥형사 그럼 다 챙겨, 인마! 뭐 무겁다고.
(들고 나가는 후배 형사에게) 야! 잠깐. 그거 줘봐.

옥 형사, 후배 형사로부터 '그 남자의 이상한 연애'라는 제목
의 시나리오를 건네받는다. 표지가 눈에 들어온다.
'각본 : 유림, 김지안, 주영학'이라고 적혀 있다.
표지를 보며 골똘히 생각에 잠기는 옥 형사.

#88 지방 읍내 도로, 달리는 차 안 / 낮

영학이 운전을 하고 있다.
뒷좌석 베이비시트에 딸 은경이 타고 있다.

279

백미러로 은경을 보며 눈웃음을 짓는다.

#89 읍내 슈퍼마켓 / 낮

영학이 은경을 아기띠로 앞에 안은 채 장을 본다.
냉장고를 열어 맥주 캔 여섯 개가 들어있는 한 팩을 카트에
담는다.
계산대의 아주머니가 바코드를 찍으며.

아주머니 아이고, 아기가 아주 제 아빠 빼다 박았네그려.

영학 (좋아하며) 그래요?

영학, 고개를 돌려 티브이에서 나오는 뉴스를 본다.
화면 속에 유 작가의 사진이 나오고 있다.

앵커 영화 '화이트 아웃'으로 **영화상을 수상한 바 있는 시나
리오 작가 유림 씨가 살인 혐의를 쓴 채 종적을 감췄습니
다. 지난달 발생한 시나리오 작가 조양우 씨의 살인 사건
을 조사하던 경찰은 조 씨가 피살 직전 강남의 한 술집에
서 유 씨와 만난 정황을 포착하여….

뉴스를 보던 영학의 얼굴이 굳어진다.

Night 18

저녁 회의를 시작할 때, 영락이 캔 맥주와 마른안주를 가지고 들어왔다. 오늘 점심 식사를 갖다 주러 왔을 때 내가 부탁했었다. 작업이 끝나고 자기 전에 맥주를 한 캔씩만 마시면 안 되겠느냐고. 영락은 흔쾌히 고개를 끄덕였고, 바로 낮에 장을 봐왔다.

얼음장 같은 맥주가 목구멍을 타고 넘어가는 순간 머릿속 어딘가가 바늘로 콕 찔린 것처럼 짜릿했다. 캬아! 이 맛이 맥주구나! 광고 문구 같은 이 말이 절로 나온다. 맥주 광고 모델 같은 표정은 물론이고. 정말이지 여기서는 뭘 먹어도 맛있어.

영락이 오늘 작업분을 다 읽고는 페이퍼를 내려놓으며 말했다.

"많이 왔네요. 이제 여기서 나가실 날도 얼마 안 남았어요."

영락의 말에 멈칫하며 맥주 캔을 내려놓았다.

"정말… 나가긴 나가는 거냐?"

"그럼요. 책이 완성되면 나가실 수 있다고 제가 말씀드렸잖아요."

기분이 묘했다. 이 방을 나갈 수만 있다면 길길이 날뛸 정도로 기쁠 줄 알았는데, 막상 나갈 수 있다는 말을 듣는 순간…, 뭐랄까, 기분이…, 음….

"오늘 읽으면서 든 생각인데 말이에요. 우리의 비열한 주인공이 너무 착해 빠져버리면서 얘기가 좀 처지는 거 같지 않으세요? 초중반까지는 사람을 죽이지 않나, 완전 나쁜 남자의 매력을 팍팍 풍기더니 결혼하고 애를 낳고서는 사람이 확 변해. 갑자기 무슨 깨달음이라도 얻은 사람처럼, 회개한 사람처럼 구니까 재미가 확 떨어지잖아요."

뭐어…? 깨달음을 얻은 사람? 회개한 사람처럼 군다고?

"재미없어, 재미없어. 뭔가 강력한 게 필요해요. 터닝 포인트가 필요하다고요."

"어떻게… 하면 좋겠는데?"

어느새 나는 영락에게 많은 것을 의존하고 있었다.

"아이고, 작가님. 생각을 좀 하세요, 생각을."

생각을 했지만 마땅한 답은 떠오르지 않았고, 영락은 그런 나를 보며 답답해했다.

"작가님께서 저한테 지겹게 했던 말! 열흘 전인가 이곳에서도 했던 말! 밋밋할 땐 섹스 아니면 폭력이라고!"

"……"

"아이고, 답답해라. 작가님, 살인을 한 번 더 하자고요, 살인을!"

"누, 누구를 말이야?"

"누구긴 누구예요? 쓰신 글 안에 있잖아요. 김인해가 죽은 이후

의 새로운 안타고니스트! 주인공의 라이벌이자 주인공으로 하여
금 콤플렉스를 느끼게 하는 인물! 주인공의 와이프를 뺏어간 놈!
주인공을 가장 의심했던 그 인간, 바로 정, 남, 훈! 아, 여기서는
다른 이름이죠? 바로, 조양우!"

"저, 정남훈? 난… 안 죽었어."

"참 내 진짜! 작가님, 책이 지금 클라이맥스로 향하고 있는 시점
에서 무슨 자다가 봉창 두들기는 소리예요? 예? 누가 작가님이
죽였대요? 이거 책이라고요, 책! 몇 번을 말씀드려야 해요?"

당황스러웠다. 그리고 그동안 친밀해진 줄 알았던 영락이 갑자
기 낯설게 느껴졌다. 이 방에 처음 들어온 날 영락의 모습이 떠올랐
다.

"유 작가가 김인해를 죽이고 책을 훔쳤다는 걸 알게 된 거죠.
그래서 그걸 무기로 협박하고 돈을 뜯어내려고 한 거예요. 정남훈
인지 조양우인지가. 에이 씨! 이름도 헷갈리게 지어서리. 하여튼
유 작가는 자신의 치명적인 비밀을 알게 된 그를 죽일 수밖에 없는
거죠."

"마, 말도 안 돼…."

"나 참 진짜. 맨날 말도 안 된대, 써보지도 않고서! 안 되긴 뭐가
안돼요? 타이밍이 딱딱 맞구먼."

영락은 가슴팍 주머니에서 소형 녹음기를 꺼냈다. 재생 버튼을
누르자 익숙한 음성이 흘러나왔다.

"표정 좀 풀어라. 그렇게 나오니까 내가 무슨 협박범 같잖아. 한때
나마 같이 한솥밥 먹고 살았는데 인간적으로다가 얘기를 좀 하자고.
너도 알다시피 내가 연이어 두 편 크게 말아먹었잖아. 투자가 안 돼.
젠장, 경상비도 없고. 조금만 도와주라. 갚을게. 너 요즘 형편 괜찮잖
아."
　　"얼마면 되는데?"
　　"브라보! 역시 우리 서 작가가 명쾌하다니까. 내 생각에는… 적어
도 이 정도는…."
　　"삼천?"
　　"에이, 지금 장난해? 삼천이면 밀린 경상비도 안 돼. 이제 제작도
하니까 잘 알 거면서 그래."
　　"삼억…. 내일 계좌 번호 보내. 그리고 이 얘기는 다시 꺼내지 않는
거다."
　　"새꺄, 내가 무슨 삼류 양아치냐? 걱정 마. 그럴 일 없으니까."

　　영락이 소형 녹음기의 스톱 버튼을 누르자, 정남훈의 목소리가
멈췄다.
　　"너… 너냐? 저, 정남훈을 죽인 게…."
　　"작가님, 의외로 상상력이 빈곤하시다니까. 정남훈 씨가 죽은
날이 바로 작가님이 이 방에 들어온 날이었는데, 연관 지어서 생각
안 해보셨어요? 시상식에서 쪽지를 드리고 나서 작가님을 줄곧
미행했어요. 작가님께서 정남훈 씨를 만날 때도 그 뒤편 테이블에

제가 앉아 있었죠. 그날 저도 작가님만큼이나 놀랐어요. 정남훈 씨 또한 작가님 비밀을 알고 있다는 사실에요. 계획에 없던 일이었으니까. 비밀은 하나인데 그것을 아는 사람은 둘이다? 협박자가 둘이다? 좀 이상하잖아요. 그죠? 저만 이 모든 것을 알아야지 우리의 이 〈도둑맞은 책〉이 존재할 수 있잖아요. 그죠? 정남훈 씨가 죽었다는 사실을 알았을 때 솔직히 안도감이 들지 않던가요? 요만큼이라도?"

완벽하게, 납치된 첫날로 돌아간 느낌이다. 온몸에 소름이 돋았다. 조금 전 '궁극의 맥주'를 즐기던 나의 오감이 새롭게 반응하고 있었다. 이 느낌이 바로 '궁극의 공포'라고!

"정남훈 씨는 이 녹음기로 대화를 다 녹취했더라고요. 아마도 3억을 받은 후에 더 요구하려고 했던 모양이에요. 3억. 살해 동기가 되기에 충분한 액수네요. 하지만, 걱정 마세요. 책이 완성되는 순간, 이 녹음기는 파기될 테니까요. 아! 이것도 같이요."

영락은 바지 뒷주머니에서 봉투를 꺼냈다. 봉투 겉에는 피가 묻어있었다. 정남훈이 나에게 보여주었던 〈안단테 칸타빌레〉 트리트먼트였다.

"정남훈 씨 주머니에서 꺼내왔어요. 잘했죠? 저 아니었으면 어쩌실 뻔했어요?"

영락은 생색내듯 우쭐댔다.

"저를 믿으세요. 이번에도 쓰시고 나면 만족하실 겁니다. 지금 속도를 보니까 3일? 네, 3일 드리겠습니다. 마무리까지."

영락은 다 비운 맥주 캔과 출력물, 그리고 피 묻은 봉투를 챙겨 들고 방 밖으로 나갔다. 녀석이 방문을 닫고 나간 뒤 몇 초 지나지 않아 구역질이 치밀어 올라왔고, 결국 위 안에 있던 맥주와 미처 소화되지 않은 안주 부스러기를 모두 게워냈다. 더 나올 것이 없는 데도 헛구역질이 계속 나왔다. 침이 질질 흘렀고, 눈알이 빠질 듯 아팠다. 머리가 핑핑 돌았다. 하지만 그 어지러움 속에서도 또렷해지는 것이 있었다. 조영락, 저 새끼는 완전 미친놈이라는 것. 그간 녀석이 보여준 호의에 취해 그걸 망각하고 있었던 것이다.

녀석의 머릿속에는 이미 〈도둑맞은 책〉의 결말까지 정해져 있다. 그 결말이 어떤 것인지 알 수도 없거니와, 안다 해도 그것을 바꿀 힘이 내게는 없다. 내가 아는 건 오직 주인공의 결말이 곧 나의 결말이 되리라는 것이다. 멍청하게도 책이 엔딩으로 치닫는 지금에서야 깨달았다. 글을 쓴다는 게 나를 살리는 동시에 또 조금씩 죽이는 일이었음을.

하지만 그때는 몰랐다. 영락이 원했던 전개가 아닌, 전혀 예상치 못한 방식으로 이 납치 감금 스릴러의 최종 시퀀스가 시작되리라는 것을.

Day 19

이 방에 들어오고 나서 처음으로 나와 영락, 그리고 인경이 아닌 외부 사람의 소리를 듣게 되었다. 두꺼운 암막 커튼 아랫자락으로 불그스름한 석양빛이 새어들어 오고 있을 무렵이었다.

멀리서부터 나직하게 들리던 최신 댄스 가요 음악 소리가 점점 가까워졌다. 왜 이렇게 잘 들리나 싶었더니, 오, 이럴 수가! 창문이 한 뼘 정도 열려 있는 것 아닌가! 영락이 점심 이후에 환기를 위해 창문을 열어 놓고는 닫는 것을 깜박한 것이다.

나는 그것이 카오디오 소리임을 직감했다. 오래간만에 교외로 여행 나온 것을 뽐내기라도 하듯 차창을 다 열어젖힌 모양이었다. 어쩌면 선루프까지도. 차에서 흘러나오는 드럼 비트 박자에 맞춰 내 심장도 쿵쾅쿵쾅 요동치기 시작했다. 차가 멈췄다. 내가 있는 2층 방 창문 바로 아래에!

"사…, 사…."

말이 튀어나오지 않았다. 마치 소리 지르는 법을 까먹은 사람처럼. 안 돼. 두 번 다시 오지 않을 기회일지도 몰라. 소릴 질러!

지를 수 있는 가장 큰 목청으로!

"사, 살려주세요! 살려주세요!"

나는 갓난아이가 마구 울어대듯 빽빽 소리를 질렀다. 소리는 처음이 힘들었던 거지, 한 번 터지고 나자 봇물 터지듯 쏟아져 나왔다. 살려주세요! 도와주세요! 제발요!

하지만, 문제는 카오디오에서 흘러나오는 음악 소리가 너무 커서 내 목소리가 다 묻혀버렸다는 것이다. 구원의 음성처럼 들렸던 음악 소리가 오히려 구원을 가로막는 벽이 되어버린 상황. 망할 놈의 운전자! 망할 놈의 음악! 망할 놈의 스피커!

나는 본능적으로 책상 위에 있는 머그잔을 들어 창문을 향해 던졌다. 커튼 너머 창문이 와장창 소리를 내며 깨졌다. 깨진 것은 이중창의 안쪽 창이었다. 창밖의 외부인이 제발 이 소리를 들었기를, 그리고 들었다면 이 소리가 살려달라고 절박하게 외치는 SOS 신호임을 알아주기를!

차 시동 소리가 꺼지면서 동시에 음악 소리도 사라졌다. 바로 지금이다. 소리를 질러야 돼! 내 평생에 가장 큰 목소리로! 성대가 찢어지도록!

"사…."

하지만 나는 '살려주세요'는 고사하고 첫음절인 '살' 자도 온전히 외칠 수 없었다. 축축한 수건이 내 코와 입을 틀어막았기 때문이다. 거의 제정신이 아닌 흥분 상태였기에 영락이 방에 들어온 것도 미처 몰랐던 것이다.

읍, 읍…!

영락은 등 뒤에서 나를 끌어안은 자세로 내 코와 입을 수건으로 짓눌렀다. 나는 있는 힘껏 발버둥을 쳤다. 글 작업할 수 있을 정도로 족쇄가 풀려있었기에 양팔을 휘두르며 저항할 수 있었다. 팔뒤꿈치로 영락의 광대뼈를 후려치자 녀석의 뿔테 안경이 튕겨져 나갔다. 다른 손으로는 영락의 얼굴을 할퀴고, 눈을 찌르려고 했다. 하지만, 영락은 그 고통을 묵묵히 견디면서도 수건으로 내 얼굴을 짓누르는 것을 멈추지 않았다.

"왜 이러세요? 부질없습니다."

녀석이 내 귓가에 대고 말했다. 그 말과 동시에 마취 기운이 올라오며 온몸에 힘이 쭉 빠져나가는 것이 느껴졌다. 팔다리가 힘없이 바닥으로 떨어졌다. 1층에서부터 초인종 소리가 들려왔다. '엘리제를 위하여'. 어렸을 적 자동차가 후진할 때 들을 수 있었던 그 전자 단음의 멜로디. 그 소리가 마치 자장가처럼 나를 더 몽롱하게 만들었다. 나의 저항은 거기까지였다. 영락은 나를 뒤에서 안은 그 자세로 잠시 씩씩대며 숨을 가다듬고는 1층으로 내려갔다. 잠시 후 방문객의 목소리가 희미하게 들려왔다.

"어? 조 사장님이 아니네. 조 사장, 어디 갔어요?"

"이사 가셨어요."

"이사? 저기 총각, 내가 산에서 자전거 타는 사람인데 민박 하루만 합시다. 늘 오면 여기 2층 방을 썼거든."

"이제 안 합니다, 민박."

내가 의식을 잃기 전까지 들은 내용은 여기까지이다. 이후에
이어진 둘의 대화는 '음성 언어'라기보다 그저 꿈결 속의 파도 소리
처럼 아득하게 귓가에서 부서지며 사라졌다.

Dawn 20

얼굴 위로 차가운 물이 확 쏟아졌다.

"작가님! 작가님! 그만 좀 일어나시라고요!"

영락이 짜증 섞인 목소리로 외쳤다. 그리고는 들고 있던 양은 양동이를 바닥에 던졌다. 양동이가 금속성 소리를 내지르며 콘크리트 바닥을 굴렀다.

힘겹게 눈을 떴다. 마취 기운 때문에 머리가 지끈지끈했다. 영락이 어둠 속에 우두커니 서 있었다.

"작업을 여기서 중단하겠습니다."

영락이 말했다. 어둠 때문에 그의 표정이 보이지 않았다.

"뭐…?"

몸을 일으키는데, 철컹! 족쇄 때문에 다시 바닥에 발랑 자빠졌다. 손목, 발목의 족쇄와 바닥의 원형 철판을 잇는 쇠사슬이 최단 거리로 줄여져 있었다. 처음 이 방에서 깨어났을 때처럼 큰대자 모양으로 눕혀진 채 움직일 수 없게 묶여있었다.

"제삼자가 이곳에 왔고, 제 얼굴을 봤어요. 좀 불안하네요. 그리고 작가님께서도 할 만큼 하신 것 같고요. 뒷부분은 제가 마무리 짓도록 할게요."

어둠 속 영락의 행동이 어슴푸레 보였다. 영락은 오른손에 주사기를, 왼손에는 투명한 앰풀을 들고 있었다. 영락은 앰풀에 주사기 바늘을 꽂고 그 안에 담긴 약제를 빨아들였다.

"재밌어요. 제가 쓴 글을 작가님이 맘대로 고칠 때는 그렇게 부아가 치밀더니, 입장 바꿔서 작가님이 쓴 글을 보니까 고칠 게 너무 잘 보이는 거 있죠. 사람이나 책이나 비슷해요. 내 결점은 모르겠는데 남의 결점은 너무 잘 보인다는 게."

영락이 내 머리맡에 한쪽 무릎을 세운 자세로 쪼그려 앉았다. 그리고는 왼손으로 내 목덜미를 더듬었다. 혈관을 찾고 있는 것이다. 오른손으로 주사기를 들어 올렸다. 창문을 통해 들어오는 달빛에 주삿바늘의 끝이 차갑게 반짝였다. 바늘 끝에서 주사액이 잠깐 분수처럼 솟구쳐 나왔다.

"여, 영락아…. 지, 지금 뭐하는 거야?"

"말씀드렸잖아요. 책이 완성되는 순간 작가님은 자유. 책을 접는 순간, 작가님은 저한테 무의미한 존재. 기억 안 나세요? 그동안 수고 많으셨어요."

나를 내려다보는 영락의 얼굴이 서늘했다. 나는 직감했다. 저 주사기 안에 들어있는 약물은 나를 마취시키기 위한 약이 아니라는 것을! 마취제라면 분명 치사량 이상의 양이라는 것을!

한의학과 출신인 저놈은 사람을 티 안 나게 죽이는 방법을 백

가지도 알고 있을 놈이다. 티가 좀 난다 하더라도 시체를 토막
내 저 창밖으로 보이는 야산 여기저기에 묻기만 하면 그 누구도
모를 것이다. 땅속에서 부패되거나 아니면 멧돼지 따위의 야생
동물의 먹잇감이 되어 하얀 뼈다귀로 굴러다니는 신세가 되겠지.
그게 바로 이곳을 은신처로 선택한 이유였구나.

영락아. 내가 너를 잘못 봤어. 너는 〈포레스트 검프〉가 아니라
〈세븐〉 같은 사이코패스 스릴러를 정말 잘 쓸 수 있는 놈인데,
내가 너를 몰라봤다고! 미안해, 영락아. 미안하다고…. 제발, 제
발!

"새, 새, 생각났어…. 지, 지, 진짜 괜찮은 에, 엔딩이."

주삿바늘이 내 목덜미에 박히려는 순간, 내 입에서 튀어나온
말이다.

영락이 동작을 멈췄다.

"뭐라고 하신 거예요, 지금?"

"〈도둑맞은 책〉의 진짜 끝내주는 엔딩이 생각났다고. 너도 맘에
들 거야, 분명히."

영락은 내가 무슨 꿍꿍이라도 부리는 건 아닌지 못 미더운 눈초
리로 보았다.

"오래 안 걸려. 네 시간… 아니 세 시간! 그래, 세 시간이면 충분
해. 다 쓸 수 있어! 그 정도면 기다려 줄 수 있잖아? 응? 궁금하지
않아? 기막힌 엔딩이?"

"......"

영락의 얼굴에서 고민의 뉘앙스가 읽혔다.

"영락아. 이거 나, 나 혼자서 쓴 유일한 책이야. 그리고 지금부터
야말로 진짜 창작이라고! 현실을 흉내 내는 게 아니라 진짜 글을
쓰는 거라고! 그냥, 그냥 내가 마무리할 수 있게만 해줘. 제발…
그거면 돼. 응? 너도 작가니까 알잖아?"

영락은 무표정한 얼굴로 몇 초간 나를 바라보았다. 그리고는
내 턱밑에까지 와 있던 주사기를 거둬들였다.

"세 시간. 정확히 세 시간입니다. 저를 후회하게 하지 마세요.
그랬다간 작가님이 더 후회하게 될 테니까."

영락은 족쇄의 길이를 다시 앉을 수 있게 늘려준 뒤 방을 나갔다.

*

신기했다. 발광하고 있는 노트북 화면을 마주하고 앉아있으니
마음이 진정되고 편안해지는 게 말이다. 내 작업실에서는 노트북
앞에만 앉아 있으면 그렇게 답답하고, 깜박이는 커서만 보면 숨이
턱턱 막혔는데. 이제야 진짜 글쟁이가 된 건가. 죽음을 코앞에 둔
지금에 와서야? 큭큭. 아이러니한 웃음이 튀어나온다. 아니야, 이
럼 안 되지. 서동윤, 정신 차려. 지금 웃을 때가 아니라고.

하아… 기막힌 결말이라…. 참 내, 어떻게 그런 대사가 튀어나
왔을까. 뭐? 무슨 아이디어라도 있었던 거 아니냐고? 아이고야,

설마 그 말을 진짜로 믿었단 말이야? 책이 다 끝나 가는데도 아직
도 그렇게 나를 모른단 말이야? 끝내주는 엔딩? 기막힌 결말? 크
하하하하! 그런 게 어디 있어? 없어, 없다고! 그냥 세헤라자데처럼
살고 싶어서 나도 모르게 떠들어댄 거란 말이야.

　자, 그나저나 뭔가 쓰기는 써야 되는데. 아이쿠, 시간을 보니
벌써 한 시간이나 흘렀네. 뭐 한 것도 없이 말이야. 이러다 영락이
한테 혼나는데. 세상에서 제일 쓸데없는 짓이 작가한테 시간 더
주는 거라고, 한 소리 들으면서 오함마로 오른발을 내리 찍힐지도
모르는데. 뭐라도 써야만 하는데. 아씨! 돌겠네, 진짜….

　아니야, 아니야. 셰익스피어도 마감에 쫓기면서 4대 비극을 썼
다고 했어. 진정한 작가는 이것을 즐겨야 돼. 칼날 위에서 달리는
이 긴장감을. 자, 자! 생각이라는 것을 해보자. 감금된 서 작가가,
아니 유 작가가 어떻게 여기서 살아 나갈 수 있을지….

쉽게 씌어진 책

    원래 계획에서 세 시간 지연되는 게 그리 큰 문제가 될 건 없었다.

    영락은 1층으로 내려와 곰곰이 생각했다. 자신이 '세 시간의 자비'를 베푼 이유가 무엇인지를. 기막힌 엔딩이라는 것이 궁금하기도 했지만, 사실 그의 마음을 움직인 건 다름 아닌 '너도 작가니까 알잖아'라는 그의 말이었다. 그래, 작가 대 작가로서 글을 마무리할 수 있는 기회를 주자. 그게 작가에게 줄 수 있는 마지막 배려라고 생각한 것이다. 하지만 어떤 결과물이 나오건 간에 '작가 자신의 결과'가 달라질 일은 없을 것이다.

    영락은 이미 며칠 전부터 이곳을 떠날 만반의 준비를 다 해놓고 있었다. 짐도 다 싸놓은 상태였다. 짐이라고 해봤자 큰 여행용 트렁크 하나와 작은 여행용 트렁크 하나, 그리고 들고 다닐 수 있는 보스턴백 두 개가 전부이다. 딱 차 한 대로 이동이 가능한 부피의 짐. 원래부터 이곳에 한 달 이상 머무를 생각이 없었기에 애초에

---

* 윤동주의 시 '쉽게 씌어진 시'에서 차용.

많은 짐을 가지고 내려오지 않았다. 그리고 그 짐의 대부분은 인경의 육아와 관련된 물건들이었다. 나머지 부피가 큰 물건들은 이곳에 그냥 둬도 상관이 없다. 어차피 이곳은 영락의 아버지 소유의 부동산이기 때문이다. 석 달 전에 돌아가신 관계로 이곳에 더 이상 오실 일도 없다.

영락은 1층 화장실 바닥에 비닐을 깔았다. 대량으로 김치를 담글 때나 쓸 법한 두꺼운 비닐이었다. 비닐은 화장실 바닥을 다 덮고도 남았다. 바닥 면적을 넘어서는 여분의 비닐은 벽의 하반부를 가리는 용도로 쓰인다. 어차피 그 부분도 피가 많이 튀긴 할 테니까. 시체를 다 해체하고 나면 DNA가 발견되지 않게끔 구석구석 꼼꼼히, 타일 사이사이마다 박박 락스 청소를 할 예정이기는 하나 그래도 왠지 비닐을 깔아두면 심리적으로 안정이 된다고나 할까. 영락은 그런 놈이었다.

비닐 위에 해체를 위한 장비를 일렬로 내려놓았다. 정육점에서 쓸 법한 날 두꺼운 칼과 30센티미터 좀 안 되는 길이의 손도끼, 그리고 공업용 쇠톱. 쇠톱은 허벅지나 어깨, 즉 몸통과 사지를 분리하는 용도로 쓰일 것이며, 손도끼는 분리된 사지를 토막 내는 용도로, 칼은 토막 난 팔다리를 더 잘게 토막 내는 용도로 쓰일 것이다. 혹시 몰라 이 장비들은 모두 각기 다른 점포에서 현금을 지급하고 구입했다. 구입 시기 또한 3개월이 지난 상태라 영락의 얼굴을 기억하는 점포 주인은 없을 것이다.

영락은 자신이 왜 여기까지 오게 되었는지 되새겨보았다. 지나간 청춘에 대한 보상? 사랑하던 여자에 대한 복수? 뭐 다 맞는 얘기지만 가장 큰 이유는 이러하다. 영락은 견딜 수가 없었다. 저런 인간이 버젓이 이 세상을 살아간다는 사실이. 그것도 너무나 영예롭고 호화롭게.

단순한 복수는 너무 쉬웠고 또 그 인간에게는 과분한 것이었다. 자신의 죄로 인한 고통을 직접 몸으로 느끼고 통렬하게 뉘우치길 바랐다. 그 정도는 돼야 단순한 원한 살인 따위와는 차원이 다른 '작가다운' 복수라 생각한 것이다.

영락은 지난 20일간의 일을 되돌아보며 어느 정도 자신의 목표가 이루어졌다고 생각했다. 이제 남은 절차는 단 하나. 바로 처벌이다. 회개를 했더라도 벌은 받아야 한다. 왜냐하면 이 '처벌' 과정이야말로 영락이 가장 기다렸던 순간이며, 이 일을 벌인 가장 큰 이유였기 때문이다.

영락은 한의대를 다닐 때 시체를 해부했던 적이 있다. 사람들은 시체 해부라 하면 굉장히 구역질이 날 것으로 지레짐작하지만 사실 의외로 별 느낌이 없다. 죽어 있는 시체는 막상 접하면 나무토막과 별 차이가 없기 때문이다. 오히려 실습 도중 토하거나 실신하는 동기가 발생했던 건 '비교해부학' 시간이었다. 살아있는 동물을 죽여서 하는 해부 수업. 남자 동기들까지도 토하고 비위 상해 할 때, 오히려 영락은 남몰래 희열을 느꼈다.

그때까지 자신의 이런 성향을 모르고 있던 건 아니었다. 평생을 숨기며 살아왔고 또 앞으로도 그렇게 살아야만 한다고 생각했다.

영화에 곧잘 나오는 연쇄살인마들처럼 살인을 안 하면 도저히 못 배기는 그런 심각한 상태는 아니었기에 그나마 다행이었다. 하지만 가끔씩 찾아오는, 신이 주신 선물 같은 기회를 놓치고 싶지는 않았다. 정남훈 작가가 그랬고, 지금 2층에 있는 그 또한 마찬가지이다.

영락은 장비를 손질하며 생각했다. 2층에 있는 저 인간을 산 채로 해체해보는 건 어떨까 하고 말이다. 이런 '선물' 같은 기회는 자주 오지 않기에. 다음 '선물'이 또 언제일지 장담할 수가 없기에.

그때였다. 안방에서 자고 있던 인경이 빽빽 울어대기 시작했다. 영락은 화장실에서 나와 잰걸음으로 인경이 있는 안방으로 이동했다. 인경을 아기 침대에서 들어 올렸다. 그리고 안아 드는 순간 느꼈다. 인경의 체온이 다른 때보다 사뭇 높다는 것을. 디지털 체온계를 인경의 귓구멍에 넣어 온도를 쟀다. 39.6도. 놀란 영락은 허겁지겁 아이의 옷을 벗겼다. 그리고 젖은 수건으로 아이의 몸을 닦았다. 인경은 차가운 물수건이 몸에 닿자 더 크게 울어 젖혔다.

영락은 인경을 안고 부엌으로 이동했다. 해열제가 어디 있더라…. 아, 작은 트렁크에 넣었지…. 트렁크를 열어 해열제를 찾느라, 울어대는 인경의 등을 다독거리느라 정신없고 분주했다. 잠시 후 낭패감에 사로잡혔다. 해열제가 다 떨어진 것을 깜박했던 것이다. 멍청한 새끼. 죽여야 할 인간이 마실 맥주는 사다 바치면서 정작 내 새끼한테 필요한 물건은 깜박하다니.

일단 해열제부터 사 오자. 차로 5분 정도 나가면 등산로 초입에 있는 편의점에서 살 수 있을 것이다. 영락은 서둘러 옷을 입고, 역시 서둘러 인경의 옷을 입혔다. 인경을 안고 1층 현관문 문턱을 넘는 순간 불현듯 뭔가 머리를 스치며 멈칫 섰다.

걸음을 돌려 안방 옆에 있는 작은 방으로 들어갔다. 어두컴컴한 그 방 안에는 19인치 컴퓨터 모니터 하나만이 환히 빛나고 있었다. 모니터에서는 2층 방 천장에 부착된 CCTV가 실시간 전송하는 화면이 재생되고 있다. 높은 곳에서 내려다보이는 서 작가는 열심히 노트북 자판을 두들기고 있었다. 그 어느 때보다도 열중한 모습이었다. 마지막 불꽃이라도 태우려는 듯.

영락은 시계를 보았다. 그리고 생각했다. 약속했던 세 시간 중에 아직 한 시간이 남아 있군. 여유 있게 왕복 15분을 잡아도 갔다 오기에 충분한 시간이야. 설마 그 15분 동안에 무슨 일이 생기지는 않겠지. 이렇게 눈이 내리는 새벽 6시에 저번처럼 누가 민박을 하고 싶다며 찾아올 리도 없을 테고.

영락은 인경을 차 뒷좌석 베이비시트에 태우고는 바삐 차를 출발시켰다. 차는 흩날리는 눈발을 헤치며 온통 눈으로 뒤덮인 숲길을 가로질렀다.

길이 휘는 저 숲길 끝에서 차의 빨간색 테일 램프가 완전히 사라질 때 즈음, 차가 주차해 있던 별장 마당 옆 숲 속에서 누군가가 걸어 나왔다. 오 형사였다.

"으으으… 추워…. 아 씨발, 얼어 죽는 줄 알았네."

오 형사는 차가 사라진 쪽을 재차 확인하고는 별장 쪽으로 걸음을 옮겼다. 추위 때문인지 걸어가며 연신 몸서리를 쳐댔다.

오 형사는 별장 건물을 돌아 뒤편으로 갔다. 그리고는 차 덮개로 가려져 있던 차 한 대를 발견했다. 범퍼 쪽 덮개를 들어 올려 번호판을 확인한 오 형사의 입에서는 낮은 감탄사가 흘러나왔다.

"오케이!"

그는 이 새벽녘, 이 추위 속에서 눈을 맞아가며 고생한 보람을 느꼈다. 하지만, 그의 얼굴에 회심의 미소가 오래 머물지는 못했다. 아직 샴페인 터트리기에는 이르기 때문이다. 그는 곧바로 특유의 시니컬한 표정으로 돌아와 가슴에 찬 총집에서 38구경 리볼버를 꺼내 들었다.

별장의 모든 창문이 굳게 잠겨있었지만, 유일하게 주방 싱크대 위쪽에 위치한 작은 쪽창 하나만은 걸쇠에 잠겨 있지 않았다. 오 형사는 쪽창을 통과해 들어가는 그 잠시 동안 자신이 몇 년간 복싱을 멀리했던 걸 후회했다. 그의 아랫배가 쪽창 프레임에 꽉 끼어서 빼내는데 꽤나 불편했기 때문이다. 간신히 별장 안으로 들어가는데 성공한 뒤, 오 형사는 속으로 씨부렁댔다. 젠장, 서울 돌아가서 다시 체육관 안 끊으면 진짜 개새끼다, 내가!

오 형사는 숨소리도, 발소리도 들리지 않게 이동하면서 별장 1층을 살폈다. 좀 전에 나간 조영락 외에 다른 공범이 있을 수도 있기 때문이다. 물론 그간의 조사를 통해 단독 범행이라는 확신이 있었다. 사실 조영락이 누구와 커뮤니케이션해가며 일을 벌일 놈이 아니라는 것 정도는 조사를 떠나 그간 형사 짬밥의 촉으로도 알 수 있는 내용이었다.

오 형사는 작은방 안에 있는 모니터를 보고는 소스라치게 놀랐다. 분명 화면 속 인물은 본인이 애타게 찾아 헤매던 서 작가가 틀림없었다. 그런데 그가 왜 저렇게 쇠사슬에 묶인 채 앉아서 노트북 자판을 두들기고 있는 것인지, 오 형사는 도무지 그 영문을 알 수 없었다. 언뜻 보기에는 신나서 글 쓰는 사람처럼도 보였다. 마치 자기 방 거실에서 작업하듯이 말이다. 저게 과연 20일 동안 납치된 사람의 태도란 말인가…. 어리둥절한 오 형사였다.

2층 상황은 납득이 안 갔지만, 반면 1층 상황은 명약관화했다. 감금된 작가, 곧 떠날 것처럼 정리된 짐들, 비닐로 덮여 있는 화장실 바닥, 그리고 비닐 위에 가지런히 놓여 있는 칼과 도끼, 그리고 톱.

후우우…. 오 형사는 간담이 서늘했고, 이어 안도의 한숨을 내쉬었다. 바로 오늘이었던 것이다. 거사를 치르는 날이. 하루라도 늦게 이곳에 왔다면 서 작가와 그간의 오해를 풀 수 있는 기회조차 없을 뻔한 것이다.

오 형사는 2층 계단을 신속하게 올라갔다. 2층에 다다를수록 방 안에서 흘러나오는 정신 사나운 재즈 음악 소리가 점점 크게 들렸다. 문은 도어록으로 잠겨 있었다.

"작가님? 저에요, 오 형사!"

오 형사가 문을 두들기며 소리쳤다. 잠시 후 방 안에서 들리던 음악 소리가 멈췄다.

"저라고요, 저! 오 형사! 기억하시죠? 지금 문을 열 테니까 놀라지 마세요!"

오 형사는 리볼버를 들어 도어록을 45도 위에서 아래 방향으로 겨누었다. 탕! 총이 발사되고 도어록이 부서지며 부속들이 튕겨 나갔다. 오 형사가 발로 문을 차며 방 안으로 들어왔다. 그리고는 사육 중인 동물처럼 쇠사슬에 묶여 있는 서 작가를 보고는 입이 떡 벌어졌다. 아래층 모니터에서 확인을 하고 왔음에도 실물로 본 서 작가의 광경은 실로 충격적이었다. 덥수룩한 머리에, 아무렇게나 솟구친 수염, 그리고 황폐한 눈빛. 서 작가는 마치 20년 만에 외지인을 만난 로빈슨 크루소 같은 표정으로 오 형사를 바라보았다.

"자, 작가님?"

"어…, 어…."

서 작가는 실어증에 걸린 사람 마냥 말을 입 안에서 우물거렸다.

"이게 도대체 무슨…. 괜찮으세요, 작가님?"

오 형사가 다가가자 서 작가는 갑자기 아이처럼 엉, 엉, 엉 소리를 내며 울기 시작했다. 오 형사는 안타까운 마음에 서 작가를 끌어안았다.

"괜찮아요, 괜찮아. 다 끝났어, 작가님. 나갑시다."

오 형사는 서 작가를 다독이고는 곧바로 쇠사슬과 연결된 원형 철판을 살폈다. 그리고는 크랭크를 돌려 쇠사슬을 풀며 말을 이었다. 왠지 그렇게라도 말을 계속 붙여주는 게 서 작가를 좀 더 안정시키는 거라 생각했다.

"얼마 전에 작가님 집 압수수색을 하다가 조영락 이놈 새끼가 퍼뜩 떠오르는 거야. 전에 주변 조사했을 때가. 요놈 참 희한한 놈이네 했거든요. 정신과 치료를 받은 적도 있고, 남의 애완견이 시끄럽다고 때려죽인 적도 있고. 그래서 요놈 사는 월세방을 한번 가봤어요. 그랬더니 거기 집주인이 그러는 거야. 이놈이 잠깐 고향에 좀 다녀오겠다 그랬대. 근데 그날이 또 공교롭게도 작가님이 사라진 날하고 하루 이틀 차이였던 거지."

오 형사는 쇠사슬을 다 풀고 나서야 이것이 자물쇠로 고정되어 있으며, 열쇠 없이는 풀 수가 없다는 것을 깨달았다.

"에이 씨, 조영락 이 또라이 새끼. 잠깐만 계셔 봐요. 밑에 연장 있더라고."

오 형사가 문 쪽으로 걸어갔다.

"어⋯, 혀, 형사님⋯. 조, 조, 조심⋯."

서 작가는 어눌하게, 그리고 다급하게 말했다. 다급했기에 더 어눌했던 건지도.

"뭐요? 조영락이? 오라 그래. 오면 그놈이 뭘 어쩔 건데."

오 형사가 서 작가를 향해 피식 웃고는 문을 열었다.

오 형사의 생각은 틀렸다. 조영락은 오 형사의 말과는 다르게 '오면 뭘 어쩔 건지'를 정확히 알고 있었다. 오 형사가 2층 방문을 열 때까지 문 뒤에서 조용히 기다리고 있었으며, 문이 열리자 들고 있던 손도끼를 휘둘러 오 형사의 이마 정중앙에 정확히 처박아 넣었다. 오 형사는 도끼가 꽂힌 채로 고목나무가 넘어가듯이 뒤로 자빠졌다. 뒤통수가 방바닥에 쿵 소리를 내며 부딪치는 순간 오 형사가 들고 있던 권총이 그 충격으로 튕겨 나갔다. 조영락이 방 안으로 걸어 들어왔다. 조영락의 표정과 걸음걸이는 여느 때와 다름없었다. 그리고 늘 묻듯이 물었다.

"다 쓰셨어요?"

서 작가는 순식간에 벌어진 이 상황을 눈앞에서 보고도 믿을 수가 없었다. 그리고는 정신 나간 사람처럼 팔다리를 허우적대기 시작했다.

"다 쓰셨냐고요?"

조영락은 한쪽 발로 오 형사의 가슴팍을 밟고 도끼 손잡이를 위아래로 몇 번 찌걱거린 후에야 이마에 박혀 있던 도끼를 빼낼 수 있었다. 그 순간 피가 부채꼴 모양으로 솟구쳐 오르면서 조영락 의 얼굴과 상반신을 적셨다.

피에 물든 조영락의 얼굴을 보면서 서 작가는 퍼뜩 정신을 차렸 다. 살아야 한다! 이대로 있으면 죽는다! 서 작가는 오 형사의 권총 이 왼손 족쇄와 연결된 원형 철판 근처에 떨어져 있음을 확인하고 는 허겁지겁 손을 뻗었다. 권총이 손에 막 잡히려는 찰나 철컹, 하는 쇠사슬 소리가 났다. 오른손을 결박한 쇠사슬이 허공에서 팽팽하게 일직선이 된 채로 부들부들 떨고 있었다. 오른손의 족쇄 때문에 권총까지 한 뼘도 안 되는 길이를 남겨두고는 더 이상 손을 뻗을 수가 없었던 것이다.

"뭐하시는 거예요, 지금?"

조영락은 눈에 피가 들어갔는지 도끼를 들지 않은 손으로 눈을 비벼대면서 서 작가 쪽으로 걸어갔다. 서 작가는 이를 악물고 왼손을 계속 권총 쪽으로 뻗었다. 그러자 오른 손목의 족쇄가 조금씩 바깥쪽으로 밀리더니 급기야는 손목과 손이 연결되는 부위의 피부를 찢어 버렸다. 순식간에 오른손이 피로 물들었다.

"이래서 작가들은 시간을 더 줄 필요가 없다니까. 글은 안 쓰고 꼭 쓸데없는 짓을 해요."

조영락은 서 작가를 한심한 듯 쳐다보며 도끼를 자신의 머리 위로 쳐들었다. 그 순간 서 작가는 있는 대로 비명을 지르며 팔을 뻗었다. 오른 손목의 족쇄가 찢어진 살점을 파고 들어가 손등뼈를 드드득 긁어댔다. 도끼는 총을 잡으려고 뻗은 왼손 손목을 향해 날아갔다. 조영락이 원했던 대로 '산 채로' 첫 번째 토막을 내기 직전이었다.

탕!

리볼버의 총성이 울렸다. 서 작가와 조영락 모두 조금 전 무슨 일이 벌어진 건지 어리둥절해했고 몇 초 지나서야 상황 파악이 되었다. 가까스로 총을 쥐게 된 서 작가는 곧바로 조영락을 향해 방아쇠를 당겼고, 바로 그 순간 조영락의 도끼날은 권총의 프런트 그립 부분을 강타했다. 총알은 조영락의 복부에 꽂혔고 대신 서 작가는 권총을 잡았던 왼손의 중지, 약지의 절반이 잘려 나갔다.

하지만 두 사람 모두 고통스러워할 여유는 없었다. 총이 발사되는 순간 두 눈을 질끈 감았던 서 작가는 자신이 들고 있던 총이 어디론가 날아가 버렸음을 알고는 허둥지둥 주변을 살폈다. 바닥에서 피를 뿜어내고 있는 자신의 손가락 두 개가 시야에 들어왔지만 그건 중요하지 않았다. 한편 조영락은 옆구리 한쪽에서 불에 덴 듯한 화끈함을 느끼며 반사적으로 자신의 손을 그곳에 가져갔다. 잠시 후 손을 떼자 배에서는 꿀럭꿀럭 피가 뿜어져 나왔고 손바닥은 선홍빛으로 젖어 있었다. 조영락은 붉은색 천을 본 투우처럼 눈이 뒤집혔다. 그는 2차 공격을 위해 도끼를 힘껏 들어 올렸고, 바로 그 순간 서 작가는 이번에는 총이 잡을 수 없는 거리에 놓여 있다는 것을 알았다. 획一. 도끼가 조영락과 서 작가 사이의 공기를 반으로 갈랐다.

쾅!

도끼가 이번에는 정확하게 서 작가의 이마로 향했다. 다만 도끼와 이마 사이에 '책(book)'이 있었다. 〈도둑맞은 책〉이 저장되어 있던 노트북이! 서 작가가 본능적으로 손에 집히는 걸 들어서 자신의 얼굴을 막았던 것이다. 도끼날은 노트북 본체를 뚫고 들어갔고, 노트북은 마치 실제 책이 찢어지는 것처럼 반으로 쩍 갈라졌다. 도끼가 또다시 자신이 의도했던 목적지에 다다르지 못하자 조영락은 얼굴이 시뻘게졌다. 무엇보다도 그를 더 분노케 한 건 바로 자신의 〈도둑맞은 책〉이 파손되었다는 사실이었다.

"으아아아아아!"

조영락이 기합과 함께 도끼를 다시 한 번 쳐들었다. 그리고 운동
에너지가 최대로 발현되게끔 있는 힘껏 내리꽂았다. 그와 동시에
서 작가는 오른발로 조영락의 왼쪽 무릎을 걷어찼다. 조영락은
중심을 잃으며 도끼 스윙을 마무리했고, 서 작가는 눈을 질끈 감으
며 힘껏 고개를 옆으로 꺾었다.

쾅!

이번에는 도끼날이 서 작가의 관자놀이 옆을 스쳤고, 오른쪽
귀를 댕강 자르며 바닥에 꽂혔다. 조영락은 왼쪽 무릎이 꺾이며
휘청댔고, 서 작가는 이 틈을 놓치지 않고 자신의 오른손을 높이
뻗어 쇠사슬을 조영락의 목 뒤에 걸치며 아래로 끌어당겼다. 조영
락의 머리가 쑥 내려가는가 싶더니 목에 뻣뻣이 힘을 주며 버티기
시작했다. 서 작가가 이번에는 왼손을 뻗으며 좀 전의 쇠사슬과
반대 방향으로 조영락의 목 뒤에 걸었다. 두 손목에 매달린 쇠사슬
이 조영락의 목을 중심에 놓고 X자 식으로 감긴 것이다. 조영락의
몸이 서 작가의 몸 위로 쓰러졌다. 조영락은 숨이 막혀오자, 도끼
를 놓고 두 손으로 목을 죄고 있는 쇠사슬을 당기려고 했다. 서
작가는 주먹 쥔 자신의 양손을 회전시키며 팽팽해져 있는 쇠사슬
을 손목에 감았다. 한 번, 두 번. 쇠사슬이 서 작가의 손목에 감길
때마다 길이는 짧아지면서 조영락의 얼굴은 더욱더 시뻘게졌다.
영락은 충혈된 눈으로 서 작가를 노려보면서 자신의 목을 죄고
있는 쇠사슬을 잡아당기려고 애썼다. 하지만, 쇠사슬은 이미 손가

락이 들어갈 수 없을 정도로 그의 후덕한 목살 안으로 깊숙이 파고 들어 간 상태였고, 조영락은 자신의 손톱으로 쇠사슬 주변의 피부만 다급하게 후벼 팔 수밖에 없었다. 그의 목 살점이 계속해서 뜯기고 떨어져 나갔지만 조영락은 단 한 개의 손가락도 쇠사슬 안으로 비집고 밀어 넣지는 못했다. 영락의 얼굴은 이제 시뻘겋다 못해 흙빛이 되어갔다. 영락의 두 눈에서는 실핏줄이 터지며 피눈물이 맺혔다. 서 작가의 눈에서도 눈물이 주르르 흘러내렸다. 하지만 영락의 목을 조이는 두 팔에는 더더욱 힘을 실었다. 마침내 영락의 머리가 서 작가의 가슴팍 위로 털썩 쓰러졌다. 온몸이 축 늘어졌다. 그러고 나서도 서 작가는 영락의 목에 감긴 쇠사슬을 멈추지 않고 계속 잡아당겼다. 자신의 여력을 모두 소진하고 나서야 그 역시 축 늘어진 채 목 놓아 울기 시작했다.

얼마 안 있어 오 형사의 파트너였던 차 형사와 경찰들이 별장에 도착했다. 그들은 2층에 올라가 방 안의 상황을 보고는 경악을 금치 못했다. 바닥 전체에 흥건하게 고여 있던 핏물, 처참하게 죽어있는 오 형사, 그리고 피투성이가 된 채로 서로 부둥켜안고서 바닥에 포개져 있던 두 사람. 이 잔인무도하고도 그로테스크한 광경에 모두들 그 자리에 얼어붙었다. 그래서 한 명의 생존자가 있다는 것을 알 때까지는 얼마간의 시간이 필요했다.

*

"〈대도적〉 편집본 시사를 했는데 말이야, 반응이 아주 좋아. 조진만 감독이 성질은 지랄 같아도 찍긴 잘 찍었더라고. 맘 놔도 되겠어."

최 대표가 커피를 홀짝이며 말했다.

"다행이네요."

서 작가가 말했다. 최 대표가 서 작가의 안색을 살폈다.

"영화는 걱정 말고 몸조리나 잘 해."

"네. 그래야죠."

서 작가가 어색하게 웃었다.

첫 외출이었다. '그 사건' 이후로 서 작가는 밖에서 누구를 만난 적이 없었다.

그는 별장에서 구출되자마자 곧바로 인근 대학 병원으로 이송되어 치료를 받았다. 다행히 떨어져 나갔던 손가락과 귀도 수습하여 접합 수술을 받을 수 있었다. 수술은 잘 되었고 주의 깊게 보지 않으면 티가 나지 않았다. 하지만 결코 지울 수 없는 큰 상흔 하나가 서 작가에게 남았는데, 그건 신체적인 부분에 있지 않았다. 트라우마. 바로 정신적인 것이었다.

서 작가는 시나리오 강의를 할 때 이런 얘기를 자주 했었다. 주인공은 '트라우마'가 있어야 하며, 이야기의 종국에 이르러서는 주인공이 그것을 극복해냄으로써 관객들은 심리적 만족감을 얻는 다, 라고. 하지만 서 작가는 이제 더 이상 그렇게 말할 수 없을 것이다(앞으로 강의 자체를 다시 할 수 있을지도 미지수이지만). 자신이 떠들던 그 얘기가 얼마나 알맹이 없는 빈말이었는지를 절 실히 깨달았기 때문이다. 트라우마를 지닌 인물이 그것을 극복한 다고? 심리적 만족감? 다 개풀 뜯어먹는 소리들이고, 트라우마를 겪어보지 못한 인간들이나 하는 말이다. 극복할 수 있는 트라우마 는 트라우마가 아닌 것이다. 더 이상 서 작가에게는.

"서 작가, 푹 쉬고 나서 말이야…. 그 얘기를 영화로 해보면 어 때? 인기 작가가 납치되는 거야. 젊은 작가 지망생한테. 미저리* 같은 영화 다시 나올 때도 됐잖아. 살짝 우라까이하면 금방 쓰지 않겠어?"

최 대표가 말했다. 서 작가는 무덤덤하게 최 대표를 보며 속으로 생각했다. 역시 이 인간은 뼛속까지 장사치라고. 불과 1분 전에 영화 걱정 말고 몸조리 잘하라고 하더니. 결코 떠올리고 싶지 않은 '그 얘기'를 지금 나보고 개발해 보라고? 죽었다 깨어나도 다시는 내 얘기를 책으로 쓰지 않겠다고 다짐한 나에게? 혹시 오늘 나를 보자고 한 것도 이 얘기를 하려고 했던 거야?

서 작가의 불편한 심기를 눈치챈 최 대표가 민망한 듯 웃으며 다시 입을 열었다.

---

* Misery(1990). 로브 라이너 감독. 제임스 칸, 캐시 베이츠 주연. 윌리엄 골드먼 각본. 스티븐 킹 원작. 교통사고를 당한 인기 소설가를 그의 광팬이 돌보게 되면서 벌어지는 '스토킹' 스릴러.

"아차, 미안, 미안. 내가 너무 빨랐지? 쉬어야 될 사람한테 말이야. 일단 쉬어, 푹 쉬어. 글도 절대 쓰지 말고. 여기요! 커피 리필 좀!"

슬쩍 떠보고 아니다 싶으면 바로 태세 전환. 이게 바로 최 대표의 장점이자, 얄미운 지점이다. 아직 잔에 반 넘게 차 있는 커피는 뭐 하러 리필을 하는 건지.

"손님도 커피 더 드릴까요?"

최 대표의 잔을 채운 웨이터가 서 작가에게 물었다.

"아니요. 괜찮습⋯."

서 작가는 그를 올려보다가 말문이 막혀 버렸다.

"커피는 에티오피아산 예가체프 원두로 만들었습니다. 필요하시면 언제든 벨을 눌러주세요."

정중한 말투. 포레스트 검프처럼 단정한 머리. 투박한 뿔테 안경. 그리고 그 안경 속으로 나를 내려다보고 있던 싸늘한 눈빛. 웨이터 복장을 한 조영락이었다. 서 작가에게는 분명 그렇게 보였다.

"머, 먼저 일어날게요."

서 작가는 지팡이를 집어 들며 자리에서 일어났다. 왜 그래, 서 작가? 최 대표가 그를 불렀지만 서 작가는 뒤도 돌아보지 않고 황급히 출구를 향해 걸어갔다. 절뚝절뚝 걸어가며 서 작가는 생각했다. 조영락은 죽었어, 분명히 죽었다고⋯. 다시는 집에서 나오지 않을 거야⋯. 앞으로는 절대 누구도 만나지 않을 거라고⋯.

눈이 녹고 봄이 왔다. 서 작가의 정원에도 파릇파릇한 새싹들이 고개를 들며 봄기운이 완연했다. 정원 잔디밭 중앙의 스프링클러가 원을 그리며 돌아가고 있다. 스프링클러에서 퍼져 나온 물방울의 대부분은 잔디 위로 쏟아졌고, 그 나머지는 공중에서 방황하며 흩날렸다. 흩날리는 물방울을 감싸 안듯 그 위로 살포시 무지개가 내려앉았다.

서 작가는 따사로운 햇볕을 맞으며 정원 한쪽에 놓인 긴 목제 의자에 앉아 있고, 장보윤은 모로 누워 서 작가의 허벅지를 벤 채 잠들어 있다. 서 작가는 장보윤의 머릿결을 쓰다듬고는 앞쪽 잔디밭으로 시선을 옮겼다.

잔디밭에서는 두 아이가 나란히 앉아 흙 놀이를 하고 있었다. 한 아이는 서 작가의 아이였고, 다른 아이는 인경이었다. 서 작가는 두 아이를 물끄러미 바라보다가 눈을 감았다.

따스한 햇볕을 피부로 느끼며 다시 한 번 가슴 깊이 '감사함'을 느꼈다.

"결국, 해피엔딩인 거네요."

〈도둑맞은 책〉의 마지막 장을 덮으며 영락이 말했다. 녀석의
표정은 썩 만족스럽지 않아 보였다.

로스트 하이웨이

"해피엔딩이 어울린다고 생각하세요? 지금까지 진행해왔던 톤이랑 그게 맞냐고요? 갑자기 형사가 등장하는 것도 작위적이고요. 엔딩은 미저리랑 비슷하고. 그리고 제 캐릭터는 왜 그렇게 표현된 거예요? 또라이 사이코패스였던 건가요? 뭐, 옆집 개가 시끄러워서 때려죽였다고요? 참 내, 어이가 없어서. 죄송한데요, 뭐 하나 특출난 게 없네요."

영락은 심드렁한 표정으로 말했다.

"맘에 안 들면 얘기해! 내가 다 고칠게. 고칠 수 있어! 잘 쓸 수 있다고, 진짜야!"

절박했다. 그래서 나도 모르게 언성이 높아졌다. 속이 타들어갔고 나는 책상 위에 놓여있던 커피를 마지막 한 방울까지 입 안에 털어 넣었다.

영락이 그런 나를 물끄러미 보다가 피식 웃음을 터트렸다. 웃음

---

* **로스트 하이웨이**(Lost Highway. 1997). 데이빗 린치 각본, 감독. 빌 풀만, 패트리샤 아퀘트 주연. 끝나지 않는 악몽 같은 영화. 악몽으로 인도하는 데이빗 보위의 노래 〈I'm Deranged〉가 오프닝과 엔딩을 장식한다.

이 점점 커지더니 급기야는 한 손으로 얼굴을 가린 채 큭큭큭 웃어 댔다. 웃음으로 일그러진 영락의 얼굴은 나를 조소하는 것 같기도 했고, 안쓰럽게 보는 것 같기도 했다. 또 한편으로는 슬픈 표정처럼도 보였다. 잠시 후 영락이 나를 향해 뭔가를 던졌고 쨍그랑, 소리와 함께 그것이 바닥에 떨어졌다. 열쇠였다.

"가세요. 약속한 대로 자유입니다, 작가님은."

"자, 자유…? 가도…, 된다고?"

"책이 완성됐잖아요, 여하튼 간에."

영락은 어느새 예의 덤덤한 표정으로 다시 돌아와 있었다. 나는 영락의 눈치를 살피며 천천히 손을 뻗어 열쇠를 집었다. 영락의 표정에는 변화가 없었다. 역시 눈치를 보며 열쇠를 족쇄의 자물쇠 구멍으로 가져갔다. 긴장해서 손이 떨렸기에 열쇠가 구멍을 바로 못 찾고 몇 차례 미끄러졌다.

잠시 후, 내 두 손, 두 발이, 모두, 족쇄에서, 해방됐다, 마침내.

족쇄 밑에 가려져 있던 피부는 주변에 비해 색이 엷었고, 대신 체모는 좀 더 자라있었다. 마치 깁스를 풀었을 때처럼. 그리고 손목의 상처들 일부는 딱지가 졌지만, 다른 일부는 짓무른 채 노랗게 곪아있었다.

오른발에 체중을 실으며 몸을 일으켰다. 허리와 무릎을 비롯한 관절 여기저기에서 우두둑우두둑하는 소리가 터져 나왔다. 얼마

만에 직립 인간으로 돌아온 것인가. 갑자기 눈높이가 올라가니 현기증이 피어올랐다. 비틀대며 여전히 시퍼렇게 부어 있는 왼발에 살짝 체중을 실어 보았다. 그 순간 곧바로 발가락 끝에서 머리끝까지 고압 전류가 흐르는 듯한 통증을 느꼈다. 으윽…! 나도 모르게 외마디 신음을 뱉어 냈다. 오함마로 얻어맞은 왼발은 아직도 정상이 아니었다.

힘겹게 절뚝대며 영락 앞에 섰다.

"이제… 어떻게 되는 거냐?"

내가 묻자,

"그냥 가시면 됩니다."

영락이 대답했다.

"그럼… 책은…? 어떻게…?"

내가 다시 물었지만, 영락이 이번에는 대답 대신 싱긋 미소만 지었다. 그래, 그건 내 알 바가 아니겠지…. 무슨 말인지 알겠어…. 나는 천천히 고개를 주억거리고는 영락을 지나쳐 2층 방문턱을 넘었다. 그리고 손으로 벽을 짚으며 한 계단 한 계단 조심스럽게 1층으로 내려갔다.

1층 현관문을 나서려고 하는데, 어디에선가 아기 울음소리가 들려왔다. 응애, 응애…. 아! 인경의 울음소리구나. 갑자기 발걸음이 떨어지지 않았다. 고개를 돌려 울음소리가 나는 방 쪽을 바라보았다. 친부가 떠나는 걸 알고서 우는 것일까. 나가기 전에 인경의 얼굴이 보고 싶었다. 못난 아비지만 그래도 아비이기에 새끼 얼굴을 눈에 새기고 싶었던 것이다. 어쩌면 마지막일 수도 있으므로.

하지만 바로 그때였다.

"그냥 가세요."

영락은 2층 계단 위에서 나를 내려다보고 있었다. 영락의 목소리는 나직했으나 눈빛은 단호하고 서늘했다. 또다시 고개가 끄덕여졌다. 그래…, 이것도 내가 상관할 바가 아니란 말이지…. 그래, 내가 뭐라고….

더욱 사나워지는 인경의 울음소리를 뒤로하고 나는 별장 밖으로 나갔다.

밖은 컴컴했다. 나는 숨을 깊게 들이쉬었다. 차가운 공기가 폐를 가득 채웠다. 내 몸을 스치는 바람이 애무하는 손길처럼 부드러웠다. 잎사귀 흔들리는 소리, 멀리서 새가 지저귀는 소리를 들으니 마음이 한결 편안해졌다. 그렇게 서서 어깨 위에 얹힌 하늘과 그 위로 펼쳐진 무한한 공간감을 만끽했다.

차는 건물 뒤쪽에 있었다. 차 문은 열려 있었고, 키는 운전석과 조수석 사이 컵홀더에 놓여 있었다. 차는 마치 손 세차를 맡긴 것처럼 외부와 내부 모두가 깔끔했다. 자동차 대리점에서 주문한 새 차를 인도받는 기분마저 들 정도였다.

차가 출발했다. 룸미러로 멀어지는 별장을 지켜보았다. 별장은 점점 멀어지더니 이내 숲에 가려지며 사라졌다.

빗방울이 차 앞 유리로 톡톡 떨어지더니 순식간에 장대비로 바뀌었다. 와이퍼가 분주히 왔다 갔다 하며 유리창의 빗물을 옆으로 밀어냈다. 헤드라이트 불빛 두 줄기가 어둠을 가르며 젖은 아스팔트 국도 위를 비췄다. 불빛에 번들거리는 아스팔트가 순식간에 스쳐 지나가며 뒤편 어둠 속으로 사라졌고, 그와 동시에 원경의 아스팔트는 거친 질감을 번뜩이며 돌진해 왔다. 헤드라이트 불빛과 쏟아지는 빗줄기 외에 사방은 암흑이었다. 반대 차선에서는 지나가는 차가 한 대도 없었다. 유난히 길게 느껴지는 밤이었고, 유난히 단조롭게 느껴지는 국도였다.

느닷없이 너털웃음이 터져 나왔다. 찝찝했던 부분이 풀리면서 더 좋은 결말이 생각난 것이다. 〈도둑맞은 책〉의 결말 말이다. 멍청한 놈…. 이제야 생각나다니…. 실은 운전을 하면서도 계속 머릿속에서는 '책'이 떠나지 않았다. 이유는 나도 모르겠다. 더는 고민하지 않아도 되는데, 이제 나는 자유인데 말이다. 손끝이 간질간질했다. 괜히 핸들만 잡았다 놓다를 반복했다. 잽싸게 다시 작업실로 돌아가서…, 아니, 내가 지금 작업실이라고 한 건가? 이런…, 크크큭…. 여하튼 다시 돌아가서 책을 고치고 나올까? 그리 멀리 온 것도 아닌데. 그리고 아까부터 요동치고 있던 이 심장을 진정시키려면 영락이가 타준 그 맛난 커피를 먹어야만 한단 말이야.

그때, 차 트렁크에서 무엇인가 둔탁한 소리가 들렸다. 잘못 들었나 싶어 귀를 기울여보니 이번에는 좀 전의 둔탁한 소리와 함께 마치 아기가 칭얼대는 듯한 소리가 같이 들리는 것이었다.

차를 세웠다. 차에서 내려 비를 맞으며 트렁크 쪽으로 걸어갔다. 왠지 꺼림칙한 기분이 들어 트렁크를 바로 열지는 못했다. 하지만, 이 석연치 않은 소리의 정체가 너무 궁금했던지라 열어보지 않고는 견딜 수 없었다.

달깍. 조심스럽게, 그리고 아주 천천히 트렁크를 들어 올렸다. 트렁크 안에 있는 것을 한눈에 금방 식별하지 못했다. 왜냐하면 깜깜한 밤이었고, 트렁크 깔개 역시 검은색이었으며, 그 위에 놓여 있는 것 또한 검은색의 셰퍼드였기 때문이다. 셰퍼드는 피에 젖은 채로 축 늘어져 있었다. 눈망울에는 눈물이 고여 어른거렸고, 가장 자리에는 누런 눈곱이 끼어있었다. 혀를 있는 대로 다 내밀고는 할딱거렸다.

도대체, 어떻게…? 이 개가… 왜 여기에…?

아찔한 어지러움과 함께 정신이 혼미해지는데 갑자기 코피가 양 콧구멍에서 후두두 쏟아져 내렸다. 나는 반사적으로 고개를 쳐들었다. 더 세차진 빗물이 얼굴을 적셨고, 코피는 비강을 적시며 목구멍으로 흘러 들어갔다.

"거봐, 상징 아니라니까…."

나는 손등으로 인중과 턱의 코피를 닦아내며 혼잣말을 했다. 무슨 이유에서인지 연신 키득키득 웃음이 비집고 나왔다.

"어이, 지금 그러고 있을 때가 아니야."

누군가의 목소리가 들렸다. 오랜만에 듣는 익숙한 목소리. '그놈'이었다. '거울 속 그놈'. 그는 어느 틈엔가 차 뒷좌석에 타고 있었다. 늘 그러하듯 거만한 사장님 포즈로 말이다. 그는 재촉하듯 자신의 손목시계를 집게손가락으로 톡톡 두들겼다. 영 마음에 안 드는 놈이지만 한동안 못 봐서 그런지 살짝 반가운 기분도 들었다. 하지만 그것을 티 내고 싶지는 않았다. 문득 궁금해졌다. 묻고 싶었다. 왜 한동안 볼 수 없었냐고. 특히 지난 20일간, 내 생애 가장 외롭고 힘든 시기에 왜 찾아와서 말벗이 되어주지 않았냐고. 하지만 그는 질문할 틈을 주지 않았다.

"어이, 아직 살아있다고. 서두르면 살릴 수도 있어."

그는 더 지체하면 자신도 어쩔 수 없다는 식으로 어깨를 으쓱해 보였다.

가속 페달을 힘주어 밟았다. 엔진 소리가 거세졌다. 아직도 인적이 없는 국도를 달리고 있다. 반대 차선에서는 여전히 단 한 대의 차도 지나쳐 가지 않는다. 멀어지는 풍경이나 가까워지는 풍경이나 크게 다를 게 없었다. 차는 소실점을 쫓아 달렸고 그 소실점은 다가간 듯싶으면 금세 저 멀리 달아나 있었다. 거대한 쳇바퀴를 돌고 있는 듯했다.

조수석에 뉘인 셰퍼드가 숨을 할딱거리는데, 그 숨소리가 너무도 힘겹게 들렸다. 눈 뜨는 것조차 힘든지 반 이상 감겨 있었다. 오른손을 뻗어 셰퍼드의 목 부위를 쓰다듬었다.

"조금만 참아. 금방 갈게."

검은 친구에게 위로의 말을 건넸지만, 사실 내 상태도 썩 좋지는 않았다. 계속 머리가 지끈거렸고, 구역질을 참아내느라 힘들었다. 코피는 멈추지를 않았고.

"이 길은 내가 잘 알아. 쭉 가기만 하면 돼."

뒷좌석의 그놈이 상체를 일으켜 세우며 내 귓가에 속삭이듯 말했다. 손가락으로는 전방을 가리키면서. 그놈의 잘난 척은 여전하군.

"얼마나 더 가는데?"

"그건 너한테 달렸지. 밟아. 더. 더. 더. 쭉 밟으라고."

가속 페달에 더 힘을 실었다. 차체가 거세게 흔들린다. 아찔한 속도감에 나는 더 이상 참지 못하고 뜨겁고 걸쭉한 액을 토해냈다. 차 안에 피비린내가 진동했다. 눈은 점점 감기고 심장이 터질 것처럼 두근거린다. 힘겹게 눈을 치켜뜨고 핸들을 꽉 부여잡았다. 그리고 도로 위 반짝이는 불빛을 향해 맹렬하게 질주했다.

도둑맞은 책

epilogue

"안녕하세요, 장보윤 씨. 시나리오가 다 완성돼서 연락드렸습니다. …… 어떻게 보실지 정말 궁금하네요. …… 근데, 이 시나리오 어떻게 하실 생각이세요? 그냥 소장용인가요? 아무래도 내용이 내용인지라. …… 아, 제가 왜 여쭤보냐면요, 이 시나리오 이거 암만 봐도 그냥 묵히기엔 너무 아깝다는 생각이 들어서요. 사실 저도 첨에는 다시 쳐다도 보고 싶지 않은 그런 글이었는데요, 또 막상 글 자체로만 놓고 보니까. …… 저야 뭐 사실 지난번 얘기하셨던 그 금액만 받아도 남는 장사이긴 하죠. 근데, 영화로 만들어지는 걸 꼭 한번 보고 싶어서요. 아직 제가 직접 쓴 글이 영상화된 적이 없거든요. …… 사람들 이런 거 되게 좋아한다니까요! 질투, 살인, 사랑, 배신, 협박, 누명, 납치, 복수! 다 있잖아요. 적당히

야한 것도 있고. …… 어디요? 영화사나 드라마 회사요? …… 전혀
요. 아직. 이걸 본 사람은 저하고 장보윤 씨밖에 없죠. …… 그럼요,
팔린 시나리오인데 함부로 보여줄 수 있나요. …… 알겠습니다.
그럼 만나서 얘기 나누시죠. 서울 올라가서 다시 연락드릴게요."

〈도둑맞은 책 · 끝〉

저는 인생의 묘미가 계획했던 일이 계획대로 되지 않고, 계획에 없던 일이 갑자기 들이닥치는 데 있다고 생각합니다. 제가 시나리오 작가로 시작해 연출자로서 살아온 지금까지의 과정도, 그리고 결혼을 한 뒤 아이를 둘씩이나 낳고 키워온 사적인 삶의 과정도, 그것들을 계획했다기보다는 '갑자기 들이닥친' 일들의 연속이었습니다.

그리고 2017년 또다시 계획에 없던 일이 하나 발생했습니다. 바로 제가 소설을 쓰게 되었다는 것입니다.

〈도둑맞은 책〉을 쓰게 된 계기는 이렇습니다. '계획'했던 영화가 엎어지고 '계획'하지 않았던 첫째가 임신된 상황에서 고생하는 저의 아내를 위해 내가 뭔가 해줄 수 있는 일이 없을까, 하다가 전부터 머릿속에서만 맴돌던 이야기를 조금씩 매일 들려줘야겠다고 맘먹었습니다. 배가 조금씩 불러오는 그녀에게 작은 즐거움이라도 되지 않을까 하는 생각에 말이죠. 그 당시 제가 그녀에게 해줄 수 있는 게 그리 많지 않았거든요. 물론 글쟁이로서 글을 쓸 수밖에 없는 굴레를 스스로에게 씌우고 싶은 맘도 있었고요.

그렇게 〈도둑맞은 책〉의 연재가 시작되었습니다. 마치 신문 연재소설처럼 매일매일 또박또박. 이메일을 통해 단 한 명의 독자만을 위해서 말이죠. 지금 와서 생각해보면 태교에 그다지 좋을 것 같지도 않은 글을 그렇게 매일 적어서 보냈을까 싶습니다. 고맙게도 아내는 출퇴근길에 스마트폰으로 글을 읽으며 무척 즐거워했습니다. 그녀는 따뜻한 응원과 함께 냉정한 조언도 해주었죠. 그리고 무엇보다 하루라도 연재가 '펑크' 나면 왜 독자와의 약속을 어기냐며 마치 받을 돈을 못 받은 사람처럼 몰아붙이곤 했습니다.

그렇게 쌓인 글을 바탕으로 '대한민국 스토리공모대전'에서 상을 받게되면서, 〈도둑맞은 책〉이 웹툰으로, 연극으로 세상에 나오게 되었습니다. 그럼에도 불구하고 〈도둑맞은 책〉을 소설로 내야겠다는 생각은 감히 하지못했습니다. A4 150여 페이지 분량의 글이 있었지만, 저에겐 그 글이 '소설의 모양새는 갖추고 있으나, 차마 소설이라 하기엔 뭔가 좀 부끄럽고 민망한' 글로 느껴졌기 때문입니다.

그 상태로 몇 년 동안 묵혀 있던 〈도둑맞은 책〉의 초고를 다시 꺼내 들게된 건, 출판사 '손안의책'의 박광운 대표님께서 하신 제안 때문이었습니다. 〈도둑맞은 책〉을 소설로 보고 싶다는.

몇 년 만에 다시 읽어 본 초고에서 예전에는 보이지 않던 단점들이 보였고, 이것들을 잘만 손본다면 적어도 '소설에 좀 더 가까운 글'이 되지 않을까, 그게 아니면 적어도 흥미로운 읽을거리 정도는 되지 않을까 하는 생각에감히 다시 소설로 써보겠다는 마음을 먹게 된 것입니다.

.최종고를 전송한 뒤, 사전에서 '소설가'라는 단어의 뜻을 찾아봤습니다. 거기엔 이렇게 적혀 있었습니다. '소설 쓰는 일을 전문적으로 하는 사람'. 그리고 깨달았습니다. 아직 멀었구나. 게으름피우지 말고 열심히 써야겠다….

책의 출간을 앞두고, 그간 〈도둑맞은 책〉에 도움을 주신 많은 분들이 떠오릅니다. 웹툰으로의, 소설로의 가교가 되어주신 '학산문화사'의 장정숙 상무님, 웹툰 작업을 함께 한 이규희 그림 작가님과 이재정 차장님, 마이 뉴

파트너 '손안의책'의 박광운 대표님, 많은 영감을 준 연극 〈도둑맞은 책〉의 변정주 연출님, 상상 속 캐릭터를 직접 만날 수 있는 '매직'을 선사해준 연극 〈도둑맞은 책〉의 모든 출연 배우님들, '문화아이콘'의 정유란 대표님과 이재진 이사님, '리드미컬그린'의 정용욱 대표님, '작가로서의 자세'에 대해 다시금 일깨워주신 김희재 지도교수님, 애정 어린 조언을 해주셨던 김성호 감독님과 한지승 감독님, 한국콘텐츠진흥원의 변미영 팀장님과 김일중 팀장님을 비롯한 스토리창작팀 관계자분들께 진심으로 감사드립니다.

부족한 저를 늘 변함없이 응원해주는 나의 가족들, 정말 고맙습니다. 사랑합니다.

그리고 저의 첫 독자이자 마지막 독자가 되어줄 나의 아내에게 이 책을 바칩니다. 아내에게 바치는 책으로 하기에 적절한 책인지가 살짝 고민이 되긴 하지만.

마지막으로, 이 글을 읽고 있는 당신께 감사드립니다.
당신이 있어, 제가 존재하니까요.

2017년이 저무는 12월의 어느 날에
유선동